愛が何かもわからずに

白石さよ

この物語はフィクションであり、実在の人物・
団体・事件等とは、いっさい関係ありません。

愛が何かもわからずに

プロローグ

客室の薄暗い照明に白いシーツが浮かび上がっている。それを見た途端に足がすくんだ。

「あの……私……」

「もう遅い」

背筋を撫《な》でるような声音も、私をシーツに押し倒す腕も、そのやわらかさとは裏腹に抗《あらが》いがたい鎖で心と身体の自由を奪ってくる。

「昼間の貞淑な君が乱れているところが見たい」

服が乱され、今まで恋人にしか見せたことがなかった肌が彼の視線と愛撫《あいぶ》に晒《さら》される。恐怖に似た快感は恋人を裏切る罪悪感のせい……?

肌をなぞる繊細な愛撫に、声を堪《こら》えて身を捩《よじ》る。感じていることを知られてしまったら、引き返せない深みに落ちる気がした。

でもそんな意地は通用しなかった。

「脚を開いて」

抗おうとする心とは裏腹に、身体はすでに彼の思うままだった。勝利を確信した彼の目が獰《どう》猛《もう》に光る。

「可愛《かわい》い人だ」

「や……だめ……っ」

「でも君は僕を受け入れてる」

喘《あえ》ぐ喉に胸に、吸いつくようなキスが赤い跡を刻みつける。

「僕もずっと君が欲しかった」

のしかかる身体も囁《ささや》きも熱いのに。

どうしてあなたはそんなに冷ややかな目で私を抱くの……？

第一章

「直帰なので、あとはよろしく」

コートを片手に部内を横切る新山亮平《にいやまりょうへい》を女子社員たちが仕事の手を止め見送っている。堂々として自信に満ち溢《あふ》れた彼の所作は、上背のある恵まれた体躯《たいく》とはっきりとした顔立ちも相まって周囲の目を引きつける力がある。

その中で小谷早穂子《こたにさほこ》は顔も上げずにパソコンのキーを打ち続けていた。しかし亮平の〝直帰〟という言葉を聞き、わずかに表情を曇らせた。

それでも手を止めなかった早穂子だが、亮平の足音が完全に遠ざかると、そっと顔を上げて彼の背中に視線を向けた。

ドアが閉まって間もなく早穂子のスマートフォンが振動する。

〝急な接待が入った。遅くなるから、明日行く〟

〝ごめんな。明日たっぷり埋め合わせするから〟

亮平からのメッセージをこっそり確認し、再びキーを打ち始めた早穂子の口元は自然と綻《ほころ》んでいた。

エレクトロニクスメーカーの堤《つつみ》電機に早穂子が入社したのは六年前だ。神戸《こうべ》の実家を離れて東京《とうきょう》の大学に進学し、卒業後は堅実性を求めてデバイスに強い堤電機を選んだ。この春で入社七年目に入る現在は総合企画本部の戦略推進室に勤務している。昨年の夏にディスプレイ事業本部から課長として同じ一課に異動してきた亮平は早穂子の直属の上司にあたる。

三十三歳の若さで管理職に昇進するのは堤電機では異例の早さで、最短記録だと言われている。華やかで整った容姿を持ち、しかも独身とあって、着任してすぐに亮平は女性社員たちの注目の的となった。

当初、早穂子は周囲のそんな熱気から少し距離を置いていた。厳格な家庭で育った早穂子は恋愛に慎重で、しとやかな美人ながらそれまで男性と付き合った経験がほとんどなかった。亮平のような華やかな男の恋人の座を狙うなど考えもしなかったのだ。亮平は地方の事業部出身ながら本社幹部の覚えがめでたく、また非常なやり手で見識も広い。早穂子はそんな亮平の部下でいられるだけで満足していた。

ところが亮平が恋人候補に選んだのは早穂子だった。強引なアプローチに戸惑いながらも、もとより亮平を敬っていた早穂子が彼のものになるまでに長くはかからなかった。付き合い始めてまだ半年ほどだが、亮平はすでに結婚の意志を示してくれている。信頼できる上司である亮平との交際は、結婚への理想的な道筋に思えた。

亮平からのメッセージに返信はせず、既読をつけただけでそっと画面を閉じる。仕事中であることを当然亮平は承知の上で、こういう時に返事をするとあとで〝お仕置き〟があるのだ。

生真面目な早穂子はわざわざお仕置きを狙うようなことは恥ずかしくてできない。

しかし、微笑《ほほえ》みながらスマートフォンをバッグに仕舞いかけた早穂子の手がふと止まった。

順調な交際の充足感のあとには、いつもふわりと不穏な記憶が蘇《よみがえ》る。

早穂子のもとに知らない番号から電話がかかってきたのは、亮平と付き合い始めてまだ間もない頃のことだった。普段、用心深い早穂子は知らない番号から電話がかかってきても不用意に応答することはない。しかしこの時はなぜか胸騒ぎがして通話ボタンを押してしまった。

一応用心して無言で電話に出たが、相手も無言だ。やはりいたずら電話かと早穂子が切ろうとした時、ようやく相手が声を発した。

『……小谷早穂子さんのお電話ですか？』

今にも消え入りそうな、か細く震える女性の声だった。電話番号と同様、その声にも心当たりはない。

『……はい』

『…………』

相手も名乗るものと思い答えたが、電話の向こう側は沈黙してしまった。

『どちら様ですか？』

電話に出たことを早くも後悔しながら早穂子は辛抱強く尋ねたが、次に聞こえた相手の言葉に鳥肌が立った。

『……新山亮平さんとお付き合いされているのでしょうか』

その女性は名乗るどころか、亮平の名前とプライベートな関係まで確認してきたのだ。

『先にお名前を仰《おっしゃ》るのが礼儀ではありませんか？』

相手の一方的な態度に怒りを覚えた早穂子が厳しい口調で切り返すと、電話はふつりと切れてしまった。見知らぬ何者かにプライベートを見張られる恐怖と気味の悪さは電話を切ると余計に増幅し、そのあと何日も嫌な気分が晴れなかった。

その忌《い》まわしい着信履歴は消さずに残してある。本当はすぐにでも消してしまいたかったが、もう一度かかってきた時にあの発信者だとわかるようにするためだ。

しかしあれから五か月ほどが過ぎたが、あの番号、あの声で電話がかかってくることはなかった。

（あれは何だったのだろう……）

終業後、会社近くのカフェで友人を待っていた早穂子はぼんやりとスマートフォンの画面を眺めた。すっかり忘れているようでも、ふとした時に気味の悪さとともに思い出してしまう。

電話を受けた際は動揺のせいで気に留めなかったが、今でも耳にこびりついているあの声は憔《しょう》悴《すい》しきっていたように思うのだ。短いやり取りだったが言葉遣いは丁寧で、悪質な人物ではないように思う。それならなぜ、あんな電話を――。

「ごめん、仕事が長引いちゃって」

そこまで考えたところでポンと肩を叩《たた》かれ、我に返る。

待ち合わせの相手は同期で一番仲の良い友人である福本由希《ふくもとゆき》だ。二人は同じ戦略推進室だが早穂子は一課、由希は二課に所属している。

「履歴を見てたの？　もしかしてまたあの変な電話がかかってきた？」

正面の席に座りながら由希が顔を曇らせる。何でも話せる相談相手の由希にはあの電話のことを打ち明けていた。

「ううん。スマホの整理してただけ」

早穂子は笑って首を横に振り、スマートフォンを閉じてバッグに仕舞った。履歴の整理をするたびにあの番号が目に入るのも嫌なものだ。もう時効ということで消してしまってもいいのかもしれない。

「あれから新山課長にはちゃんと言ったの？　怪しい電話があったこと」

「うん。でも心当たりがないって」

「だろうね。男は身に覚えがあってもそう答えるものよ」

由希にそう言われ、また早穂子の心が陰《かげ》る。その電話があったことを告げた際の亮平の反応が何となく腑《ふ》に落ちなかったからだ。

早穂子の部屋でパソコンを前に仕事中だった亮平はそれまでの生返事とは少し変わり、根掘り葉掘りその電話の状況を早穂子に問いただした。いつ、どんな声で、どんなやり取りをしたのか。パソコンに顔を向けたままで何気ない風ではあったが、キーを打つ彼の手は止まっていた。特に〝消え入りそうなか細い声〟と早穂子が説明した時、肩越しではあるが亮平の緊張感が高まった気がして、やはり何かあったのかと彼の返事を待つ早穂子も固唾《かたず》をのんだほどだ。

少しの間のあと、亮平はパソコンを閉じて〝心当たりがまったくない〟という否定の言葉とともに笑いながらこちらを向いた。

〝誰にも邪魔できないよ。早穂子は俺のものだから〟

そう言いながら亮平は早穂子をベッドに連れて行った。

しかし、あの夜の亮平を思い起こすと、早穂子は今でも違和感を抱いてしまう。亮平以外に経験がないだけに直感としか言えないが、亮平が自分ではない誰かを抱いているような感覚に襲われたことを覚えている。

〝早穂子は俺のものだから〟

亮平の言葉をよく考えてみれば早穂子の疑問の核心に答えてはおらず、ただ女が喜びそうな耳に滑らかな台詞《せりふ》でしかない。あの時、亮平の中に自分は存在していたのだろうか——漠然とそんな疑念が湧いてしまう。

しかし確たるものは何もない。安穏の逆作用のような取り越し苦労でしかないのだろう。回想をやめ、早穂子は唇を尖《とが》らせながら由希に笑いかけた。

「新山課長に言えって言ったの、由希なのに」

「こんな攻撃を受けましたよっていう警告は出しておかないとね」

由希も笑って答える。

「まあ、新山課長に限ってありえないか。私の元彼とは違うよね」

由希は二年間も付き合った恋人と別れたばかりで、ここのところ早穂子はよくこうしてご飯に付き合っている。口では皮肉めいたことを言って気丈に振る舞っているが、由希が本当はかなり落ち込んでいることがわかるからだ。今日は早穂子も亮平にドタキャンされたので、由希からのお誘いはちょうどよかった。

「見てくれのいい男って自分の価値をよくわかってるから浮気のハードルが低いのよ。ばれなきゃいい、ばれても許されるって」

由希の元彼は亮平と同じく周囲の注目を集めるタイプだったが、華やかな交友関係の裏では浮気を繰り返していたらしい。由希はそのことに気づきながらも彼のことが好きすぎて問いただせず、結局彼が浮気相手に乗り換える形で二年の関係が終わってしまった。そのせいで由希は一転して徹底したイケメン嫌いになっている。

「早穂子も用心した方がいいよ。新山課長、超モテるし」

「そうだよね……」

しかし亮平は早穂子を口説き落とす際、こう言ってくれた。

〝同じ部署だし上司だからね。当然それなりの気持ちで言ってる〟

その発言通り、亮平は早穂子との交際について部署内にオープンだ。そんな彼がいいかげんなことをするはずがない。

心の中で亮平を擁護《ようご》しているのが聞こえたわけではないと思うが、由希は早穂子にとって痛い部分を指摘した。

「早穂子って辛抱強いから、何かトラブルがあっても相手を責めたりしないでしょ？　そういうのって男にとっては妻として都合がいいんだよ」

「……耳が痛いわ」

由希が辛辣《しんらつ》すぎる面もあるが、言っていることは当たらずとも遠からずだ。

中高時代、男子たちの勝手な裏人気投票で早穂子は決まって〝奥さんにしたいタイプ〟に名前が挙げられた。〝恋人にしたいタイプ〟などではなく、いつもそれだ。お堅い真面目ぶりをみんなの前で強調されているようで、名前が挙がると華のなさを自覚する結果にもなっていた。

「私って省エネ家電みたいな女なのかな」

早穂子が中高時代からのコンプレックスを明かしため息をつくと、由希がフォローに転じる。

「早穂子は模範的優等生だから逸脱しない安心感があるんだよ」

「由希はいいなぁ。恋人にしたい女子に選ばれるタイプだもん。その方がいいな」

「でも結婚適齢期になるとスルーされるタイプなのよ、私。現にあいつ、新しい彼女と結婚するって盛り上がってるらしいし。新しい彼女、家庭的なんだってさ」

「そうなんだ……」

図らずも由希の生傷に触れることになってしまい、早穂子は顔を曇らせた。

「ま、いいけどね！　あんな男、どうせまた浮気を繰り返すよ」

由希は強気に笑うと話題を元に戻した。

「早穂子は私みたいにならないように、もしまた変な電話とかあったら今度は毅然《きぜん》と問い詰めるんだよ。そういうのって付き合い始めが肝心だから」

「うん、そうする」

神妙に頷《うなず》いたが、実際のところ上司である亮平に強い態度を取るのはハードルが高い。

今日だってそうだ。亮平の外出先は特に接待があったり長引いたりする相手ではない。だから接待という理由でのドタキャンに疑問を感じないわけではないが、極秘の交渉業務も多い亮平だけに、過度な詮索は控えねばと自分を納得させている。プライベートの亮平は気分の浮き沈みが激しく、早穂子は彼の機嫌を損ねないよう、いつもこうして気を遣っていた。そんな関係からいつか脱却できるだろうか。

「それはそうと、来月新しい人がうちの二課に来るらしいの。三十二歳の男性だって。私らより四つ上」

内心悶々《もんもん》としている早穂子をよそに、話題はさっさと移っていく。

「どこの部門から来るの？」

「他部門からの異動じゃなくて、アメリカの大企業からの転職だって。ヘッドハンティングとかかなぁ？」

「へえーすごいね」

すると由希がニヤリと笑った。

「今は新山課長が出世街道独走状態だけど、脅《おびや》かす存在になるかもよ」

「由希ったら、友達の恋人が負けるのを期待してるの？」

「だってイケメンは私の敵だからさ」

亮平は活躍を期待される筆頭だと言われているが、彼が頭角を現したのは最近のことだ。本社に異動してくる前、亮平は埼玉《さいたま》県北部に生産拠点を置くディスプレイ事業本部にいた。本部長室所属だったと聞いているが、彼が今の部門に来るまでその名前が本社で話題になったことはない。

ただ、開発競争で敗色が濃く、存続が危ぶまれているディスプレイ事業の危機を救う大きな貢献をしたと、部長クラスがオフレコで言っていた。重要な機密事項に触れるからだろう。そうしたことはあまり大っぴらには語られないようだ。

そのせいなのか、亮平は前部署時代のことを語ろうとしない。というより、早穂子がそれについて質問すると亮平は露骨に不機嫌になるので、怖くて触れられないのだ。二、三度そんな目に遭うと早穂子も懲《こ》りて口にしないようになったが、彼のあの態度は疑問だ。

「海外からのエリートかぁ。フリーだといいなぁ」

正面の席では由希が期待に目を輝かせている。失恋から二か月、少しずつ立ち直ってきたのかなと早穂子の頬も綻んだ。恋愛に慎重な早穂子と違い、由希は元彼との交際以前は恋多きタイプだった。華やかな顔立ちに加え、何とも言えない色気がある。

「フリーなら狙っちゃおうかな」

「イケメンだったらどうするの？　由希はイケメン嫌いなんでしょ」

早穂子がからかうと、由希は「忘れたなぁ」と笑った。


翌日の夜遅く、早穂子はアパートの部屋で亮平を迎えていた。

亮平が入ってくると、小さな玄関は彼の存在感に支配される。亮平が纏《まと》う高級ブランドの主張の強い香りは彼によく似合っていた。

「遅くなって悪い」

「いいえ。お疲れ様です」

早穂子ははにかみながら亮平を見上げた。恋人としての時間であっても早穂子の口調は昼間の関係そのままで、なかなか敬語が抜けない。

「ご飯、まだだったら用意しますね。簡単なものですけど」

「昨日の埋め合わせにどこか連れて行くはずだったのに」

「課長は忙しいから……こうして寛《くつろ》いで会えるのも嬉《うれ》しいです」

亮平は仕事や他の予定を優先することが多く、二人きりで会う頻度はさほど高くない。出世頭の亮平なら早穂子の及び知らない任務を多く抱えているはずで、部下だからこそ理解ある恋人でいなければと思う。

「可愛いこと言ってくれるな」

頭を撫でられた早穂子は頬を染めた。職場では敢《あ》えて距離を置いているので、二人きりになった時はちょっとしたことでも照れてしまう。

「まあ結婚したら毎日一緒だしな」

亮平は寛いだ調子で笑い、ネクタイを緩めながらリビングへと入っていった。

亮平の食事を手早く整え、自分にはハーブティーを淹《い》れてテーブルに着く。

学生時代からきちんと丁寧に自炊してきた早穂子は料理が得意だ。しかし和食のおばんざいが中心で、新進気鋭のシェフによる話題店などを好む亮平が気に入ってくれているかは自信がない。

案の定、亮平は主菜は平らげたものの副菜の小鉢には手をつけなかった。

（お洒落《しゃれ》な料理とか習った方がいいかな……）

少し落ち込みつつ、亮平との結婚に備えてそんなことを考えていた早穂子は正面から飛んできた質問で我に返った。

「もうじき中途採用者が来るのは聞いてるか？」

「はい」

由希が言っていた件だろう。今日の昼間にも一課の同僚たちが熱心に噂《うわさ》しているのを聞いたばかりだ。由希の話の通り、今度やってくるのはとびきりのエリートらしい。

「二課の配属だから早穂子に直接の関係はないけどな」

「そうなんですね」

取るに足らないことのように亮平はさらりと続けたが、どこか遠くを睨《にら》むような視線は鋭い。何となく空気を読んだ早穂子は所属先だけでなくすでに年齢や評判まで詳しく噂が回っていることは言わずにおいた。

剛胆な態度でカモフラージュされているが、亮平は勝つことに執着する男だ。由希が期待するように着任前から話題をさらうその男と亮平が拮抗《きっこう》関係になることは間違いなく、嵐の予感に早穂子まで身構えてしまう。

「アメリカのトップ企業にいた男らしい。でもアメリカと日本ではまた話が違う。まあお手並み拝見だな」

否定的なニュアンスと強気な言葉にはやはり亮平の強い対抗心が滲《にじ》み出ている。

「目移りするなよ」

「目移りなんかしません」

早穂子はにっこり笑って即答した。亮平が見せている独占欲が自分というより部内の覇権に向けられていることはわかっていたが、早穂子にとって恋人であり婚約者である亮平を裏切るなど考えられなかった。


翌週の月曜、その日の総合企画本部の部屋はいつもと違う妙な緊張感に包まれていた。四月に入った新年度初日ということだけではなく、ここのところ密《ひそ》かに話題の的になっていた人物がついにやってきたからだ。

ガラス張りの会議室には総合企画本部長、各部の部長、そして男が一人。こちらに背を向けているので風貌はわからない。朝一番から会議室に入っているらしく、いつも早めに出勤する早穂子が来た時にはすでにミーティングが始まっていた。新しく着任する海外からのエリートがいったいどんな人物なのか、誰もがそわそわしながら仕事を始めている。

会議室からは時折和やかな笑い声が響いていたが、みんなの期待をよそになかなか出てくる気配はない。朝礼の時刻を知らせる音楽が鳴ると、ようやく切り上げられた。

あらかじめ朝礼で挨拶するよう言われていたらしく、アメリカからの着任者が前に進み出る。知的で清雅な印象の顔立ちによく合う、落ち着いたやわらかな声だった。

「芹沢遥人《せりざわはると》と申します。半年前までアメリカのゼネラルサイエンス社でディスプレイ事業に携わっていました」

女性社員たちの食い入るような熱い視線、男性社員たちの品定めするような視線。そうした様々な視線を浴びながら、芹沢遥人は淡々と自己紹介を始めた。

背丈は亮平と同じぐらいだろうか。亮平のようにがっちりとした印象はなく、適度に細身だ。奥二重の涼しげな目、知性を示すようなすっきりと通った鼻筋、自然に整えられた癖のない黒髪。穏やかながら淡々とした口調と同じく、風貌もクールだ。しかし目立つ特徴はないのに妙に印象に残る男。それは底知れぬ湖の水面《みなも》を思わせる彼の瞳の静けさのせいかもしれない。

遥人の自己紹介の間、早穂子は亮平の手前あまり見ないようにしようと思いつつも、微笑を浮かべる彼の顔からなぜか視線を外せずにいた。

朝礼が終わると遥人は各部門に挨拶しにやってきた。一課で真っ先に進み出たのは亮平だ。自己紹介で遥人はディスプレイ事業に携わっていたことを明かしたが、亮平も堤電機のディスプレイ事業部出身だ。海外という自分より大きなステージからやってきたとなると、亮平のライバル意識は相当なものだろう。しかし遥人を前にすればそれはおくびにも出さず、にこやかに挨拶を交わしている。

他の社員たちも早速お近づきになりたくてうずうずしているようだったが、早穂子は自分から挨拶しに行くつもりはなかった。直属の上司ではないし、さほど関わることはないだろう。

しかししばらくその場の空気に合わせて遠巻きに眺めてから、そろそろ席に戻ろうと考えた時、すぐ近くの社員と談笑していた遥人がちらりとこちらに視線を向けた。

（え……）

早穂子の心臓がまるで鼓動を一つ飛ばしたかのように跳ねた。早穂子の顔を見た時、それまで静かだった遥人の視線が一瞬強くなった気がしたのだ。しかし初めて会う相手なのに、そんな風に感じるのは自意識過剰というものだろう。

早穂子が内心でそう打ち消していると、遥人が口元に笑みを浮かべてこちらにやってきた。こうなったら挨拶しないわけにはいかない。

「……あの、一課の小谷早穂子と申します。よろしくお願いします」

細身に見えたが、間近に立つと恵まれた男性らしい体格が際立って感じられる。心ならずも動悸《どうき》が激しくなるのを感じ、早穂子はその不可解な反応を抑えようと努めながらおずおずと顔を上げた。ぱりっとしたブルーのシャツから紺色のネクタイへ、それから端正な顔へ。

「芹沢遥人です。小谷早穂子さんですね。どうぞよろしく」

遥人と目が合った瞬間、早穂子は吉凶のわからない直感めいたざわめきが背筋を這《は》い上がる感覚に襲われた。涼やかな目でじっと見つめられると心臓を掴《つか》まれたように身動きが取れなくなる。

この胸騒ぎは何だろう？　遥人から視線を剥《は》がし、早穂子は慌てて一礼すると逃げるように席に戻ったのだった。

「疲れた……」

遥人の着任から半月あまりが過ぎた四月の下旬、残業中の早穂子は誰もいなくなった一課の島で一人ため息をついていた。

時刻は夜の八時を過ぎている。お腹《なか》も空《す》いてきたし、格闘中の資料は専門外で、始終用語の意味を調べないとさっぱり読み進められないし、辛抱強い早穂子も音《ね》を上げそうになっていた。

早穂子がこんな目に遭っているのは、この四月に大幅な業務改革が行われたせいだ。

以前は高い技術水準を誇る日本企業が世界のエレクトロニクス市場を席巻《せっけん》してきたが、ここ数年で様変わりした。まだ情報管理が甘かった時代から密かに流出し続けていた技術情報が海外企業にコピーされたことで、より安価で進化した製品が市場に流れ込んできたためだ。日本

企業の優位性は失われ、経営難に陥った日本企業が海外資本に買収されるニュースも珍しくなくなった。堤電機もここ数年の経営収支が捗々《はかばか》しくない。

そのため今春は全社をあげて技術開発の強化に取り組む方針が示された。総合企画本部も例外ではなく、これまで家電の商品企画部支援に携わってきた早穂子は、新たに設けられたデバイス先端技術会議の事務局も担当することになった。極秘に進める技術開発計画とその進捗状況を幹部が共有するための最重要会議だ。

議題について熟知していなければ、会議中に交わされる幹部たちの質疑を理解できない。早穂子は数多の議題の一つ一つについて早急にマスターする必要に迫られることになった。

一通りの業務を終えたあと、自席で資料と格闘する日々が始まった。機密資料なのでコピーは禁止、自宅はもちろん部署外への持ち出しもできない。

「何回読んでも頭に入ってこない……」

周囲に人の姿がなくなると、早穂子はがっくりと項垂《うなだ》れた。学生時代は化学も物理も数学もお手上げで、一も二もなく文系学部を選んだ。それなのに理系の人間ですら読みこなせないような先端技術資料を短期間で理解しろというのだから無茶な話だ。

「勉強か？　わからないことがあったら聞けよ」

他部門との打ち合わせから戻ってきた亮平が通りすがりに早穂子に声をかけていく。亮平は課長席に戻っても椅子には座らず、立ったまま机上を片付け始めた。

「帰られるんですか？」

亮平に課外授業を乞えるだろうか。早穂子は少し期待を持って帰り支度をする亮平の横顔に問いかけた。

「いや。取引先と会う予定」

約束に遅れているのか、亮平は気ぜわしく時刻を確認してからスマートフォンでメッセージを打ち始めた。

「……そうですか。お疲れ様です」

「早く帰れよ」

足早に部屋を出て行く亮平がそんな言葉を残していく。質問しろと言われても、これでは取りつく島もない。

「教えてもらおうなんて甘いか……」

亮平が出て行ったドアをしばし虚《むな》しい思いで眺めていたが、早穂子は自分を奮い立たせてまた資料に向かった。

しかしページをめくる手が止まる。こんな時間から取引先と会うのだろうか？　酒席だとしても何となく腑に落ちない。

亮平はしばしばこんな風に〝取引先と〟という理由で遅い時間から連絡が取れなくなる。もう帰宅しただろうかと夜中にメッセージを送っても返信はなく、既読もつかないことが多かった。

こういう時、あの不審な電話を思い出してしまう。

（……疑いすぎだよね）

一緒にいる時はあれだけ優しくしてくれて、二人の関係を部署内にオープンにしてくれているのに。自分を宥《なだ》め、がむしゃらに資料を読み進める。

その時、背後から声がかけられた。

「ICの管理ファイル、一課に来ていますか？」

「えっ？　あ……芹沢課長」

声だけで遥人だとわかっていたが、振り返って遥人の視線を受け止めた早穂子は鼓動が跳ね上がるのを感じた。

遥人は胸に亮平と同じく課長の印である青色のIDカードを下げている。亮平より一つ年齢は若いが、海外で積んだキャリアが高く評価されたからだろう。亮平は管理職昇進の最年少記録を早くも破られた形で、そのことがかなり腹立たしいようだった。そのため早穂子は亮平を気遣い、遥人を歓迎する部門全体の飲み会でも遥人に近づかなかった。

もっとも、物珍しさから遥人の周囲の席は争奪戦で、お近づきになりたいと思ったとしても叶《かな》わなかっただろう。しかし遥人はそうした面々をやり過ごしたあとは静かに飲んでいて、亮平のように派手に目立つことはあまり好まないようだった。

そういうわけで早穂子が遥人と言葉を交わすのは着任初日の短い挨拶以来だ。にわかに緊張し始めた早穂子の背筋がピンと伸びる。

「あのっ、すみません。ＩＣのファイルは私が取り込んでます」

穏やかな雰囲気ながら遥人の知的な佇《たたず》まいはこちらが冷感を催すほどクールだ。早穂子はしどろもどろに答え、手元の資料を遥人に渡そうとして慌ててかき集め始めた。

「ああ、今見てるならいいですよ。邪魔したね」

遥人はすまなそうな表情になり、早穂子が閉じようとしたページに手を置いて止めた。予想外の近距離に早穂子の緊張がいっそう高まる。

「先端技術会議の下調べですか？」

「はい。技術に疎《うと》くて……骨の髄《ずい》から文系人間なので」

緊張のあまり早穂子が余計な説明までつけてしまうと、遥人は〝骨の髄〟で笑った。

「基礎資料から見てるってことは完璧主義なんですね」

「いえ、全然わかってないからです。理解できていないと的確な議事録も書けないと思って」

「小手先の知識でごまかさないところが偉いですよ」

そこで遥人はふと一課の島を見回した。早穂子以外もう誰も残っていない。

「新山課長は？」

「先ほど退社されました」

「技術資料と格闘する部下を残して？」

「取引先と会う予定とのことです」

「……そう」

早穂子が亮平を庇《かば》うように言い訳すると、遥人は一瞬だけ冷笑に似た表情を浮かべた。しかしすぐに微笑み、思いがけないことを口にした。

「頼りになる上司がいなくて困っているのでは？　わからないことがあったら遠慮なく僕に聞いてください」

「えっ、でもお忙しいのでは……」

「全然いいですよ。僕も息抜きになるし」

早穂子に遠慮させないためか、遥人は質問を促すように隣の席に腰を下ろした。孤高の人というイメージを抱いていた遥人が意外にもフレンドリーだと知り、早穂子は遠慮しつつも素直にその救いの手にすがった。

「あの……SRAMとDRAMの違いがよくわからないんです。他にもROMとかキャッシュメモリとか、わかってる前提ですべて書かれていて、こんがらがってきて……。今さらの初歩的な疑問ですみません」

早穂子が小さくなって言い訳するのがおかしかったのか、遥人がくすっと笑った。普段はあまり表情を崩さないのに、たまに切れ長の目尻を下げて笑う時がある。温冷の差に目を奪われてしまう、不思議な人だ。

「大丈夫。そこで苦労する人、多いですよ」

それから遥人は早穂子の質問に加え、それらの応用技術までごくわかりやすく説明してくれた。優秀な人ほど説明が上手いというが遥人がまさにそうだった。難しい用語を使わず先端技術をシンプルに説き明かす彼の解説に早穂子は時間も忘れて聞き入ってしまった。

「あっ、ちょっと待っていただけますか……今のところをメモしておきたくて」

重要なところはメモしておきたいが、真剣に聞いていたせいで手が止まっていることに気づき、早穂子は恐縮しつつ一時停止を求めた。

「すみません、書けました」

説明の中のポイントを書き終えて早穂子が顔を上げると、遥人が少し意外そうな顔で早穂子の手元を見ている。

「偉いな。年季の入ったノートですね」

「あっ、これ……」

早穂子は少し顔を赤くした。もう使い切る直前になったノートはどのページにもびっしりと文字が書き込まれ、補足の紙が貼りつけられて分厚くなっている。勉強に必死になるあまり、何も考えず遥人の前でそれを使っていた。

「個人のメモはノートに書く方がきちんと理解できる気がして。アナログですけど、私は器用に効率よく理解することが難しくて……」

仕事で他者と共有する時や会議の議事録作業のもとにする時はパソコンで記録するが、個人の勉強のための記録はノート派だ。特にこんなに難解な内容は、まるで学生の受験勉強のように泥臭くても、そうしないと歯が立たない。

しかし亮平には〝ノートなんて時代遅れだからやめろ〟と顔をしかめられた。だから当然、ずば抜けて優秀な遥人ならなおのこと同じ意見だろうと思ったが、遥人の反応は意外なものだった。

「わかります。人間の脳はデジタルではなくアナログ構造なので、学ぶという観点から言えば効率が良ければいいというものではないんですよね。紙の辞書を推奨する学校が少なくないのもそういうことで。偉いと思います」

そう言われてみればそんな気もしてきて、早穂子は労《ねぎら》いを込めて自分の古びたノートを撫でた。

「どうして撫でてるんですか?」

「あ……労いを込めて」

早穂子の挙動がおかしかったのか、それとも返答がおかしかったのか、遥人は「ははは」と声を上げて笑った。やわらかく、まるで少年のように変化した笑顔に思わず目を奪われる。

「では再開していいですか」

「あっ、はい、お願いします」

早穂子は慌てて返事したが、一瞬だけ見た遥人の笑顔を頭から追い払うのにしばらく苦労した。親切でフレンドリーな態度といい、あの笑顔といい、意外なことだらけだ。

しばらくしてレクチャーが終わると、早穂子は目の前が開けたような気分で遥人に礼を言った。

「ありがとうございます。すっきりしました。同じ揮発性メモリでも構造の違いで特性と役割が全然違うんですね。すごく面白いです」

「小谷さんは飲み込みが早いですよ」

「いえ、説明が上手いからで……」

いつのまにか至近距離なのも忘れて遥人の顔を見つめて聞いていたことに気づき、早穂子は視線を伏せた。目の前の資料に置かれた遥人の指は亮平のがっしりしたそれとは違い、長く繊細だ。それでいて力強さもある。

「他は？　わからないことはないですか？」

「はい、大丈夫です」

「あ、そうだ」

腰を上げた遥人は何かを思い出したのか、「ちょっと待ってて」と言い残して自分の席に戻っていった。何だろうと訝《いぶか》りつつ待っていると、彼は小さな何かを手にして戻ってきた。

「さっき打ち合わせで貰《もら》ったものですが、よかったらどうぞ。経営企画室長の海外出張土産で、中身はチョコレートだそうです」

数字だらけの資料の上に、くりくりと丸い目をしたヒヨコが描かれた小さな缶が置かれる。遥人にはあまりにも似合わない可愛らしさに、早穂子の頬が思わず緩んだ。

「可愛い」

「経営企画室長はこういう可愛いのが好きらしいです」

いかめしい経営企画室長の顔を思い浮かべて早穂子はつい噴き出してしまった。それを見て遥人も笑う。

「芹沢課長の分は？」

「僕は甘いものはあまり食べないんです。美味しく食べてくれる人に貰われた方がいいですから」

早穂子はヒヨコの缶を手にはにかみつつ遥人を見上げた。

「ありがとうございます。遠慮なくいただきます」

「どうぞ。糖分補給して頑張ってください」

遥人が隣の椅子を直す動きでふわりと微風が立つ。フレグランスなのかそうでないのか、区別がつかない透明感のある香りが一瞬だけ早穂子の頬を掠《かす》めた。まるで遥人本人から香っているのではと思わせるさりげなさが彼の知性ある雰囲気によく合っている。

「また気軽に聞いてください。僕は二課だけど気を遣わなくていいですよ。直属の上司でない方が聞きやすいっていうのもあるでしょうし」

「ありがとうございます」

隣の島に歩み去る遥人の背中を見送ってから、ヒヨコの缶を改めて眺める。コロンと手のひらにのる小さな缶には卵の形をしたチョコが数粒入っていて、口に含むとヘーゼルナッツのまろやかな風味が広がった。

「美味しい……」

残りは大切に食べることにして、元気を取り戻した早穂子は資料に再び向き合い始めた。遥人の解説のおかげで先ほどよりもスムーズに内容が頭に入ってくる。

しばらく没頭してからふと顔を上げた。残っていた社員は次々と退社し、部署内に人の姿はまばらになっている。気づかぬ間に遥人も帰ってしまったのではと思ったのだ。

その姿は探すまでもなく二課の課長席にいた。遥人は先ほど早穂子に見せた笑顔とは打って変わり、真剣な表情で何か分厚いファイルのページを注視している。

（あれは――）

昨夜早穂子もそのファイルを閲覧したので、遠目でもその緑色の表紙がディスプレイ関係の最新資料だということを見分けられた。遥人はアメリカでディスプレイ技術に携わっていたから、他の分野よりさらに詳しいのだろう。仕事に切り替わった横顔は怜悧《れいり》に感じるほど端正だ。

縁遠いと思っていた彼を少しだけ知ることができて、純粋に嬉しかった。しかし彼は亮平が対抗心を燃やす相手。

部長クラスとまだ幾人かが職場に残っていることを確かめると、早穂子は資料に視線を落とした。


「大変そうだね、早穂子」

翌週、その日もまた居残りで早穂子が自主勉を開始していると由希が声をかけてきた。もう帰るところらしく手にはポーチを持ち、メイクを直したばかりの顔はご機嫌そうだ。

「由希はもう帰るの？」

「うん」

「何か予定あるの？　いつもと違う感じ」

「実は合コン。飲み会感覚で楽しく飲んでこようかなって」

「いいなぁ」

「早穂子ったら合コンに行きたいの？　新山課長に怒られるよ」

「だって毎日勉強ばっかりなんだから。私も飲みに行きたいよ」

由希はまだ時間に余裕があるらしく、空いていた隣の席に腰を下ろした。

「今日の相手は公務員。真面目そうなイメージじゃない？　遊び人はこりごりだし」

「真面目といえば芹沢課長は？」

早穂子の口からポロリと遥人の名前が飛び出した。あれだけ熱心に遥人にロックオンしていたのに、最近の由希は何も言わない。内心気になっていたのだ。

「芹沢課長、すごくいいよね」

由希は熱を込めて答えてから周囲を見回し、人がいないことを確認した。今は部課長会と労働組合の総会があり、亮平や遥人をはじめ管理職も中堅クラスの社員も出払っている。ここぞとばかりに若手はみんな早めに退社してしまい、大部屋の遠くの方に数人が見えるだけだ。

「着任一か月足らずですでに出世頭だよ。うちの本部長はもちろんだし、部門を越えて経営企画室長の大のお気に入りだって」

「へぇ……やっぱりすごいんだ」

「すっごく頭切れるのに余裕綽々《しゃくしゃく》で涼しい顔なところがまたいいよね」

社長の補佐役である経営企画室長は最高幹部に等しいポジションだ。気難しいという評判だが、ヒヨコのチョコレートをくれた際の遥人の話ではかなり打ち解けているようだった。

なるほどねと早穂子が納得していると、不意に由希がもう一度周囲を見回し「実はさ……」と言いにくそうに切り出した。大絶賛は何かの話の前振りだったらしい。

「どうかしたの？」

早穂子が話の続きを促すと、由希は一段と声を落とした。

「実は……二課の歓迎会の時、酔い潰れちゃって芹沢課長に介抱してもらったの」

「ええ？　そうだったんだ」

「それで、アパートまで送ってくれたんだけど……」

二課の歓迎会が少し前に行われたのは知っていたが、そんなことが起きていたとは聞いていない。早穂子は思わず身を乗り出した。

「そ、それで？」

続きを待つ早穂子の鼓動はなぜか速くなっている。明らかに何かあったらしい話の成り行きが気になって仕方がない。

「……でさ。彼氏と別れてから自棄《やけ》気味だったし、何か暴走したくなっちゃって。酔ったふりして誘ったわけ」

「…………」

想像を超える展開に早穂子は絶句したが、由希は構わず話し続ける。

「まあ実のところ正体がなくなるほど酔ってたわけじゃなくて。新しく来た人で、しがらみもないじゃん？　大胆になったら何か変わるかなって。あんなに素敵な男なら一夜で終わっても御《おん》の字かなって思っちゃって」

由希が狙いを定めて誘ったら大抵の男性は陥落する。あの冷静な遥人だってきっとそうだろう。そんな顛末《てんまつ》を予想して早穂子は続きを待ち受けたが、由希は俯《うつむ》いてポーチをいじりながらボソッと小声で白状した。

「で、瞬殺で拒絶されました」

「ええ？」

「恥ずかしいったらないよ。あんな高潔なイケメンが部下の据え膳に食いつくはずないのに」

「いやいや、由希は可愛いし綺麗《きれい》だし色気あるし、食いつかれるのが妥当だと思うよ」

由希の誘惑で駄目ならいったい誰ならいいのだと聞きたくなるぐらい由希はモテる。拒絶されるなんて信じられなかった。

「酔った勢いじゃなくて、真面目に向き合ってくれるのかもしれないよ」

早穂子の意見に由希は情けなそうな顔で苦笑した。

「まあ……ある意味そうなんだけど、そうじゃないの。アルコール関係なく、完膚《かんぷ》なきまでに振ってくれたの。あの人、氷みたいに冷静だよ。白状すると私、そういう誘惑にかけては自信あったのに」

「羨ましい……」

「どこが。結果、木っ端微塵《こっぱみじん》の赤っ恥よ」

「なのにどうして芹沢課長大絶賛なの？」

プライドの高い由希にしては珍しい。話の続きは意外なものだった。

「普通の男なら据え膳は食っちゃうだろうし、拒絶するにしても酔った勢いは良くないとか君のためだとか、いい人ぶった逃げ方すると思うんだよね。でも彼は酔っ払いの私相手にストレートに答えたの」

「なんて？」

「僕には心に決めた人がいますので、って」

「…………」

「そんな熱い言葉を無表情で言われたから余計に強烈で、酔いも覚めたわ」

感情が薄そうなイメージの遥人に、そんな言葉を口にするほど情熱を注ぐ相手がいるという事実。意外すぎるせいか、なぜか早穂子まで衝撃を受けてしまった。

「あの彼にそこまで言わせる人がいるわけだよね。ぐうの音も出なかった。どんな出会い方の、どんな人なんだろうね？　逆立ちしたって敵《かな》わないんだろうな」

「そうだね……」

早穂子はまだ茫然《ぼうぜん》としていたが、由希は空気を切り替えるようにポーチを両手でポンと叩き、顔を上げて明るく笑った。

「だからこっちも冷静になるしかなくて。そんな誘いをかけたことに後悔はしてるけど、目が覚めた。自棄とか勢い任せとかじゃなくて、ゆっくり自然に見つけられたらいいなって」

「うんうん」

「ていうか、イケメン嫌いに加えてエリート恐怖症になりそうだわ」

由希は笑いながら腰を上げた。

「とか言ってる舌の根も乾かないうちに合コンに行くんだけどね」

「楽しんできて」

からりとした笑顔で手を振って去っていく由希を見送り、早穂子は微笑みながら安堵《あんど》のため息をついた。由希が前向きになるきっかけには驚いたが、彼女の表情から完全にトンネルを抜けたことが感じられて嬉しかった。


遥人の着任から二か月近くが過ぎた。新しく発足した先端技術会議は無事に二度目の開催を終え、事務局を務める早穂子は順調な滑り出しに胸を撫で下ろしたが、脱力している暇はない。まだまだ会議に上程されていない議題は山ほどあり、早穂子の居残り勉強は相変わらず続いている。

そんな苦労を遥人は気に留めてくれているのか、あれから早穂子が居残り勉強していると度々声をかけてくれるようになった。早穂子もできるだけ自力でやり通したいが、業務なので根性論より効率も大事だ。それに本来指導を仰ぐべき亮平はここのところ外出先から直帰することが多く、あまり席にいない。

そういうわけで遥人と早穂子が会話する機会は徐々に増えている。この間は遥人がシンガポール出張した際、お茶が好きな早穂子のためにわざわざ現地でしか買えない有名ホテルの紅茶を土産に買ってきてくれた。

今夜も自主勉する早穂子の隣の席でレクチャーしてくれるのは亮平ではなく遥人だ。

「このページは議題に直接関係ないけど、今後かなり重要になると思う。余裕がある時にもう一度読んでおくといいですよ」

「ありがとうございます。メモしておかないと」

早穂子がノートを取り出すため引き出しを開けた時、遥人がふと笑った。

「そんなところにいたんだ」

「え？　……あっ」

遥人の視線を辿《たど》った早穂子は真っ赤になった。引き出しの中には遥人に貰ったヒヨコの缶が収まっている。

「あの、ちゃんと付箋《ふせん》入れとして機能はしてるんです」

菓子の空缶を後生大事にしているなんて、子供じみていて恥ずかしい。

「居心地がよさそうでよかった」

あたふたと焦る早穂子をよそに遥人は笑っていたが、次の冗談はなかなか鋭かった。

「新山課長に見つかるとまずいかもしれないですけどね」

実は数日前に亮平に見咎《みとが》められたばかりだ。亮平はすぐに遥人から貰ったものだと気づいたらしい。その夜、早穂子の部屋を訪れた亮平はいつになく不機嫌だった。

〝芹沢の気を引きたいのか？〟

〝そんなこと——〟

〝質問は俺にしろよ。芹沢と関わるな〟

しかしそうやって口では束縛するくせに、最近の亮平は接待に出かけてばかりだ。それに亮平のレクチャーは技術用語だらけで、早穂子の理解がついてこないとすぐに苛々《いらいら》する。上司を失望させてはいけないという部下としてのプレッシャーもあるので、上下関係の薄い遥人の方が正直のびのびと学べた。遥人なら早穂子が的外れな質問をしても笑って付き合ってくれるし、そうした冗談のような雑談の中でいつのまにか理解させてくれる。彼自身も楽しんで説明してくれていることが伝わってくるのだ。

しかし、亮平は遥人を口汚く酷評していた。

〝聖人君子ぶっているが、芹沢はしたたかな男だ。あいつの行動はすべて計算ずくだよ。経営企画室長に気に入《あ》られてるのもね〟

遥人がそこまで悪しざまに言われる理由が早穂子にはよくわからなかった。このチョコレートが経営企画室長の土産だったことが余計に亮平の不興を買ったのだろうが、遥人の着任から二か月足らずで亮平の遥人に対する嫌悪感は決定的になってきた。遥人もそのことに気づいていて、先ほどの皮肉が飛び出したのだろう。

早穂子が返答に詰まっていると、遥人は亮平についてそれ以上突っ込んでくることもなく、誰もいない一課の島を見渡して伸びをしながら言った。

「ちょっと休憩しますか？　コーヒーに付き合ってください」

〝芹沢と関わるな〟

亮平の声が心の中でこだました。レクチャーまでは仕方がないと自分に許しているが、一緒に休憩することは亮平への裏切りになるだろうか。

「あの……」

遥人は立ち上がり、断る理由を探して口ごもる早穂子に微笑みかけた。

「財布は持たないで。僕がお願いしたんだから。それとも帰りを急いでる？」

「いえ」

ここまで紳士的に誘われたら負けてしまう。まごつきながら早穂子も慌てて立ち上がる。

「私のせいでお仕事の手を止めてしまっているのに、その上コーヒーまで……」

「自販機の缶コーヒーぐらいでそこまで恐縮しないで」

そう言って笑う遥人の目尻が下がり、早穂子もつられて笑顔になった。

「僕もいい気分転換になってます」

遥人の背中に続きながらそっと肩の力を抜く。そもそも遥人には〝心に決めた人がいる〟のだから、同僚とコーヒーブレイクする程度、それ以上の意味はないのだ。

そう思いつつも、亮平のデスクの横を通り過ぎる時、早穂子の歩調がわずかに鈍くなる。するとそれに気づいたのかどうか、遥人が振り向いて亮平のいないデスクに視線を向けた。表情は穏やかなのに目の奥は鋭く、それは彼の着任初日に感じた冷ややかさを思い出させた。

「彼を気にする必要はないと思いますよ」

遥人は早穂子の返答を待たず、そのままさっさと出口に向かって歩き続ける。

（今のはどういう意味……？）

亮平との関係が軋《きし》み始める不穏な予感とともに、遥人との距離は縮まっていく。早穂子の戸惑いをよそに、均衡が崩れる時はすぐそこまで来ていた。


それはわずか数日後のことだった。その夜も亮平は不在で、遥人は早穂子の質問に答えたあと、業界の現状についても解説してくれていた。いつも丁寧に説明してくれる彼だが、早穂子の質問に沿った技術解説以上のことに話題を広げて自発的に話すのは珍しいことだ。彼は技術の変遷《へんせん》から最新の開発状況、業界の勢力関係などすべてを網羅していて、早穂子はその広く深い内容に時間も忘れて耳を傾けていた。

「日本企業はこの分野の開発で先行していたにもかかわらず、商業ベースで敗北しました。たしかに量産へのアプローチで難航しましたが、それそのものが敗因ではない。その実験データが海外企業に流出したことが敗北に繋《つな》がりました」

「後発企業が労少なくして近道できたということ？」

「そうです」

「訴えることってできないんですか？」

「現実には得策でないんです。証拠を取るのは難しいうえ莫大《ばくだい》な訴訟費用がかかるし、勝っても負けても世間のイメージは損なわれますから」

遥人はどこか遠くに思いを馳《は》せるような目で続けた。

「開発戦争の陰にはたくさんの技術者の身を削るような努力があります。気が遠くなるほどの労力と時間をかけて試行錯誤を重ねて解を得られたならいい方で、多くは徒労に終わる。そうして生み出される技術への敬意も美学もない、欲望で汚れた人間が同じ世界にいる」

情熱、愛情、それとも哀惜だろうか。いつもの冷静で静かな口調ながら、今の彼は素顔で本当の思いを語っているように感じられた。

「盗んだ者勝ちだなんて……」

業界の熾烈《しれつ》な裏側に早穂子が絶句すると、遥人は「そう」と頷いた。

「だから、法の裁きを下せないなら、自らの手を汚すしかない」

遥人は目の前に広げている資料を眺めながらかすかに笑った。

「やられたらやり返せばいい。托卵《たくらん》のように技術を預け、育ってからもっと多くを奪い返せばいい。報復のためなら悪に染まるのも正義。僕たちがいるのはそんな世界です」

遥人の口調は冷ややかで、その目は影を帯びている。具体的な例でも知っているのか、それとも当事者だったのか。アメリカの企業ならきっと熾烈な抗争があったのだろうなと早穂子は想像した。

「堤電機もそういうスパイ活動とかやってるんでしょうか。部長とかのほほんとしてるし、そんなドラマみたいなこと想像できないですけど」

「まあ、あなたが思っているより汚いでしょうね」

「それってやっぱりそういうこと？」

「さあ？」

「……ごまかしましたね」

早穂子が唇を尖らせると、遥人は軽く笑って付け足した。

「少なくとも僕は汚い人間ですよ」

「高潔なイメージ持ってたんですけど」

「はは、高潔な男なんてこの世にいませんよ。真面目くさっていても頭の中はゲスいことかいやらしいことか、大概どちらかですね」

「芹沢課長も?」

「そうですよ」

「……ちょっとショックです」

「ははは」

口の中でもごもご呟《つぶや》いた早穂子を見て遥人が笑っている。温かさと冷たさが表裏にあるような、掴みどころのない人だ。

〝僕には心に決めた人がいますので〟

由希から聞いた彼の台詞を思い出し、早穂子はそっと遥人の横顔を窺《うかが》った。この人にそんな熱い言葉を言わせる女性。どんな人なのだろう?

「……じゃあ」

そんなことを考えていた早穂子は、不意に遥人がこちらを向いてぐっと顔を寄せてきたので、口から心臓が飛び出しそうになった。しかも彼が次に口にした台詞は刺激的だった。

「もし僕が何かを盗むために小谷さんに近づいてるとしたら?」

少し近くなった距離にある遥人の目はよく見ると漆黒ではなく、夜空の色に似ていた。もっと奥を見ようとして覗《のぞ》いたら淵《ふち》に引きずり込まれてしまうような、そんな危うげな気分になる。

意味深な質問に内心は動揺したが、早穂子は平静を装った。

「私から盗む情報なんてないじゃないですか。会議内容もわからなくて、こうして教えてもらってるぐらいなのに」

「まあ、そうだね」

「もう、バカにしてますね」

遥人の台詞に深い意味はなかったらしい。身構えた自分に内心で苦笑する。

しかし遥人の本当の攻撃はここからだった。

「奪うものが情報とは限らないでしょう」

「………」

「今夜も新山課長は〝接待〟?」

質問内容は脈絡なく飛んだように見えても、決してそうではない。遥人の頭脳ならば着実に繋がっている。

「……そうです」

「あなたはそれを信じてるんですか?」

「……はい」

返事が少し遅れた早穂子を遥人がまっすぐに見つめてくる。その目は穏やかさと同時に冷酷な光を帯びている。

「新山亮平がどういう男か、知った方がいい」

「どういう意味ですか？」

虚勢を張って遥人を睨みつけたが、早穂子自身も亮平の行動に謎がありすぎることはずっと気にしてきた。でも恋人としての自負がある。そんな仄《ほの》めかしに乗りたくない。

「今週の金曜、彼と約束していますか？　していないでしょう」

「………」

「毎週金曜、彼には会う人がいる」

早穂子の視界が衝撃で揺れた。

でも、本当はわかっていた気がする。いつからか始まり、いつのまにか規則正しく定着してしまったその空白。それだけでなくあの不審な電話も――ずっと気にしながら、着々と進む結婚への道程の中で目を逸《そ》らしてきたことはいろいろあった。信じるってそういうことだと思ってきた。だって彼は来月、関西に住む早穂子の両親に挨拶するって――。

「来週の金曜の夜、僕についてくればわかります」

早穂子は首を横に振った。

「いいえ、行きません。信じてますから」

たとえ亮平に秘密があったとしても、それが早穂子を裏切るものでなければ知らなくていい。結婚するからといって相手のすべてを知る必要はないはずだ。

「忠実ですね。だから君だったんだろう」

自分が選ばれたのは愛ではなく、忠誠心。そう指摘されて傷つくのは、それが真実にさほど遠くないとどこかで自覚しているからだ。

遥人はそれ以上踏み込んでこなかった。唇を引き結ぶ早穂子の視界の中でブルーのシャツが揺れ、立ち上がる。

「来週の金曜までゆっくり考えてください」

行かない。行かない――。

歩き去る靴音を聞きながら、早穂子は自分に言い聞かせていた。

それからの一週間は不気味なほど静かだった。遥人とはあれきり接点はなく、亮平も偶然なのか、その週はあまり接待に出かけている様子がない。しかし早穂子の心は遥人の言葉にじわじわと侵食されていた。

『今週の金曜、退社したあと会えませんか？　観たい映画があるんです』

そんな誘いを亮平にかけたのはそのせいだ。映画を観たいと思っていたのは嘘《うそ》ではない。しかしわざわざ金曜日にぶつけたのは潜在的に亮平を信じきれていなかったからだろう。

『金曜は無理だな』

亮平はすげなく答えたあと、ふと思い直して機嫌を取るように『日曜では駄目か？』と言い直した。

土曜日ですらないなんて——。

最近は金曜に続いて土曜日も会えない日が多かったが、その理由を悟った時、早穂子は足元の地面が崩れていくような絶望感に襲われた。亮平を信じるために目を瞑《つむ》り、彼の代わりに言い訳し続けて守ってきた大切なものを、亮平は惜しげもなく踏みつけたのだ。

「直帰なので、あとはよろしく」

金曜日の夕方、早穂子の願いも叶わず亮平がいつものように退社していく。商用のあと、亮平は遥人が言う場所へと向かうのだろう。おそらく女性と会うために。

迷った挙句に二課の課長席にいる遥人の前に立った時、早穂子は心の中で亮平と自分との両方を責めていた。

「通用口で待っていてください。今なら彼より先に着くでしょう」

表情を変えず業務伝達のように告げる遥人に青ざめた顔で頷き、踵《きびす》を返す。

地下鉄の中で二人はほとんど言葉を交わさなかった。誘導に屈した屈辱、今から目にするものへの不安と恐怖。こうしてこそこそと亮平の身辺を探る自分への軽蔑の念が早穂子を苛《さいな》んでいた。

遥人が向かったのは銀座《ぎんざ》の表通りから少し入ったところにあるバーだった。

「あの店です」

遠くにそのドアを認めた時、早穂子はそれまでずっと我慢していた言葉を発作的に口にした。

「ごめんなさい！　やっぱり私——」

「危ない」

向きを変え走って戻ろうとしたが足がもつれ、よろけてしまった。すぐさま遥人が抱き留める。

初めて感じる遥人の体温に息をのむ。清廉さと知性の人だと思っていたが、その力強さは彼の男としての圧倒的な優位性を充分に感じさせるものだった。

「……震えてる」

早穂子がここまで怯《おび》えるとは思っていなかったのだろう。感情を見せない遥人の深い瞳が今は少し驚いた表情を浮かべている。

遥人に触れていると余計に動揺してしまう気がして、早穂子は俯いて彼の腕から離れた。

「……すみません。大丈夫です」

逃げる機会を逸してしまい、観念して頷く。ここまで来たなら自分の目でしっかり確かめるしかないだろう。

遥人に従い、びくびくしながら薄暗い店内に入る。店内には数人の客がいたが亮平はまだ来ていないようで、早穂子は止めていた息をわずかに吐いた。

遥人に誘導されるまま衝立《ついたて》で仕切られた奥の席に座る。そこからはメインのカウンター席がよく見える。今から亮平が現れると思うと胃がせり上がってくるようで、早穂子は両手を膝の上で固く握り締めていた。

「ドリンクを選べますか？　それとも僕が適当にオーダーしましょうか？」

「……お願いします」

バーで飲んだ経験がほとんどないので何をどうオーダーしていいのかよくわからない。そもそも、今は何も喉を通りそうにない。遥人に委ねると、早穂子は石のように押し黙ってひたすら視線をテーブルに固定していた。

しばらくすると目の前にグラスが置かれた。ほんのり黄みを帯びた白いカクテルのグラスの縁を雪のようにキラキラ輝く粒が取り巻いている。ダークな無垢材のテーブルの上で、それは花嫁のドレスのように美しく輝いていた。

「……んっ」

誘われるようにグラスに口をつけた早穂子は予想外の味に驚き、カクテルを零《こぼ》しそうになった。その美しい粒は塩だった。

「もしかしてあまり飲み慣れていない？」

早穂子の反応に遥人も少し驚いている。

「はい……。塩だとは思わなくて、びっくりして」

しょっぱさのあと、レモンなのかライムなのか柑橘《かんきつ》の香りが喉に広がっていく。追い詰められた気分の今はその爽やかさがありがたかった。

「無理に飲まなくていいですよ。客としての形だけなので」

「いえ、すごく美味しいです」

現実から逃げたくてグラスを口に運ぶ。遥人はそれきり何も言わず、早穂子が落ち着くのを待っているようだった。

「……これは何ていう名前のカクテルですか？」

動揺が鎮まると、長い沈黙が気になってくる。早穂子は頭に浮かんだ質問を口にした。

「マルガリータ。語源となるギリシャ語で真珠という意味もあります」

「真珠……そんな感じですね。花嫁さんのドレスみたいで綺麗」

「花嫁……そうですね」

遥人はブランデーのグラスを揺らしながらかすかに笑った。

「真珠はアコヤ貝に外套膜《がいとうまく》と核を挿入して作られます。汚れた外界も、払われた犠牲も知らない純粋無垢《むく》な光。その危うさが人を惹《ひ》きつけるのでしょうね」

払われた犠牲――。遥人の言葉は単純にそのままの意味なのか、それとも何かの比喩なのか。神妙な気分でカクテルをまた口に含む。淡々としながらも遥人の口調にはどこか哀惜のような感情も混じっている気がした。この人は今までどんな人生を歩んできたのだろう？　ぼんやり考えながらグラスに口をつけていると、今度は遥人が沈黙を破った。

「彼と結婚するつもりですか?」

亮平の不実を確かめる今、それを聞くのは酷というものだ。グラスを置く早穂子の手が震えた。公認の恋人として「はい」と答えるべきなのに、それがなかなか出てこない。

「彼を愛してる?」

なぜそんなことまで……? 遥人が感情にまで踏み込んできたことに驚き、早穂子は思わず彼の目を見つめ返した。

「……はい」

これが亮平への最後の忠誠心だった。愛しているのかいないのか、亮平との未来が見えない今の早穂子にはわからなくなっていた。

しかし早穂子が頷いたその時、入口のドアが開く音がした。靴音だけで亮平だと察し、呼吸が一気に苦しくなる。

それは通い慣れていることを示すように堂々と店を横切り、カウンター席の中央にどさっと腰かける音で止まった。

「水割り」

紛れもなく亮平の声だ。彼が現れませんようにという願いが消え、早穂子は瞑目《めいもく》して吐息を噛《か》み殺した。亮平の席からはちょうど死角になり、遥人と早穂子の顔があちらから見えないことだけがありがたい。願わくは、このまま亮平が誰と会うこともなく出て行ってくれたら――。

しかし間もなく再びドアが開き、今度は甲高いヒールの音が響いた。

「ごめんね、遅くなっちゃった」

女性の靴音はまっすぐ亮平に向かって進んでいく。

「んー会いたかったぁ」

「たった一週間ぶりだろ」

周囲に憚《はばか》ることもなく亮平にしなだれかかる気配が目を伏せていても伝わってくる。メニューも見ず即座にオーダーする女性の声は、彼らの関係が昨日今日始まったものではなく、それなりに定着していることを示していた。

どうしても我慢できずそっと窺うと、亮平はこちらに背中を向けるようにして女性の方に身体を傾けている。女性は早穂子よりも少し年上のようで、服装もメイクも華やかだが品もある。ある程度のクラスの余裕あるキャリア系に見えた。

「ねぇ、聞いたわよ。会社の子と結婚するんだって？」

いきなり自分に関する話題が飛び出し、早穂子の緊張が限界になった。この状況では亮平の不実を否定する余地はもうあまりなさそうだが、自分について否定的なコメントをされるのは耐えられない。

亮平の声が素っ気なく答える。

「ああ、形だけね。身を固めた方が昇進に有利だからな」

「私たちはどうする?」

「どうって、変わらないだろ? 結婚ぐらいで」

「悪い男ね。ふふ、亮平らしくて好きだわ」

二人の笑い声を聞きながら早穂子は何度も何度も頭を殴られたような眩暈《めまい》を覚えていた。耳に流れ込んでくる言葉が信じられず、頭の処理が追いつかない。

〝身を固めた方が昇進に有利だからな〟

たしかにその言葉は上昇志向が強い彼の性格を思えば合点がいく。部下として支配下にある早穂子は都合のいい妻に適役だったのだ。

「どんな子?」

「おとなしい女だよ。俺が外で何をしようと仕返しもできないだろうな」

「そんなこと言って、案外その子を気に入ってるんじゃないの?」

「俺は刺激的な女が好きだな。男の普遍的な本能だろ。退屈な女はお飾りで充分だ」

「ふふ、私とその子、どっちのこと?」

女性の甘えたくすくす笑いが聞こえてくる。密着した二人が言外のやり取りをしているのだろう。

「行こうか」

「亮平の部屋がいいな。結婚したら行けなくなるでしょ」

亮平は早穂子をあまり自分の部屋に呼ぼうとしない。いずれ結婚してそこに住むことになるのだからと早穂子もあまり気にしていなかったが、真相はこういうことだったのだ。女性の痕跡が部屋中に残っているのだろう。

吐き気がするような会話にひたすらじっと耐えていた早穂子はここでふらふらと立ち上がった。

「待て」

それまで沈黙を守っていた遥人に手首を掴まれたが、力いっぱい振りほどく。

〝どうって、変わらないだろ？　結婚ぐらいで〟

これまでもこれからも、亮平は他の女性との肉体関係を並行するつもりなのだ。そんな男に純潔を捧《ささ》げてしまった自分の愚かさが呪わしく、身悶《みもだ》えしそうだった。

亮平と連れの女性はまだ早穂子に気づいておらず、こちらに背を向けて立っている。女性がバッグの中を整えるのを亮平が待っているところらしい。亮平の手は女性の腰に回されていて、指先でまさぐるように撫でる親密な仕草に改めて早穂子は吐き気を催した。

〝俺が外で何をしようと仕返しもできないだろうな〟

〝退屈な女はお飾りで充分だ〟

亮平の言葉が刃《やいば》のように心に刺さり、目の前が真っ赤に染まる。再び早穂子の腕を掴んで止めようとする遥人の手を振り払い、衝立の陰から靴音を響かせて歩み出る。亮平に何を言うか、まったく考えていなかった。

早穂子の足音に気づき、亮平が肩越しに振り返る。

彼女の前で言い訳してくれたら――。

一縷《いちる》の救いを求めた早穂子だったが、亮平は一瞬驚いた表情を浮かべたものの、すぐに落ち着き払った顔に戻った。

しかし数秒後、その顔から余裕の笑みが剝げ落ちた。椅子の音とともに遥人も立ち上がったからだ。

「なぜ芹沢が……」

亮平が愕然《がくぜん》として呟いた。それには構わず、遥人が早穂子を抱きかかえるように腕を回し、再び椅子に座らせる。早穂子の身体も抵抗することなくそれに従っていた。決死の覚悟で亮平の前に出たのに何もできなかったが、自分を見ても狼狽《ろうばい》しなかった亮平の態度だけでもう充分だった。

「なあに？　どうしたの？」

「……いや？」

バッグから顔を上げた女性の声と取り繕う亮平の声が聞こえ、二人の靴音が遠ざかっていく。

彼らの足音が店の外に消えると、早穂子は両手で顔を覆った。

(私はどうすべき……?)

頭を整理しようとするが、うまくいかない。ここは踏ん張るべきなのだろうか? 感情的になる前に彼とじっくり話し合って――。

しかし遥人が追い打ちをかけるようにもう一つの事実を明かした。

「あの女性は三和《さんわ》テックの社員です」

「……え?」

思わず顔を上げ、遥人の横顔を凝視する。

日本の電機業界は電機御三家と呼ばれる三社が激しい開発競争で鎬《しのぎ》を削っている。堤電機、都築《つづき》エレクトロニクス、そして三和テックだ。全社をあげて業績の建て直しに励む中、機密情報を管理する部門のエースである亮平がライバル社の女性社員と享楽に耽《ふけ》っている。しかも亮平は一人で勉強する早穂子を放置して毎週のように逢瀬《おうせ》を重ねていた。女性の腰を撫でる亮平の指の動きを思い出し、虫唾《むしず》が走る感覚に顔を歪《ゆが》める。

それでも亮平の公認の恋人として踏ん張ろうと思うあまり、早穂子は八つ当たりのように遥人に怒りをぶつけた。

「どうして芹沢課長はそのことを？　それにわざわざ私に教えなくていいじゃないですか。他人のプライバシーなのに」

「同僚のプライベートの痴態だけなら僕も興味はない」

遥人は素っ気なく答えた。

「理由は二つある。一つは彼のプライベートの問題に留《とど》まらないからだ」

「どういう意味――」

相手がライバル社の社員であることを今一度考えた早穂子ははっとした。遥人は落ち着き払った顔で続ける。

「あの女性だけでなく、他に新聞社の女性もいる。彼が〝情報通〟なのはそういうことです。上層部の指示ではない。真っ当ではない手段で栄転を手に入れてしまった彼が〝実力〟を見せるためにはそれを続けるしかないということでしょうね」

「真っ当ではない手段……？」

一心に信じてきたこれまでは気づかなかったが、そう言われてみればばらばらの断片だった疑問点が繋がり、一本の線になっていく。過去の仕事を語らない彼。連絡が取れない夜。早穂子にかかってきた女性からの電話――。部長たちがオフレコで語っていた亮平の〝手柄〟とは何だったのだろう。

「汚い……」

失望のあまり早穂子の口から呟きが漏れた。

他にも合点がいくことはたくさんある。プライドが高く自己顕示欲が強い亮平は他人から受ける評価にこだわっていた。彼を突き動かしているのは、彼が語ってみせるような技術の革新への情熱ではなく、出世への執念なのだ。

「堅実で評判のいい君と結婚すれば、乱れた素行の目隠しになる。浮気に気づかず、気づいても黙って耐え、貞淑な妻でい続けるであろう君なら」

それ以上聞いていられず、早穂子は固く目を閉じて遥人を遮った。

「もう充分わかりましたから……」

その時、早穂子のバッグの中でスマートフォンが振動し始めた。放置していてもそれはかなりしつこく振動を続け、一度止まったあとまた鳴り始める。止めようとしてスマートフォンを取り出した早穂子の息が止まった。

〝新山亮平〟

震える手の中で振動はまた止まり、今度は画面にメッセージが表示された。

〝説明させてくれ〟

〝明日行く〟

説明って何を？　しかも今日ではなく明日って……。おそらくあの女性の目を盗んでメッセージを送ってきたのだろう。明日行くと言われても、今夜はあの女性と過ごすと開き直られたようなもので、その神経に虫唾が走る思いがした。

反応しない早穂子に焦《じ》れたのか、しばらくして再びスマートフォンが新着を知らせる。

〝なぜ芹沢といる？〟

アプリを開いてメッセージの続きを見る気も起きない。すると着信が続く間会話を止めていた遥人がグラスを揺らしながら言った。

「彼ですか？」

「……………」

早穂子の手からスマートフォンが取り上げられる。遥人にも待機画面に表示された先ほどのメッセージが見えただろう。直後に遥人の手の中で再度振動音が聞こえたが、亮平が何を言ってきたのか、早穂子はもう知りたいとも思わなかった。

尊敬していた亮平の素顔、〝仕事〟の卑しさ、汚い裏切りと侮辱の言葉。部下としても恋人としても見る目のなかった自分の愚かさ。

テーブルの上のグラスを掴み、喉に流し込む。先ほどは恐る恐る舐《な》めるだけだった爽やかなライムの香りは焼けつくようなアルコールの刺激となって早穂子の喉を痛めつけた。

しかしすぐさまグラスを持つ手を遥人に押さえられた。

「飲まない方がいい」

「どうして？　こんな目に遭わせたくせに……放っておいてくれたらよかったのに。知らない方がよかったのに……」

　遥人を責めるのがお門違いであることはわかっている。知らない方がよかったというのも嘘だ。何も知らずに結婚していたら……。考えただけでぞっとする。でも衝撃の中にいる今はまだ、亮平と関わった我が身さえ不潔に思え、身の置き場がなかった。

「あなたが酔い潰れたところで彼のダメージにはならない」

　グラスを取り返そうとする早穂子の手を遥人がぐっと掴んだ。

「前に言ったでしょう。やられたらやり返せばいい。僕たちがいるのはそういう世界だと」

「え……？」

　遥人が口にしたのは、技術を盗む企業スパイ行為が話題に上った時の言葉だった。遥人の目にあの時に感じたのと同じ薄暗い影を見た早穂子の背筋が震えた。

「同じ目に遭わせてやればいい」

　自分とは違う遠い世界にあると思っていた不穏な予感が現実の大きなうねりとなって目の前に迫り、なすすべなく飲み込まれていく。

　同じ目って、まさか――。

「君に事実を教えた二つ目の理由は、彼から君を奪うためだ」

　衝撃だった。欲望、憎しみ、征服欲。遥人の静かな目の奥に姿を現した野獣の本能に息をのむ。

「嘘……」

掴まれた手首からさざ波のような震えが全身に伝播《でんぱ》する。乱暴な力も言葉も加えられていないのに、身動きできない。何も考えられなかった。

「ずっと君が欲しかった。初めて君を見た時から」

早穂子はただ茫然と遥人を見つめ返すことしかできなかった。

第二章

遥人に乗せられたタクシーの中で、早穂子は懸命に動揺を鎮めようとしていた。衝撃で乱れる思考をさらに追い立てるように、窓に映るネオンは留まることなく流れていく。

こんな状態で一時の感情に任せてしまっては——。

そう自分に言い聞かせるが、まるで悪い夢の中にいるように早穂子の全機能が麻痺《まひ》していた。ただ身を固くしてスカートの膝を握り締める。

亮平の裏切りを知ってからまだ一時間も経《た》っていない。早穂子がはっきりと理解できるのは、今の自分がまともな判断力を持ち合わせていないということだけだった。

聖人君子だと思っていた遥人がまさかこんな誘惑を仕掛けてくるとは思いもよらなかったから、そのことにも混乱している。由希の一夜の誘いすらあっさり断ったほど冷静な彼がなぜ、ここまでして亮平と早穂子を引き離そうとするのか、そしてなぜ早穂子を誘惑するのか、それがわからなかった。

しかし遥人がタクシーの運転手に告げたホテルはバーと同じ銀座エリア内だったようで、冷静になる暇もなくすぐに到着してしまった。

銀座の優雅な街並みに紛れ込むような佇まいのエントランスはさほど大きくないが、奥に進むと落ち着きのある上質な空間が広がっていた。しかし遥人に腕を引かれて進む早穂子には、館内の調度に見とれている余裕はない。

これまでの人生で道を踏み外したことなど一度もない。亮平の裏切りを目の当たりにしたとはいえ、きちんと別れを告げていない今の段階では、早穂子はまだ亮平の恋人のままだ。だからこそ、この行為で〝同じ目に遭わせてやれ〟るのだとしても。

促されるまま乗り込んでいたエレベーターの到着を知らせる電子音で早穂子が身を固くすると、腕を掴む遥人の手に込められた力がわずかに強くなった。開いたドアの先には三十代ぐらいの男女が親密な雰囲気でエレベーターを待っていた。ここで騒ぐわけにもいかず、黙ってエレベーターを降りる。腕を引く遥人に誘導されるまま、早穂子は仄暗い廊下に震える足で踏み出した。

ところどころに生花が飾られた廊下は曲がり角が多く、各部屋の出入りが人目につかないよう独立した空間を作り出している。プライバシーを守る配慮なのだろうが、それが余計に背徳感を濃くさせる。廊下に敷き詰められた絨毯《じゅうたん》は靴が沈み込むほど厚みのある贅沢《ぜいたく》なものだったが、今の早穂子には一歩踏み締めるごとにまるで蟻《あり》地獄に飲み込まれていくように感じられた。

遥人がついに足を止めた。

この部屋で――。

恐怖なのか緊張なのか、眩暈を覚えながらドアを見つめる。引き返すなら、これが最後のタイミングだ。しかし、早穂子の翻意を封じるかのようにカチリと鋭い解錠音が耳に刺さった。続いて遥人は早穂子の腰に腕を回すと、ドアを押し開けた。二人きりの密室へ――ドアが閉ざされる音を背中で聞く。

部屋には広々としたベッドの他にドレッサーなどの調度が備えられていて、どれもが一目で上質とわかるものばかりだ。しかしその奥にあるのはバスルームだけで、ここが男女の情接のための場所であることを感じさせた。

「あの……私……」

客室の薄暗い照明にベッドの白いシーツが浮かび上がっている。それを見た早穂子の足がすくんだ。遥人の腕から逃れようとして向きを変える。

「ごめんなさ……あっ」

しかし遥人の方が一瞬早かった。腰に巻きつく腕に力が込められた次の瞬間、早穂子はベッドに押し倒されていた。そのまま遥人は覆い被《かぶ》さるように上になり、早穂子の両脇に手をついて閉じ込めた。

「もう遅い」

薄暗い炎を宿す遥人の目が早穂子を見下ろした。これまで紳士的で優しい上司としての顔を見せてきた遥人が紛れもなく男であることを思い知る。

「ここまで来る間に引き返すチャンスは何度もあった。でも、君はそうしなかった」

そう。その通りだ。

〝俺が外で何をしようと仕返しもできないだろうな〟

亮平の嘲《あざけ》りが早穂子の耳にこだまする。遥人もきっとそれをわかっているのに、獲物を落とすのに彼は手加減しなかった。

「あの男が今頃何をしているか、君が一番わかっているはずだ」

容赦のない言葉に、ここで初めて早穂子の目に涙が滲んできた。上司としても恋人としても信頼していた亮平の裏切りを知った衝撃は涙を流すことすら忘れるほど大きかったのだ。一度堰《せき》を切った涙はとめどなく溢れてくる。

「そんなに涙を流すほど、あの男を愛していたんですね」

しばらく無言で早穂子の涙を見つめていた遥人が静かに言った。

〝愛していたんですね〟

本当にそうなのだろうか？　早穂子自身にもわからなくなった。

この涙は遥人が言うような失恋の涙とは違っている気がした。愛だと思っていた感情は無残に崩れ去り、怒りや後悔に姿を変えていた。亮平に洗脳されるようにして操られていた自分の愚かさがただただ忌まわしかった。そして何より、亮平に抱かれてきたこの身体も。他の女を抱いた手に身体を好きにさせていたなんて、おぞましくてぞっとする。

早穂子の目尻の涙を遥人のしなやかな指がそっと拭った。

「あの男に応酬したいなら、僕のものになればいい」

首元から下へ、早穂子のブラウスのボタンを遥人の指が一つ一つゆっくりと辿り、撫で下ろしていく。獣欲を宿した男の目を見つめる早穂子の唇からかすかに息が漏れた。

「そう……そのまま身を任せていればいい」

彼の囁きが猛毒のように全身を回り、わずかに残していた理性を溶かしていく。

「君の中からあの男を消してあげる」

「あ……っ」

首筋に顔を寄せてきた遥人にすっと肌を舐められ、早穂子は思わず声を漏らしてしまった。

「綺麗な肌だ」

首筋に唇をつけたまま彼が囁く。触れるか触れないかのわずかな感触なのに、そこから電流が走るように痺《しび》れが体の奥底へと広がっていく。理性を無力化するこの抗いがたい危うさは、亮平に対して経験したことのない初めての感覚だった。

「せ……芹沢課長は、どうして……」

早穂子はからからになった喉から声を絞り出した。本当に自分が亮平への復讐《ふくしゅう》を願っているのか、もうわからなくなっていた。遥人に抱かれようとしているのは、亮平を見返すためだけではない気がしたのだ。罪深いそれを認めたくなくて、踏み止《とど》まろうと苦し紛れに尋ねたのは、遥人が早穂子を誘う理由だった。それを聞いて何が変わるかもわからずに。

そんな早穂子の揺らぐ心中を遥人は読んでいるのだろうか。彼は会社で見せるような優しい笑みを浮かべ、早穂子を仕留めにかかる。

「言ったよね。君を奪うために近づいたと」

そうかもしれない。でも、何かが足りない。ここにあるべき大事なものが。

遥人の言葉は早穂子の問いかけに甘く答えているようで、巧みにかわして早穂子を翻弄する。彼が自分に好意を抱いているということに、早穂子はどうしても確信が持てなかった。

しかし、亮平を〝同じ目に遭わせる〟ためにここに来たのなら、こだわることではないはずだ。

なのになぜ、遥人の心を知りたいと思ってしまうのか。

追い詰められた早穂子は遥人に組み敷かれながら必死に自身を見極めようとしたが、どんなに葛藤し否定しようと、身体は本心を鮮やかに暴き出し突きつけてくる。

「君が欲しい」

遥人が首筋を指でなぞりながら舐め上げる。指の愛撫の軌跡を辿り、耳へ、うなじへ、舌が這う。聖人君子の仮面を脱ぎ男の顔を見せた遥人の、着実に獲物を捕らえる略奪者の色香に早穂子の背筋が震えた。

「ん……っ」

「感度がいいね」

感じるまいと思うのに、固く結んだ唇から吐息が漏れてしまう。首筋に唇を這わせながら遥人が小さく笑い、服の上から早穂子の身体をゆっくりと撫で上げた。どう抗っても腰が勝手に揺れてしまい、自らの淫らな反応に早穂子の目尻から涙が流れた。

「乱れて、あの男を裏切ってやればいい」

ブラウスのボタンが外され、レースに包まれた胸のふくらみが彼の視線に晒される。

「や……っ」

ふくらみを遥人の手が愛撫する。やがて下着は乱され、乳房はピンク色の蕾《つぼみ》もあらわにレースの上に押し上げられた。

まだ服を着たまま、下着から蕾を晒す姿は全裸より淫猥《いんわい》だ。乱された姿態を恋人ではない男の視線に晒しているのに、抗うことができない。それどころか、ふくらみの先端は遥人の愛撫を欲して甘く尖り、身体を捩りたくなるような疼《うず》きが下腹の奥に滲み始めていた。

「……蠱惑《こわく》的だ」

遥人は身を起こして馬乗りの姿勢になり、早穂子の淫らな姿態をじっくりと視線で味わった。彼に乱されたいという退廃的な疼きが身体を凌駕《りょうが》していく。

「あ……、ん」

遥人が胸の先端に顔を寄せ、ちろりと舐める。焦らされて敏感になった蕾を舌で愛撫されたあと口に含まれ、早穂子はあられもなく声を上げてしまった。

「こうされるのが好きなんだね……いやらしく膨らんでる」

「い、言わないで……」

「可愛いよ」

遥人が胸の先端を吸いながら両手で早穂子の身体をまさぐった。腰の稜線《りょうせん》を撫で下ろした彼の手がスカートの裾を捕らえ、その中へと侵入してくる。太腿《ふともも》を撫でる動きとともにスカートがめくり上げられていく。

「……あ、や、待って」

あらわになった両腿からストッキングに手をかけられた早穂子はいよいよ追い詰められて声を上げた。

「シャワーを……」

「そのままでいい」

猶予を求めて早穂子は思いつくまま口にしたが、遥人は取り合わない。彼はストッキングを引き下ろし、太腿とその奥にある下着をむき出しにした。

「待って」

「昼間の貞淑な君が乱れているところが見たい」

脚を閉じて抵抗の意思を見せようとする。しかしそれは形ばかりで、太腿を撫で上げられると早穂子の両脚は緩み、その奥にある小さな布で隠された部分への侵入を許してしまった。遥人はすぐにそれを脱がそうとはせず、薄い布の上からやわらかく撫でる。

「……あ……っ」

布越しの指が花唇のあわいを探り当て、執拗《しつよう》に往復する。恋人ではない男にこんな部分を触られているというのに、花唇からは早くもしっとりと蜜が滲んでいる。その秘めやかな音に気づいた遥人が妖艶《ようえん》な笑みを浮かべた。

「耐える顔がたまらない」

「や、お願い……」

いたぶられるように焦らされ、早穂子は思わず懇願の呻《うめ》き声を漏らしてしまった。

「何が欲しい……？」

そんなこと、言えるはずがない。ぎゅっと閉じた目尻から涙を零し、早穂子は何も言えずに首を横に振る。

「可愛い人だ」

布の中に彼の指が入り込んでくる。花唇を割り、ぬかるみを愛撫する指は徐々に深められ、やがて蜜をまとった蕾を探り当てた。

「や、ああ……っ」

初めて知る快感に、早穂子の喉からか細い悲鳴が漏れた。腰が勝手に揺れてしまう自身の反応に早穂子は涙を零したが、どうにもならない。愛撫を加える遥人もまた呼吸が乱れている。

「あの男も、こんな風にして手に入れたの?」

その声と同時に薄い布を剥ぎ取られ、早穂子はこの問いに答えることができなかった。

どうしてそんなことを言うの……?

頭に揺らめく疑問は、花唇を大胆に開かれる快感に凌駕された。

「あ、ああ、ん……っ」

やわらかく濡《ぬ》れそぼるあわいに遥人のしなやかな指がめり込んでくる。早穂子の喉から、自分でも信じられないほど甘い声が漏れた。

(どうして……)

亮平に抱かれた時の〝絶頂〟は、本当の快感によるものではなかったのかもしれない——。

喘ぎながら、早穂子は気づいてしまった。

亮平との行為は、強引な技巧で感覚を無理やり刺激され身体が反応させせられていただけだったのだ。今感じている、抑えようとしても抑えられない、内側から疼き渡るような欲望を抱いたことはなかった。

私は、彼に恋をしていなかった——。

では、なぜ今、自分はこんなに感じてしまっているのか。

「あ……ああ」

両脚をしどけなく開かれる。太腿をお腹に押さえつけられ、濡れた花唇を大胆に露出させられた早穂子は懇願の涙声を上げた。

「最高に淫らだ」

震える花唇に彼のものが宛てがわれたのを感じ、早穂子は驚いて瞼《まぶた》を開けた。こうして遥人に愛撫されていても、どこかで彼はやはり紳士で、本当に抱かれるとは思っていなかったのかもしれない。

でも今、その猛々《たけだけ》しい欲望は獲物を組み敷き、狙いを定めて舌なめずりしている。

「そう……しっかり目を開けて、僕を見ていて」

本能的な怯えで一瞬身を固くした早穂子に遥人の身体がのしかかってくる。

「あ、ああ、あ……っ」

「君が今、誰に抱かれているのか」

彼の欲望が花唇を割り、めり込んでくる。早穂子はか細く叫びながら思わず遥人のシャツの腕を掴み、握り締めた。二人とも着衣のまま、こんなに退廃的で本能的なセックスは初めてだった。

「や、あ……」

「……すごい」

最奥まで腰を進めた遥人も熱い息を吐いた。それでも彼はさらに奥へと早穂子の身体を容赦なく穿《うが》つ。今まで感じたことのない強烈な刺激が走り、早穂子の身体ががくがくと震えた。

「や……だめ……っ」

「でも君は今僕を受け入れてる……ほら、聞こえる……？」

貫かれるたびに溢れる蜜の音、小刻みに揺れるベッドの音、二人の吐息。

「吸いついてくる」

「ひ、あ……」

もしかして彼は、何も……？

遥人を受け入れる直前には気づかなかったことが、フラッシュのようにまたたいた。深紅に染まる脳内のどこかで警告の声が聞こえたが、すぐに迎えた絶頂の波に飲み込まれ、何も考えられないまま早穂子は遥人の手の中に堕《お》ちていった。


週が明け、早穂子は人生始まって以来最悪の精神状態で月曜日の出勤時間を迎えていた。亮平からの連絡はいまだにシャットアウトしたままだ。そして遥人とも、行為の果てに意識を飛ばしたのを最後に、まだ会話していない。というのも、あの翌朝に目を覚ました早穂子は彼がシャワーを浴びている隙に部屋を逃げ出してしまったからだ。

重い心と身体を引きずり、何とか会社の最寄駅まで来たものの、それ以上はどうしても足が進まなくなった。まだ時間の余裕があるので、心を落ち着かせようと近くのカフェに入る。普段は職場の誰よりも早くに出勤しフレックスタイムを利用してこなかった早穂子には初めてのことだ。

カフェラテを注文し、窓際を避けて奥まった席に座る。亮平がそろそろ出勤してくる時間なので、万が一にも彼に見つかるのが怖かった。こんな風に時間稼ぎをして引き延ばしても、出勤すれば当然ながら亮平と顔を合わせなければならない。

婚約者に裏切られ〝退屈な女〟などと貶《おとし》められただけでも最悪の状況なのに、裏切り返して責められる立場にもなってしまった。プライドの高い亮平がどんな態度に出るのか想像すると、何も食べていない胃がしくしくと痛み、早穂子は項垂れてお腹をさすった。舌戦に長《た》けた亮平なら、たとえ自分に非があろうと居丈高に早穂子をねじ伏せてくることは見えている。

しかし、いくら亮平が最低な男だったとしても、冷静に考えれば〝同じ目に遭わせてやる〟ことが正しいと言えないことはわかる。誰かを裏切ったことなど今までになかったから、それが早穂子には辛《つら》かった。今、早穂子を苦しめているのは亮平に裏切られたことというより、自分が犯してしまった罪への恐怖だ。

その罪悪感の裏には、遥人に対して早穂子自身も同僚以上の感情を抱いていたのではないかという疑念があった。いくら動揺していたといっても恋人ではない相手を受け入れてしまった自分の身体にも早穂子はショックを受けていた。しかも亮平では経験したことがない、あの快感――。

（ああ……）

ここで早穂子は悩ましいため息とともに両手で顔を覆った。あの夜の自分の反応を思うと恥ずかしくてじっとしていられない。自分では男女の肉体関係に関しては淡白な方だと思っていたが、実は奔放な女で遥人に呆《あき》れられたのではと思うと落ち込んでしまう。

出社するのが怖いのは、亮平だけでなく遥人とも顔を合わせてしまうからだ。どんな顔をして遥人に会えばいいのだろう？

あの朝目を覚ました時、ベッドには早穂子しかいなかったので、最初のうち早穂子はなぜ自分がここにいるのかはっきりせず、前夜の記憶が鮮明になるまでぼんやりと放心して天井を見上げていた。詳細を思い出すにつれ、人生がめちゃめちゃに壊れてしまったようで絶望感が押し寄せる。

隣はわずかにシーツに窪《くぼ》みを残すだけで、遥人はいない。なので、早穂子は彼が立ち去ったのだと思い込んでいた。

（ほら……やっぱり）

遥人は早穂子を残して帰ったのだろう。そんな扱いからも、この一夜の本当の姿を嫌というほど直視させられる。遥人にとってはただ単に姑息《こそく》な手を使って出世を狙うライバルにダメージを与えることが目的だったのだろう。それは早穂子だって同じだ。

そんな言葉とともに裏切られ、無視された屈辱を少しでも晴らしたかっただけ。だからこれでいいはずなのだ。

〝退屈な女〟

でも、それならなぜこんなに虚しいのだろう？

復讐なんて性《しょう》に合わないことをしたから。結婚という人生の一つのゴールを失ったから。尊敬する上司も恋人も同時に失ったから――。

理由はたくさんある。しかし、最も大きな、そして許しがたく認めたくない理由は、結局のところ遥人が立ち去ったことだった。

でも一方で、こういう場面に慣れていないので遥人が立ち去ったことにほっとしている部分もあり、自分でも何を望んでいるのか整理がつかない。

酔っていたわけではなかったのでここに至るまでの記憶は残っていたが、そのうちあれは夢だったのかもしれないと、そんなことも考えた。

しかし、しばらく悶々としていた早穂子はかすかに水音が聞こえてくることに気づいた。隣の部屋の物音などではない。早穂子がいる、この部屋のバスルームから。

現実を把握した瞬間、早穂子は飛び起きた。遥人に抱かれたのは夢などではなく、しかも彼はまだここにいる。狂ったような一夜はまだ終わっておらず、進行形だったのだ。

早くここを出なければ――。

突然の窮地《きゅうち》に先ほどの虚しさなど吹き飛び、慌てふためく早穂子の頭に浮かんだのはそれだけだった。シャワーなど大して時間はかからないし、遥人はもうすぐ出てきてしまうはずだ。行為の痕跡も生々しいベッドの上で、彼を前に何を言えばいいのか。そして彼はどういう態度に出てくるのか。

手慣れた振る舞いができるような経験値など早穂子にはない。慌てて服を掴み身に着けると、鏡を見る余裕もなく部屋を飛び出した。

外に出ると夜はすっかり明けていて電車も動き始めていたが、かといって自宅に戻れば亮平に捕まってしまうだろう。困った時はお互いに頼り合う仲である由希の部屋に転がり込むこともできない。いくら遥人のことは諦めたと由希が言っていても、遥人と関係を持ってしまった直後の身で、そのことを隠して由希に会えるほど図太くなれない。行き場を失った早穂子は雑踏をさまよった末、ビジネスホテルで週末を明かす羽目になったのだった。

そうして先延ばしにしたあの二人との対峙《たいじ》だが、もうこれ以上は逃げられない。オーダーしたカフェラテは手をつけないまますっかり冷めてしまっている。

早穂子は重いため息をつき、バッグからスマートフォンを取り出した。画面は黒く沈黙している。金曜日の夜にバーで遥人に電源を切られてから、亮平からの連絡が怖くて、この週末は一度も電源を入れていない。

意を決し、息を止めて電源を入れる。案の定、画面には亮平からのメッセージが延々と並んでいた。

〝電話に出てくれ〟

〝今から行く〟

〝どこにいる?〟

〝芹沢と一緒にいるのか?〟

〝あいつから何を聞いた?〟

最初のうちは下手に出ている口調だったのが、短い文言ながらだんだんと怒りが滲んだものに変わっていく。早穂子が亮平に逆らったのは初めてだったから、余計に苛立ったのだろう。

「行かなきゃ……」

メッセージを読み終え時刻表示を見た早穂子はもう何度目かのため息をつき、観念して立ち上がった。

早穂子の職場である総合企画本部は堤電機本社ビルの八階にある。このフロアの半分は社長室をはじめとした役員室と経営企画室がある役員エリアで、もう半分は総合企画本部と法務部、知的財産権本部があるオフィスエリアとなっている。いずれも外部の人間の出入りが禁じられている部門で、それぞれのオフィスには所属社員のＩＤカードがなければ入室できない仕組みになっている。そのため、八階で降りる社員はごく限られており、フロアの廊下は人の往来がほとんどない。エレベーターを降りると同時にこのフロア独特の緊張感ある重苦しい静けさに包まれ、早穂子は廊下を進みながら早くも逃げ出したくなっていた。

総合企画本部のドアの前に立ち、腹を括《くく》ってＩＤカードをかざすと、ピッと小さな電子音とともに解錠の金属音が響く。そのせいでせっかく記憶から追い払おうとしていた遥人と部屋に入った時のことが浮かんでしまい、早穂子は心の中で呻いた。これからしばらくは入室するたびにこの音に苛まれそうだ。

「おはようございます」

一度深呼吸してドアを開け、できるだけ大きな声で挨拶する。その途端、視界の遠くにある戦略推進室一課の島から鋭い視線が向けられたのを感じた。亮平であることはそちらを見なくてもわかる。

亮平に注視されている今は視線一つ気を抜いてはいけないのに、早穂子の目は二課の課長席をほんの一瞬だけだがつい見てしまった。外出なのか席外しなのかはわからないが、課長席に遥人の姿はない。これから直面する二つの対峙のうち一つの猶予を得たというのに、ほっとするはずが、なぜか寂しさに似た心許《こころもと》なさが胸に広がった。

しかし、今はまず亮平と決着をつけることが先だ。金曜の夜に聞いた侮辱的な言葉の数々を思い出し、早穂子は怖がるものかと自分を鼓舞して顔を上げた。

「あれっ、小谷さんがフレックス？　珍しいね」

亮平の射るような視線を受けながら一課の島まで進む間、途中の島やすれ違う同僚たちから声がかけられる。

「体調悪いの？」

「いいえ、大丈夫です」

「ここのところずっと居残り勉強だったもんなぁ。無理しないようにね」

「ありがとうございます」

普段ならありがたいそんな声がけも、決して同僚たちには言えない乱れた事情で出社しづらかっただけに決まりが悪い。

「おはようございます」

それでも、一課の島に着くと今度は亮平の顔をまっすぐに見てもう一度挨拶した。胃がせり上がるほど気分が悪かったが、ここまで来てしまったなら毅然として仕事をするだけだ。

しかし、亮平の苛立ちは早穂子の予想以上だった。周囲の目がある場所では彼も普通に振舞うだろうと思っていたのに、不快感をあらわに、低い声で早穂子を呼びつけた。

「小谷」

「……はい」

亮平は黙ってじっと早穂子を睨みつけている。返事だけでなく、課長席まで来いということだろう。いったん着席していたが立ち上がり、早穂子は青ざめた顔で亮平の前に立った。

「遅い。フレックスだからといってむやみに使うのはやめろ」

「……申し訳ありません」

〝むやみに〟と言うが、早穂子がフレックスタイムを利用したのはこれが初めてだ。それはこの会話を聞いている周囲のみんなもわかっているだろうし、そもそも管理職ともあろう立場の人間が正当な権利として定められている就業制度の利用を部下に制限するなど越権行為だ。亮平の怒りが理不尽であることは誰の目から見ても明らかだった。

「重要会議の事務局としての自覚がないのか？　だらしない私生活を会社に持ち込むな」

「…………」

これには温厚な早穂子もさすがに腸《はらわた》が煮えくり返った。だらしがない私生活とは、まさに亮平のことではないか。しかも、亮平が早穂子のプライベートを知る仲だということは周知なわけで、その亮平の口からこんなことを言われたら、まるで早穂子が会社で見せている顔とは真逆のだらしない女であるかのように聞こえる。亮平の印象操作の狡《ずる》さを身をもって知った思いだった。自分も周囲も、これまでそれに騙《だま》されてきた部分が大きかったのだと。

しかし早穂子は黙って頭を下げた。ここは口論する場ではない。口論になれば亮平がこれまで不正行為を働いてきた可能性にも言及せざるを得なくなるし、そうなれば事は大きくなり、彼の社会的な立場も危うくする。理不尽に同僚たちの前で叱責されたことは納得いかなかったが、一縷の情と理性で亮平の体面を思い、早穂子は一切反論せずにもう一度頭を下げて席に戻った。これは前振りに過ぎず、今夜なのかいつなのか、必ず彼に捕まり遥人とのことを責められるだろう。でもこの問題に遥人は関係ない。自分の意思と力で、きちんと亮平と話し合うつもりだった。

しかし席に戻る際、彼に頼るつもりなどないのに、早穂子はついまた二課の遥人の席を見てしまった。机上は片付きパソコンもない。一時的な席外しではなく不在のようだった。

席に着いてパソコンを立ち上げてすぐにメールの着信があった。

〝気にすることないよ。小谷さんだけじゃないから。朝からずっとあの調子〟

同じ一課の同僚からのメールだった。とばっちりを食った同僚たちに申し訳なく思いつつ、斜め前の席の彼に返事代わりの笑顔をこっそり送り、仕事に取りかかる。

普段は理想の上司像を絵に描いたような亮平が、今日に限って感情のまま横暴に振る舞っているのは、上司である戦略推進室長が出張で不在だからだろうなと、歪んだ見方をしてしまう。もはや早穂子の中で亮平のメッキはすっかり剥げ落ちてしまっていた。

一触即発のこんな刺々《とげとげ》しい雰囲気の中、何とか耐えて仕事していた早穂子は、昼休みのチャイムを聞いた時は歓声を上げたいほどほっとした。お昼の時間をここまで喜んで迎えることは後にも先にもないだろう。普段は外でランチするより時短重視で社員食堂を好む早穂子も、この日ばかりは由希に外でのランチに行こうと誘われると、一も二もなく飛びついた。

「ああ……空気が美味しい」

外に出ると、早穂子は午前中ずっと続いていた緊張をようやく解いて深呼吸した。久々に酸素を吸ったような気分だ。

「軽井沢《かるいざわ》でもあるまいし、美味しいっていうような空気ではないと思うけど」

隣を歩く由希が笑いながら突っ込んでくる。品川《しながわ》駅に近い都心の道路はいつも渋滞気味だ。亮平の低気圧は二課にも筒抜けだったらしく、由希はすぐにその話題を持ち出した。

「ねえねえ、いったい新山課長どうしちゃったの？　珍しいよね」

「……ほんとね」

「早穂子まで怒られてたじゃん」

「そうなの。フレックスを使ったのは初めてなのに」

「だったら私なんかとっくにクビになってるわ。ほんと、二課までピリピリしちゃった」

「ごめんね。二課にまで迷惑かけて」

会社近くのイタリアンの店に入ると、席に着くや否や由希が単刀直入に尋ねてきた。どうやらそのために早穂子を外に誘い出したらしい。

「課長と何かあったんでしょ」

「まあ……そうなの」

早穂子は慎重に認めた。亮平の不正行為や遥人との一夜については誰にも言えないが、亮平と破局することは部署内に知れ渡る前に由希に言っておきたい。

「やっぱり……。喧嘩《けんか》？　ある意味すごいね。あの爽やか素敵上司感をばりばり出してる新山課長をあそこまで荒れさせるって、早穂子やっぱり愛されてるんだね」

ただの喧嘩だと思い込んでいる由希は変な方向に感心している。

「違うの。その逆よ」

愛されてなどいなかった。情けなくて涙も出てこない。

「新山課長、他にも女性がいたの」

「えっ」

深刻な展開に由希は一瞬絶句したが、すぐには信じなかった。男など信用するなと言っていた由希だが、まさか亮平までがそうだとは思っていなかったらしい。

「まさか。それ確かなの？　早穂子の早合点じゃなく？」

「うん……。だって、相手の女の人との会話とか聞いちゃったから」

「ええ？　どうやって聞いたの？　スマホを見たとか？」

「違うのよ。そんな生ぬるい状況じゃなかったの」

そこで早穂子は遥人のことは伏せ、バーで亮平を待ち伏せたこと、亮平が女性と落ち合って彼の部屋に向かうところを目撃したことを説明した。

「現場を押さえるためにバーに行ったの？　一人で？」

「……うん」

親友に嘘をつくのは心苦しかったが、亮平の浮気を確かめるためになぜ遥人もバーに同行したのか聞かれたら説明できない。早穂子自身も彼の真意がわからないのだから。

しかも由希は一度遥人に断られているし、一夜を共にしたことを伏せたとしても遥人との関わりを明かすことはためらわれた。由希の上司でもある遥人の体面もあるし、口にするのは避けた方がいい。

バーに行くことになった詳しい経緯を端折《はしょ》り、早穂子は亮平との関係の真の姿を吐露した。

「私のこと、退屈な女って言ってた。浮気に気づいても仕返しもできないだろうって」

「うそ……。私の元彼より最低じゃん……」

「聞いた時、自分の耳が信じられなかった」

浮気相手——と呼んでいいのか、もはや誰が本命なのか不明だが、あの女性を前にした亮平の見栄も多少はあったかもしれない。しかし聞いてしまった以上、もう元には戻れない。

「ちょっと私もショックだわ……。早穂子偉いよ。私なら会社休んじゃう」

「そうよ。なのに遅いなんて怒られるんだからね」

早穂子は疲れた顔で笑ってみせた。ほんの一部の事実を明かしただけでも由希は激怒している。早穂子との結婚は出世のためで、結婚ぐらいでその女性と別れるつもりはない、などという数々の暴言は言わずにいた方が良さそうだ。

「じゃあ、どうしてあんなに横柄な態度で荒れてんの？　怒るのは早穂子の方でしょ」

「この土日、私が一切電話に出なかったからだと思う。まだ会話してないけど、たぶんそれ」

「当たり前じゃん！　それで怒るってどういう神経してんの」

「まあまあ。とりあえず食べよう」

一通り説明し終えたタイミングでちょうど料理が届いたので、早穂子は由希を宥めてフォークを手渡した。早穂子も自分がオーダーしたジェノベーゼを一口運んだが、疲れきっているせいかあまり味がわからなかった。

「課長、家まで押しかけてこなかったの？」

「知らない。この土日ずっとホテルに逃げて家に帰らなかったから。今朝やっと着替えに戻ったの」

「たぶん空振りしてるよ。ざまぁだわ。全然足りないけど」

「合鍵渡してなくてよかった」

合鍵を渡していなかったのは亮平が求めてこなかったからだが、今になって思えば亮平にとっては早穂子にそこまで入れ込んでいなかったからだろう。

〝退屈な女はお飾りで充分だ〟

亮平と相手の女性の会話を思い出し、早穂子は苦痛に顔を歪めた。たしかに亮平の言葉はあまりに辛辣だが真実も含んでいて、早穂子があの女性のように彼と対等に会話することはきっと一生ない気がする。最初から結ばれるべき相手ではなかったのだ。

「でも、連絡が取れなくなったからってあそこまで怒るってことは、早穂子のこと手放したくないからじゃない？　本当に退屈な女だと思ってたら、しれっとしてると思う」

「そうかなぁ……」

「どっちにしても、戻るっていうのはありえないね。早穂子がそんなこと言い出したら全力で止める」

「言わないよ」

実際のところ、亮平が怒っているのは早穂子云々《うんぬん》ではなく遥人が絡んでいるからだろう。亮平の不正行為を遥人がどこまで把握しているのか気になるはずで、それを早穂子から聞き出したかったのではないだろうか。ライバルに弱味を握られては、執念を燃やしてきた出世の道が危うくなるのだから。いつも強気な亮平も、さすがに今の状況で遥人と直接対決するのは墓穴を掘るようなものだとわかっているだろう。

早穂子が遥人のことを考えていたのを読んだわけではないだろうが、ここで由希が遥人に関する情報をもたらしてくれた。

「そういえばさ。今日、芹沢課長いないじゃん？　今朝はいつも通り出社してたんだけど、朝イチで呼び出されて、経営企画室長と一緒に終日外出になったの。社長のアテンドだって。新山課長の機嫌が悪いの、それもあるんじゃない？」

「え、そうなの？」

力をつけようと食欲がないながらパスタを胃に押し込んでいた早穂子は驚いて顔を上げた。亮平の不機嫌の理由ではなく、遥人不在の理由の方に反応してしまった自分を少し恥じる。

「うん。絶対そうよ。最近バチバチだもんね。新山課長が一方的に、だけど」

遥人贔屓《びいき》の由希はかなり得意げだ。

「すごくない？　社長のアテンドだよ？　経営企画室長の指名だって」

「どこの視察？」

「埼玉よ。ディスプレイの生産拠点の視察」

それを聞き、こんな状況ながら早穂子は少し亮平に同情してしまった。埼玉のディスプレイ生産拠点といえば亮平の出身事業部だ。本来ならばその事業部に一番精通している亮平が説明役を務めるのが順当だろう。それなのに新参者の遥人に座を奪われた形で、堤電機のエースを自認して肩で風を切ってきた亮平にしてみれば屈辱の事態だ。

「面目丸潰れだよね……」

「そうよ、天罰よ。早穂子、同情しちゃだめよ。まだ話し合ってないんでしょ？　これから対決なんだから」

「……そうよね」

ようやくパスタを食べ終えた早穂子は項垂れた。朝に一度スマートフォンの電源を入れたが、再び切っている。さすがに仕事中まで連絡してこないと思うが、いつかかってくるかと思うと落ち着いて仕事に集中できない。

「そろそろ戻る？　遅れたら大変よ。今頃怒鳴るネタ探してるよ」

「脅さないでよ」

笑い事ではないのだが、早穂子に少し笑顔が戻った。結婚する前に亮平の本性がわかったのだから傷が浅く済んだと思うしかない。

「ヘルメット装着で戻りますか！」

「頑張って。早穂子。困ったらすぐ言ってよ。駆けつけるから」

「うん、ありがとう」

由希に続き、早穂子も笑顔で立ち上がった。


気合を入れて職場に戻ったが、午後からは亮平が他部門との打ち合わせに入ったため、彼の視線に耐える余計な気苦労もなく、いつも通りの時間が流れていった。しかし、午前中の遅れを取り戻す勢いで仕事していた早穂子だったが、土日に帰宅せず今朝早くに着替えのため自宅アパートに戻ったりと慌ただしかったせいで、夕方になるとさすがに疲れが溜《た》まってきた。業務を終えたので退勤したいが、亮平はまだ席に戻ってきていない。

今日の亮平はこのまま早穂子が先に退勤しようものならきっと激怒して部屋までやってくるだろう。これ以上逃げ回るつもりはないが、そんな亮平と自宅アパートで向き合うのは少し怖かった。暴力を振るうタイプではないと信じているが、午前中の彼の剣幕を思うと、逃げ場のない場所、他人の目のない場所では会わない方がいい気がする。

(どうしようかな……)

いつものように先端技術会議の議題の居残り勉強をしていた早穂子は、時計を見て欠伸を噛み殺した。時刻は午後七時を過ぎている。同僚たちは少し前から三々五々に帰り始め、残っているのは早穂子を含めた数人だけだ。

先ほど二課の誰かが言っているのが聞こえたが、遥人は視察のアテンドが長引いたため、今日は直帰になるらしい。同行している経営企画室長から経営企画室経由で連絡が入ったという。

亮平は不在、遥人も不在。覚悟して迎えた週明け初日だったが、これでは決着をつけたくても仕方がない。

(お茶を淹れて、飲み終えるまで頑張ろう)

それでも亮平が戻ってこなかったら、先に退勤してしまおう。

そう考えた早穂子は、眠気覚ましも兼ねてお茶を淹れようと立ち上がった。

就業時間を過ぎると、人の出入りの少ない八階フロアの廊下はシンと音がするほど静かだ。役員に出くわすことが多いフロアなので気を抜けないが、早穂子にとってはありがたい面もある。少人数部門が入っていることもあって女性が少なく、トイレもパントリーも貸し切り状態なのだ。会議の事務局という業務上残業が多い早穂子はパントリーの棚にお気に入りのハーブティーなどを置いていて、疲れた時の癒しにしている。

「アールグレイにしようかな……」

お湯を沸かし、戸棚から紅茶の缶を取り出した早穂子の手が止まった。

この紅茶は、遥人がシンガポールに出張した際の土産だ。早穂子のお茶好きを知り、高級ホテルのオリジナル紅茶をわざわざ買ってきてくれたのだった。部署全体には海外出張ではよくある大箱チョコレートだったのに、居残り勉強の時に早穂子にだけ手渡してくれたので、内心みんなに申し訳なく思いつつ、とても嬉しかった。由希には言いづらくて内緒だ。

〝心に決めた人がいる〟遥人だから、特別な意味はないと思っていた。でも、こうして身体の関係を結んでしまうと、これまでの彼の言葉や行動の一つ一つを思い返しては、本当はどうだったのだろうと考えてしまう。

「まあ、他の人にもそれぞれ渡してたのかも……」

自分の心を冷まそうと、そんなことを呟いてみる。まだ亮平と話し合いもできていないのに、気づけば遥人のことを考えてしまうのだ。早穂子は両手で包んだ淡い緑色の缶に小さくため息を落とした。

遥人と過ごした一夜は早穂子にとって衝撃だった。あの夜、絶頂の余韻で意識が飛びかけた早穂子の最奥に遥人も欲望を放った。その時に絡み合った視線の熱さ、互いの本能を貪り合う究極の恍惚《こうこつ》が早穂子の身体に刻み込まれ、消えてくれない。恋人ではない相手に身体を開き、感じてしまった自分を恥じても、身体だけでなく彼の心にも触れたいと願ってしまう罪深さ。単なる欲望ならまだよかったのに。

遥人が不在だと知った時の落胆、寂しさ。ホテルの部屋から逃げ出したことへの後悔。自分を求めた彼の本心を知りたいと思ってしまう、この感情。罪深いのは、それがあの一夜から始まったのではないことだ。もっと前——居残り勉強のたび、亮平より遥人のレクチャーを望んでしまったのは、教え方が上手いからという理由で自分をごまかしていなかっただろうか。

これが恋だとしたら……。

鈍い痛みが走り、胸に手を当てる。初めて知る痛みだった。

今になって思う。恋愛に奥手で男性とまともに付き合ったこともなかったから、これまでの自分は恋という感情を本当にはわかっていなかった。自分は亮平に恋をしていたのだろうか？教科書通りの道筋で〝恋愛〟して、親が喜ぶような結婚をすることがベストだと、そうでなければならないと自分を型にはめてきた気がする。

世の中の人すべてが恋をして結婚するわけではないのだから、それはそれで間違いではなかったはずだった。でも、遥人を想うたびに感じる胸のざわめきと痛みが恋ならば、亮平のことを悪しざまに言えないのではないだろうか。

「あ……いけない」

沸騰を知らせるケトルの音で我に返り、早穂子は急いで火を止めた。カップを取り出そうと戸棚を開けた時だった。不意に入口が暗くなった気がして振り向いた早穂子は息をのみ、凍りついた。亮平が立っていたのだ。

「お、お疲れ様です」

おどおどした顔を見せてはいけないと、必死に声を張って挨拶したが、わずかな震えは抑えられなかった。亮平は打ち合わせから戻ってきたところらしく、手にはタブレットや資料ファイルなどを持ったままだ。ケトルの音で早穂子がここにいることに気づいたのだろう。

亮平はテーブルの上にタブレットなどを無造作に放り出し、腕組みをして低い声で言った。

「なぜ電話に出ない？」

「なぜ、って」

早穂子は思わず天を仰いだ。亮平の第一声で、先ほどまで抱えていた罪悪感は吹き飛んでしまった。電話に出て、何を聞けと？　あの時の彼の発言と行動のどこに弁解の余地があるというのだろう。あんなものを見せられ吐き気を堪えるだけで精一杯だ。

「話を聞く必要がないからです」

　これまでになく反抗的な早穂子の言葉に、亮平の顔にさっと朱がさした。しかしまだ早穂子を言いくるめられると思っているらしく、亮平は宥めるような口調で話し合いに持ち込もうとする。

「不安にさせて悪かった。お前にはわからない事情があるんだ。退勤後、部屋で話そう。通用口で待ってる」

　不安？　突然やってきた亮平との対峙に思考がショートしたのか、笑い出したくなる。亮平の傲慢さに、早穂子の口調も強くなった。

「説明は結構です。全部聞こえましたから。退屈な女はお飾りで充分だと。それならもう結構です。終わりにしてください」

「早穂子、頼むよ」

　いつまでも亮平がこんな風に下手に出るわけではないだろう。そのうち遥人のことを持ち出し、激しく攻撃してくるかもしれない。しかし、ここで折れては亮平の思うつぼだ。部屋に入れたら強引に肉体行為に持ち込み、抱き潰すようにして早穂子をねじ伏せるだろう。ほんの少し前まで将来を信じて抱かれていたのに、今は二人きりになることすら怖い。

　亮平が一歩近づき、早穂子は反射的に後退《あとずさ》った。

「何を勘違いしてるんだ？　あの時は――」

「触らないで……！」

亮平が腕を伸ばしたので逃げようとしたが、間に合わなかった。彼の腕に捕まり抱きすくめられ、思わず悲鳴を上げてしまう。

「声を出すな」

「放して」

早穂子の抵抗に一瞬たじろいだ亮平の腕から逃れたが、そのはずみに早穂子の手から紅茶の缶が落ち、大きな音を立てた。しっかり蓋を閉めていたので中身が散乱することはなかったが、缶はホテルのロゴをこちらに見せて転がった。それを見た早穂子の背筋がヒヤリとしたが、やはり亮平は見逃さなかった。

「……これは誰から貰った？」

「…………」

シンガポールに最近出張したのは遥人しかいない。

「……あの日、なぜ芹沢と一緒にいた？」

「新山課長には関係のないことです」

「何だと？」

怒気をあらわにした亮平が早穂子に一歩近づいた。次に捕まればただでは済まないだろうという恐怖で早穂子も後退ったが、背後はもう壁だ。

「芹沢から何を聞いたんだ？」

「……何も」

「聞いたからあそこに来たんだろ」

「…………」

早穂子は床に転がる紅茶の缶を見つめ、唇を噛んで衝動を堪えた。そうでもしないと、亮平の恥ずべき事実を叫んでしまいそうだったからだ。

これは早穂子が関わるべき問題ではない。まだ証拠のないことだが、恋愛の沙汰では収まらない事実を孕《はら》んでいるかもしれないのだから。いくら裏切られても、亮平の前途を潰すことまでは望んでいない。

しかし、口を割らない早穂子に業を煮やした亮平の矛先は遥人との関係に向けられた。

「あのあと、あいつとどこに行ったんだ？　この土日、一緒にいたのか？　何を吹き込まれた？」

「何も」

興奮した亮平は矢継ぎ早に詰問してくる。早穂子は最後の質問にだけ、嘘で答えた。頭はただこの場を凌《しの》ぐことでいっぱいだ。

「あいつと寝たのか？」

「…………」

したたかな女だったら、ここでさらっと嘘をつくことができただろう。しかし早穂子は何も言えなかった。

「寝たのか？」

「………」

白状する義理も謝る必要もない。しかし、遥人に心を移してしまった自分に気づいた早穂子は罪悪感に苛まれた。あんな裏切りに遭っても関係ない。それを知る前から遥人への感情は始まっていたのだから。

しかし、これもやはり早穂子の口からは明かせないことだった。ここは会社だ。いくら人気《ひとけ》がないフロアとはいえ、誰の耳があるかわからない。遥人の意図がわからない今の段階では、彼と関係を持ったことを早穂子の口から漏らすのは憚られた。亮平と遥人は堤電機の出世頭だ。余計な醜聞《しゅうぶん》を流すわけにはいかない。

「俺と変わらねえじゃねえか」

早穂子の沈黙を肯定と読み取った亮平の顔が憎々しげに歪んだ。

「あいつと寝たんだな？　答えろ！」

「ごめんなさい……！」

ついに亮平が逆上し、再び掴みかかってきた。戸棚に押しつけられ、恐怖のあまり謝罪の言葉を漏らしてしまい、万事休すと瞑目した時だった。

入口から意外な声が響いた。

「新山課長」

驚いて二人とも入口を振り返る。落ち着いた涼やかな声、すらりとした上品な立ち姿。そこに立っていたのは、今日は帰社しないはずの遥人だった。争点となっている本人の登場に動揺した亮平の手が緩み、早穂子の身体は自由になった。

早穂子もまた、驚きで身動きもできずに遥人をまじまじと見つめていた。直帰になると聞いていたのに。この場の救世主なのかはわからないが、知らん顔もできたはずなのに踏み込んでくれたことがありがたかった。

しかし、遥人の顔を最後に見たのはベッドの上——何度目かに果てる頃にはすっかり服を脱がされ、一糸纏わぬ姿で彼に貫かれた、つい三日前の夜以来だ。遥人を見つめる早穂子の頬が赤くなる。

二人の悶着をどこから聞いたのかはわからないが、遥人は二人の状況を一瞥《いちべつ》で把握したようだった。穏やかながら冷たささを感じさせる目が亮平を見据える。

「声が廊下にまで響いていましたよ」

遥人はそう言いながらパントリーに入り、早穂子を庇うように間に入り亮平に向き直った。

「彼女の代わりに僕が答えます。何をお聞きになりたいんですか？」

「………」

亮平は何も答えられない様子だった。

他社の女性とどんな関係を結ぼうが、会社の規範に反しているわけではない。しかし、その目的を辿れば、彼のこれまでの虚飾が明るみに出てしまう。遥人がどこまでそれを知っているのかわからない亮平は、墓穴を掘らぬよう何も言えないのだ。両脇に下ろした亮平の手に力が入り、拳になる。

遥人の背中越しにそんな亮平を見守る早穂子もまた、緊張で息もできなかった。たしかに彼の裏切りはひどかったが、恋人として共に過ごしたたくさんの時間のすべてが嘘ではなかったはずだ。上司として早穂子たちを引っ張ってくれる彼の力も本物だったと思う。だから、もう恋人として亮平のもとに戻ることはなくても、彼が破滅するところは見たくない。

「では、僕が勝手に答えますが」

亮平が押し黙っているので、遥人が静かに口を開く。

「僕たちはたまたまあの店に居合わせただけです。そこで運悪く新山課長に遭遇してしまった。それだけです」

この場で亮平の糾弾が始まるのかと早穂子は固唾をのんで見守っていたが、遥人は微笑を浮かべたまま、白々しい嘘を言い切った。明らかな嘘だとわかっていても、それを指摘すれば亮平は自ら自身の裏の顔を白状することになる。

このまま知らぬ顔を続けるのか、それとも最も効果的なタイミングで糾弾するつもりなの

か、遥人は手の内を見せなかったのだ。これでは亮平は喉元に刃を突きつけられたようなもので、攻めることも守ることもできない。簡単にとどめを刺さない冷ややかさに、早穂子までが身震いする。

しかし、とりあえずこの場が最小限の騒ぎで収束する気配に早穂子が胸を撫で下ろしたのも束《つか》の間、そうはいかなかった。遥人は亮平の急所を外し生かしつつ、いたぶることも忘れない。

「あと、彼女と僕の関係ですが――」

俯いていた早穂子はここでぎょっとして顔を上げた。亮平も嫉妬と憎悪に満ちた目で遥人を睨みつけている。

遥人が肩越しに早穂子を振り返り、優しく囁いた。

「いいですか？」

早穂子は咄嗟《とっさ》に何も言えなかったが、遥人も返事を求めたわけではなかったのだろう。彼の視線はまたまっすぐに亮平に向けられる。

まさか、明かしてしまうの――。

「彼女の腰にホクロがあることを知っている。こう言えばわかりますか」

これほど強烈な間接表現があるだろうか。あの夜たしかに腰の一部分の肌を執拗に舐められたことを思い出し、眩暈を覚える。するとそんな早穂子の背中に遥人の腕がそっと添えられ、耳元で「すみません」と声がした。

顔も上げられず真っ赤な頬を伏せていると、遥人が屈み、床に落ちていた紅茶の缶を拾って早穂子の手に戻した。

「仕事が終わったら声をかけてください。送っていきます」

亮平の前で放たれたこの言葉は、早穂子の部屋に押しかけても恥をかくだけだという亮平への警告だろう。

「戻りましょうか」

亮平はその場に立ち尽くしたままだ。遥人に続き廊下を歩きながら、早穂子は心の中で亮平に別れを告げた。


「あの……ここです」

三時間ほど後、早穂子は自宅アパートの前で遥人に深々と頭を下げていた。

亮平との悶着のあと、職場に戻ってもまるで不発弾のように怒りを漲《みなぎ》らせている亮平を前にしていてはさすがに気まずく、早穂子は早々に勉強を切り上げた。

二課の遥人の方を窺うと、他の管理職と雑談している。わざわざ直帰の予定を返上して帰社した割には忙しそうでもなかったが、何となく声をかける勇気がなく、帰り支度を始める。修羅場を終えて冷静になってみれば、送っていくという遥人の言葉はあの場限りの牽制《けんせい》に過ぎないと思えていた。ところがそそくさと一人で帰ろうとした早穂子を遥人が呼び止め、言葉通り本当に送ってくれたのだった。

とはいえ、途中で食事のため立ち寄った店では、緊張して口数少ない早穂子を気遣い彼は雑談で和ませてくれたが、金曜の夜のこともパントリーでの出来事についても一切触れてこない。以前と変わりない雰囲気で昼間の視察のことなど無難な話題ばかりで、やはり遥人にとっては一夜限りという認識なのだろうと、早穂子は落胆混じりに自嘲していた。

だからこんな深夜まで遥人を付き合わせ、しかも駅から徒歩十分かかる安アパートまで歩かせてしまったことに恐縮し、先ほどから早穂子は自分でも滑稽《こっけい》なほどお辞儀をしている。でも早く彼を解放してあげなければと焦ってしまうのだ。

「ここの二階です。送っていただき、ありがとうございました」

早穂子のアパートは都心から電車で数駅の郊外にある。アパートは新しく綺麗なのだが、周辺は自転車に乗ったおばちゃんが行き交う商店街があるような、いわゆる下町だ。亮平には〝もう少しいいところはなかったのか〟と顔をしかめられたが、早穂子は逆にそんな庶民的なのどかさが気に入っている。

とはいえ亮平以上にエリート感漂う遥人も亮平と同じような感想だろうと思っていたのに、彼は古臭いデザインの街灯を見上げ、表情を緩めた。

「いい町ですね。味があるというか、懐かしいような」

リップサービスかもしれないが、つい嬉しくなってしまう。

「そうなんです。お洒落ではないですけど、気に入ってて」

「たしかにお洒落ではないですけどね」

遥人が笑ったので早穂子も笑う。彼が笑うと目尻が下がり、近寄りがたい雰囲気が少し崩れるところがとても素敵で、つい見とれてしまう。でも今日一日アテンドで疲れているはずだと思い出し、早穂子は彼の帰宅を促した。

「今日はアテンドでお忙しかったのに、いろいろ申し訳ありませんでした」

しかし遥人はエントランスのドアの前に立ち、早穂子が入るのを待っている。

「あの、もう大丈夫なので――」

「部屋まで行きます。彼が来るかもしれませんから」

「は……はい」

一度関係を持ってしまった相手を部屋に招き入れるのは、誘いや承諾の意味になってしまうのだろうか？　こういう時どうするのがいいのかわからないが、ここで固辞するのも意識しすぎているようで、早穂子はぎこちない足取りで廊下を進み、遥人を部屋に案内した。

「あの、狭くてごめんなさい。食卓椅子しかなくて。ええと、お茶でいいですか？」

部屋に入ると、遥人が自分の部屋にいるという状況に今さらながら頭に血が上ってしまい、早穂子は彼の顔を見ることもできずにあたふたとお茶の用意を始めた。

ところが、その手を遥人が不意に掴んだ。

「僕のことはいいから、シャワーを浴びて休む支度をしてください。疲れているでしょう」

手首を掴む彼の手から体温がじかに伝わってくる。それがわずか数日前の肌の感触を呼び覚まし、早穂子は息を止めて遥人の目を見上げた。視線が絡み合い、時間が止まったかのように見つめ合う。あの夜の意味も遥人の本心もわからないのに、しかも亮平と別れたばかりだというのに、心と身体のざわめきを否定できなかった。

遥人はどう感じているのだろう？　なぜここまで来てくれたのだろう……？

道路を通り過ぎるバイクの音ではっと我に返り、早穂子は遥人から目を逸らした。失恋したからといって、物欲しげに寄りかかってはいけない。

「お言葉に甘えてシャワーを浴びてきます」

そう告げると遥人の手から逃れ、早穂子はバスルームに飛び込んだ。

しかし浴室の鏡を見た時、自分がかなりひどい顔をしていることに気づいて少し落ち込んだ。三日間ほとんど寝ておらず、今朝も始発電車で帰宅してメイクするという慌ただしさだった。遥人の〝疲れているでしょう〟という言葉の理由を悟り、項垂れる。こんな顔のアップを遥人に晒していたとは、彼も呆れていただろう。二度目の展開の心配など無用だった。

そう考えると逆に開き直った気分になり、シャワーのあと素顔で部屋に戻ることも気にならなかったなくなった。

　きっと遥人は亮平への攻撃の後始末として、こうして親切にしてくれているだけだ。あの一夜もドライに割り切り、何もなかったかのように流すのが大人の振る舞いなのだろう。

　部屋に戻るとリビングの明かりは弱められていて、寝室のサイドテーブルのランプだけが灯《とも》されていた。

「ベッドに入っていてください。飲み物を持っていきますから」

　キッチンに立つ遥人は上着を脱いだだけで、深夜だというのにオフィスと変わらない涼やかな風情だ。素顔に部屋着の自分の格好が急に恥ずかしくなり、早穂子は遥人に勧められるままベッドに潜り込んだ。

「キッチンをお借りしました」

　しばらくして穏やかな声とともに遥人がカップを二つ手にして寝室に入ってきた。早穂子が先ほど用意しかけていたものだ。

「……ありがとうございます」

　早穂子はおずおずと身を起こした。病人でもないのに介抱されているようで少々照れ臭い。

「飲んでください。僕も遠慮なくいただきますから」

　遥人は早穂子にカップを手渡すと、自分もベッドに腰を下ろした。深夜の自分の部屋で遥人とこうしてお茶を飲んでいる状況が信じられないが、ここ数日カオスだった心にジャスミンの香りが静かに沁《し》み込んでくる。

両手でカップを包み、早穂子は吐息とともに呟いた。

「……美味しい」

「よかった。僕はお湯を注いだだけですが」

ベッドサイドの淡い光の中で、カップから立ち上る湯気が優しく揺れている。遥人の横顔も穏やかだ。

「直帰のところ帰社されたのに、お仕事を切り上げさせてしまってごめんなさい」

心地よい沈黙が続いたが、照れ隠しに吹いていたお茶の湯気も立たなくなり、落ち着かなくなった早穂子は話題を探して口を開いた。

「いいえ。僕はあなたの帰りを待つために帰社したので。彼のこともありますし」

遥人の答えを聞き、早穂子は驚きですぐに何も言えなかった。

私のため……？

「彼が土日のことで怒っていましたが、家に帰れなかったんですね。気になっていました。フォローできなくてすみません。鮮やかに逃げられてしまい」

「そ、それは私が悪いので」

謝りたかったのに先に謝られてしまい、早穂子は慌てて首を横に振った。

「ああいう時どうしたらいいか、わからなくて……」

早穂子はずっと気にしていたことを、俯いてシーツをいじりながらもじもじと口にした。

「それであの……お部屋の代金を」

しかし言った途端、遥人が噴き出した。

「律儀ですね」

「へ、変でしたか」

「いいえ」

遥人はカップを置き、早穂子の手からもカップを取った。そのままそっと早穂子をベッドに押しつけた。上になった彼を黙って見つめる。

「可愛いです」

深く静かな水面を思わせる遥人の目の奥には、あの夜に早穂子の上で見せた欲望の炎がちらちらとまたたいている。理性をかなぐり捨て、早穂子の中に熱を放ったあの瞬間の彼。もう一度それを受けたいという本能が心と身体の奥に火を灯す。

「……そんな目で見ないでください。抱きたくなる」

心の内を遥人に読まれてしまったと知り、早穂子の頬が真っ赤に染まった。抱かれたい、彼のものになりたいと思ってしまうこの不埒《ふらち》な感情をどうしていいのかわからない。

亮平と結婚する身でありながら、遥人に惹かれる気持ちはこれまで無意識に早穂子の中で息づいてきた。罪深さを噛みしめながら、早穂子は遥人に恋していることを認めた。

「彼にもこんな顔を見せてきたの？」

この問いは過去がどうであったかという言葉面の意味ではなく、この先早穂子が誰に心と身体を許すのかを尋ねている。実際、悲しいことに今思えば亮平に対しこんな気持ちと欲望を抱いたことはなかった気がする。

出会ったばかりの二人の男がここまで火花を散らすのは、ただの出世争いなのだろうか？その狭間《はざま》にいる自分は単に利用されているだけなのかもしれない。

〝言ったよね。君を奪うために近づいたと〟

好きだという言葉も愛の言葉もなく交わされた一夜。これまで奔放に恋したことなど一度もなかった。彼の本心をはっきりと約束する言葉がなければ二度目の夜は絶対にないと思っていたはずだった。破滅的な恋だと、どこかで予感している。それでも——。

やわらかに自分を組み敷く征服者の目を早穂子は見上げた。

「……いいえ」

恋をするのも、抱かれたいと願うのも、この初めての感情すべて、あなたのもの。

完全な勝利を確信した遥人の目が微笑んだ。

「芹沢課長だけ……」

降伏を言葉にする代わりに目を閉じる。遥人が早穂子の頬を撫で、そっと口づけた。

「疲れた顔してる……今夜は寝かせてあげる」

身体は彼のものになりたくて震えているのに、耳元でそう囁かれると不思議と早穂子の瞼が重くなった。やはり疲れているのだろう。

「おやすみ」

遥人の穏やかな声を聞きながら、早穂子はいつしか眠りに落ちていた。

こうしてわずか数日の間に事態は急転し、早穂子は亮平の婚約者から遥人の恋人となった。周囲に対して亮平との破局を明言したわけではないが、しばらくするとそれは暗黙のうちにすっかり広まり、誰もが知る事実として定着していった。

それというのも、遥人が早穂子と個人的な関係になったことを特段隠そうとしないからだ。夜遅くまで早穂子が居残っていると、必ず遥人が声をかけてくる。

『もう終わりそう?』

『あ……はい』

『送っていくよ』

小声のさりげないやり取りだが、それは一課の課長席にいる亮平の目の前で交わされる。最初のうち、居合わせた一課の同僚たちは亮平を盗み見ながら〝いいのか?〟とハラハラしていたが、亮平が押し黙っているのを見て察したようだった。

早穂子に対する亮平の仕事中の態度は苛々した口調が多くなり厳しくなったが、覚悟していた範囲内だ。遥人が三人の関係変化を周囲に隠さないのは、バーで早穂子を無視して相手女性と立ち去った亮平への意趣返しでもあるが、亮平が公私を分け上司として正しく行動するよう、衆人環視のもとに置くことも狙っているようだった。

「ねえ、小谷さん。つかぬことを聞くけどさ」

部課長会で管理職が出払っている時、同じ一課の同僚が周囲を見回し声を落として聞いてきた。

「やっぱりそういうことなんだよね？」

「そういうことって？」

何のことかわからず早穂子が聞き返すと、同僚はさらに声を潜めた。

「新山課長と別れたのかってこと」

「ああ……」

亮平との破局から二週間も過ぎると、変化に気づいた同僚たちからこのようにこっそりと同じ質問を受ける。

「あの……いろいろあって」

早穂子は少し口ごもってから、歯切れ悪く認めた。

剛毅な男を気取る亮平は、地味な部下に拒絶されライバルに奪われたという顛末が広がるのはプライドが許さないだろう。かといって事実上は早穂子が振られたようなものだと説明すると、亮平の乱れた女性関係が原因だと言及せざるを得なくなる。

「ぶっちゃけ、どっちが原因？」

「それは……」

社内恋愛の常で、同僚たちだけでなく他部門の社員たちの間でもこの話題はかなりの興味を引いているようだ。早穂子が男を手玉に取るようなタイプではないことは周囲もわかっているので、今回のことはトップ争いをする男二人の華麗な鞘《さや》当てとして受け止められている。男性にモテる女ではないと自覚があるだけに早穂子にとってはかなり決まりが悪いのだが、遥人が隠そうとしないのだから仕方がない。

「まあ芹沢課長なら仕方ないよなぁ」

これもみんなの決まった反応で、彼は勝手に納得した様子で頷いている。

同僚のこの発言は遥人と亮平の現在の趨勢《すうせい》を映していて、最近は亮平の存在感はすっかり薄れてしまっている。それとは対照的に、入社からわずか数か月の間に遥人の評判と信頼は完全に亮平を下し、圧倒している。

「ここだけの話、新山課長、最近苛々してるから二課が羨ましくなるよ。実は前からちょっと虚勢張ってんなって思ってたけど」

同僚が声を潜めてぼやき始めた。早穂子が亮平側でなく遥人側の人間になったので、これまで隠していた不満を口にしやすくなったのだろう。

しかし、ひどい裏切りで最後を迎えはしたが、亮平と共にした思い出には楽しかったこと、嬉しかったこともたくさんあった。完全に見えて実はいびつであるところは彼の人間らしさでもある。だから、坂を転がり落ちるように亮平の評価が下がっていくのを見るのは複雑だ。

とはいえ早穂子にはどうしようもないことで、亮平がまっとうな努力で劣勢を跳ね返し、二人がいいライバル関係に落ち着くことを願うしかない。

このように、同僚たちへの周知は自然に任せていたが、今回のことで早穂子が一番気がかりだったのは由希のことだ。

以前、由希は遥人に一夜の関係を持ちかけて断られている。もう吹っ切れたと由希は言っているし、そもそも遥人にはっきりとした恋愛感情を持っていたわけでもない様子だが、やはり気まずい。噂や遥人の態度で伝わってしまったら、親友として誠意がないように思う。由希には自分の口から直接、真っ先に打ち明けておきたい。

そう考えて由希には早々に報告したのだが、元々遥人をロックオンしていた由希はさすが敏感で、とっくに気づいていたようだ。

「あの……新山課長と別れてすぐにアレなんだけど、実は」

「芹沢課長と付き合ってるんでしょ！」

初めて遥人が早穂子の部屋を訪れた夜から一週間あまりが過ぎた昼食時、早穂子が意を決して切り出すと、最後まで言わせない勢いで由希が言葉を被せてきた。

「知ってるよ、とっくに」

「ええ？　とっくにって、まだ一週間そこそこなのに」

早穂子としては精一杯早い報告だったのに、それでも遅かったらしい。

「気づいてないふりしてただけ！　早穂子が新山課長と別れた時、時間の問題だなって思ってたよ」

「由希、声が大きいって」

「いやいや、みんな知ってるでしょ」

今日は外ではなく社員食堂なので、早穂子は慌てて由希を止めたが、由希は少し声を抑えたものの、そのまままくし立てた。

「芹沢課長、前々から早穂子を狙ってるのわかってたし」

「えっ、どういうところが？」

早穂子は思わず身を乗り出してしまった。遥人は感情を表に出さないので、何を考えているのかわかりにくい。亮平から乗り換えた状況だけに不謹慎だが、女としては狙われていたならやはり嬉しい。

「早穂子の居残り勉強に付きっきりだったし、シンガポールのお土産だって貰ってたでしょ。私にはお土産なかったのに」

「そうなの？　他の人も貰ってるのかと思ってた。えへへ……」

「わーっ、むかつく」

嬉しさを隠しきれない早穂子に、由希が怒っている。しかし、さすがに亮平との別れに遥人が一枚噛んでいたことまでは知らないようだ。

「心に決めている人がいますので、っていうのは早穂子のことだったんだね」

「それなんだけど、どうなのかなぁ……」

「決まってるでしょ！」

由希はそう言うが、それについては、早穂子は疑っている。

遥人がその台詞を口にしたのは二課の歓迎会があった夜、つまり彼の着任から二週間も経っていない時だ。一目ぼれしたとしても、そこまでの台詞にはならないだろうし、そもそも早穂子は男性にモテたことも、ましてや一目ぼれされたことなど今までに一度もない。

しかし由希は疑問を感じていないらしく、しきりに腹を立てている。

「そうとは知らずに、私ほんと赤っ恥だわ。狙ってる相手の友達から誘われるなんて迷惑だったでしょうよ」

「いや、そこまではないと思うけど」

「早穂子に慰められると余計にむかつく」

由希があまりにぷりぷりしているので、早穂子はつい笑ってしまった。

（でも――）

早穂子は口を噤《つぐ》み、考え込んだ。

こうして報告していても、どこか自信がない。これまでの経緯を思い返すと、恋や愛を伝える言葉を彼はまだ一度も口にしていない気がするのだ。

〝君を奪うためだ〟

〝僕のものになればいい〟

これらの言葉は欲望を示しただけだ。子供じみているかもしれないが、お手本通りの恋愛しか知らない早穂子は、彼の気持ちを言葉ではっきりと約束してくれていないことを心許なく感じてしまう。

しかし、亮平は愛してるという言葉をいとも容易《たやす》く口にしてくれたが、二人の間に愛が存在していたかどうかは疑問だ。

(言葉にこだわるべきじゃないのかな……)

誰かに意見を聞いてみたいが、恋多き女の由希にこんなことを聞いたら一笑に付されそうだ。

「なあに、早穂子。何か言いたげね」

さすが、入社以来の親友だけあって由希は早穂子の表情をすぐに読み取った。

「付き合う時って、好きとか付き合おうとか、そういう言葉は必要だと思う?」

早穂子が口ごもりながら尋ねると、由希は「はぁ?」と呆れた顔をした。

「それ、ノロケ?」

「あんなとびっきりのイケメンエリートと付き合えてるのに。しかもうちの社の人気筆頭二人を両方ともモノにしておいて」

「違うよ」

「いやいや、新山課長にはとんでもない裏切られ方したじゃないの」

由希に睨まれ、早穂子は慌てて抗議した。

「それで何、好きって言われてないってこと？」

「うん」

「あのね。もういい歳の男女なのよ。ティーンエイジャーじゃないんだから」

「そ……そうよね」

やっぱりそうか、と早穂子は納得できないまま頷いた。

納得しきれない原因はもう一つある。すでに何度か身体を重ねているが、まだ一度も唇にキスをされていないのだ。動揺の中で衝動に飲み込まれるようにして抱かれた最初の夜の詳細を辿ってみても、やはり唇へのキスはなかった気がする。

恋愛初心者の早穂子は、身体の関係の先に立つものはキスだと思ってきた。だから、はっきりした言葉がないことと併せて、どうしても引っかかってしまうのだ。

とはいえ、由希に意見を求めたくても、遥人とすでに身体の関係にあることや、生々しい始まり方から説明しなければならないので、それもできない。

「友達でなかったら張り倒してるわ。あんなに公然と優しくされてるのに」

「でも、真面目に悩んでるんだけど」

「そりゃ新山課長とはタイプが違うからでしょ」

「まあ、そうね……。新山課長はいっぱい言葉にしてくれたけど、その裏ではあれだもんね」

「そう、そういうことよ」

由希はここで急に真面目な表情になった。

「今まで数だけは経験してきて思うけど、恋愛に決まりはないと思うのよ。人の数だけ愛の形があるんじゃないかな。なーんつって」

最後の方は笑ってごまかしたが、由希は少し物憂げな表情になり、窓の外に目を逸らした。

「あいつはやめとけってみんなに反対されても、それでもいいって自分が思えるなら、それでいいんじゃないかなって。恋愛って他人のためにするものではないんだよね」

「他人はともかく、親のことは考えちゃうけどね」

亮平との破局をまだ両親に説明していないことを思い出し、早穂子はため息をついた。

「まあね……。娘がいつまでも下らない男に振り回されてたら、親は泣くよね。結婚と恋愛は違うっていうの、認めたくないけど実際はそうだから」

由希は窓の外に視線を向けたまま皮肉っぽく笑った。

「由希、何かあった？」

恋愛経験こそ少ないが、早穂子も伊達《だて》に由希の友達を長年やっていない。彼女のかすかな変化はちゃんとわかる。でも、おそらくまだ一人で抱えていたいのだろうということも。

「うん……ちょっとね。でも今日は早穂子のノロケを聞く日だし、また今度。シケた話なのよ」

やはり由希は何か葛藤を抱えているようだった。完全に遥人からは意識が離れているから、早穂子と遥人の関係変化に気を悪くすることもなく、明るく受け止めてくれたのだろう。

何となく、由希の悩みは元彼のことかなと見当はついたが、早穂子は何も言わなかった。

「あ、もうすぐ昼休み終わっちゃう」

「ほんとだ」

時計を見た二人は慌ててトレーとメイクポーチを持って立ち上がった。遥人の話題はこれで終わりかと思いきや、食器返却口まで歩きながら、由希が最後の詰めとばかりに突っ込んできた。

「それでさ、話を戻すけど。芹沢課長が好きとか言ってくれないことはわかったけど、じゃあ何て言われたの？　それだけは聞いておかないと」

「えー言いにくいな……」

「それを聞かないと、好きとか付き合おうとかいう言葉がなくても大丈夫かどうか、相談されてもジャッジできないじゃないの」

「そっか……。ええと、僕のものになればいい、って……きゃっ」

早穂子がそう言った途端、由希に腰で体当たりされたので、危うく食器ごとトレーを落としそうになった。

「もう！　落とすところだったよ」

「聞くんじゃなかったわ」

トレーを返却口に入れながら、由希はまた怒っている。

「それだけ言われたら充分でしょ」

「そうかな」

いろいろ細かな不安はあるが、幸せなことに変わりはない。早穂子もトレーを返し、上向きな気分でメイクポーチを胸に抱えてにっこり笑った。

以前から身だしなみには気を配ってきたが、最近はいっそう身が入っている。それは、遥人がベッドで早穂子の肌や髪を丹念に愛撫してくれるからでもある。

「いいわねーお肌ツヤツヤしちゃってさ」

隣から由希がからかってくる。

「新山課長と付き合ってた時より早穂子すごい色気あるよ。そんなにいいんだ、芹沢課長のベッド」

「ちょっ……、こんなところで言わないでよ」

「芹沢課長を見る目が変わっちゃいそうだわ」

すでに一線を越えていることは言っていないのに見抜かれたのか、あからさまに冷やかされた早穂子は慌てて由希を止めた。

「いいセックスしてると女性ホルモン出るよね、下手なコスメよりそっちの方が効果あるよ」

「だから大声で言わないでってば」

由希の冷やかしに焦っていた早穂子は、由希が口にした言葉にあることを思い出し、かすかに眉を曇らせた。

ふわりと心に不安が過《よぎ》る。あれから何度か遥人と身体を重ねていて、毎回彼は避妊してくれているが、最初のあの夜だけは違っていた。ひどいきっかけだったから落ち着いてはっきりと状況を把握できていなかったが、たしか自分たちは避妊しなかった。それを思うと、ヒヤリとしたものが背中を伝う。まだ一週間ほどでは検査薬にも反応しないだろう。

（でも、一度きりだったし……）

早穂子の不安など知らず、由希が楽しそうに突っ込んでくる。

「芹沢課長とは今度いつデートするの？　課長の鼻の下が伸びてないか観察しないと」

「ええと、今夜」

「うわっ、ほんと聞くんじゃなかった。何度も言うけど」

「あはは」

由希と社員食堂を出る頃には、先ほどの不安は早穂子の心から薄れていた。

遥人との関係は始まったばかりで、早穂子にとってはまだ緊張しつつの手探り状態だ。ブランド好きな亮平とは高級レストランなどに出かけることが多かったが、対照的に遥人はインド派で、世間の流行やステータスにはまったく興味がないようだった。早穂子もセレブや業界人が溜まっているような流行りの場所に行くのは疲れてしまうタイプなので、そういう面でも遥人の方がしっくり合っていた。

遥人とは仕事の帰りに送ってもらい、そのまま早穂子の部屋で過ごすことが多い。外で食事することはあっても、それが続くと早穂子は手作りの料理が恋しくなってしまうので、自然と遥人もそれに付き合うようになった。貴人のような雰囲気の彼だが、意外にも彼は早穂子が作る庶民的な野菜炒《いた》めや煮物を好んで食べる。

「これ美味しいね」

そう言って遥人が食べているのは、ただのもやし炒めだ。

「もやしですけど……」

もやしとニラときくらげを卵で炒めただけのものだが、遥人は美味しそうに食べている。食べてくれないことがわかっているから、亮平にはこんな料理は出せなかった。亮平よりよほど育ちが良さそうなのに、こんなものを美味しいと言う遥人が何だか可愛らしく思えてしまう。

「作っておいて何ですけど……芹沢課長がもやしを食べてるの、イメージ崩れます」

早穂子が本音を漏らすと、遥人は笑った。

「僕ってどういうイメージなんだろう」

「湯葉とか食べてそう」

「ああ、あの真っ白な鍋からお上品に箸で掬《すく》うやつ？」

「そうそう、高級料亭っぽいの」

「高級料亭に行ったことなんか数えるほどしかないよ。それも接待しかね」

接待という言葉を聞き、反射的に早穂子の箸が一瞬止まる。亮平に何度となく〝今夜は接待〟と言われたことを思い出したのだ。それを察した遥人が「こら」と突っ込んでくる。

「今、彼のことを考えてたね」

「考えてません」

「あとでお仕置きだな」

早穂子は否定したが、遥人はお見通しだ。

「芹沢課長が悪いんですよ。接待なんて言うから」

「ほら、認めた」

誘導尋問にかかったと知り、早穂子が唇を尖らせる。

亮平との会話では何を言うのも考えてから口にしていたが、遥人にはなぜか思ったままを言える。

「湯葉といえば、湯気を食べるイメージって言われたことがよくある」

拗《す》ねていた早穂子だったが、これには思わず噴き出した。

「それ、仏様じゃないですか」

「そうなんだよ。生きてない扱い」

食べ終えた遥人も笑いながら立ち上がり、食器の後片付けを始めた。早穂子も手伝おうとするが、大抵〝君は料理を作ってくれたんだから、座ってて〟と止められる。亮平にはなかったことだ。仕事でもそうだが、遥人は男女の役割や立ち位置に公平な感覚の人だと思う。

「お茶を飲んで、休んでて」

早穂子のお茶好きを知っている遥人が湯を沸かしてくれたので、早穂子も彼の言葉に甘えてハーブティーのカップを手に腰を下ろした。

キッチンで後片付けをする彼は手際が良く、一人暮らしが長いのかなと想像する。

〝アメリカの前はどこにいたんですか？〟

〝どんな学生時代だったんですか？〟

そんな質問を幾度も飲み込む。

どこの出身で、どんな家庭で、どんな人生を送ってきたのか、遥人のことはほとんど知らない。彼についてわかることは、着任の際の自己紹介で聞いたこと――年齢と、アメリカのゼネラルサイエンス社にいたこと、そして彼との会話で聞いた甘いものをあまり食べない、ということぐらいだ。

普段の会話では何でも話せるのに、彼の過去に立ち入る質問になると口にするのをためらってしまう。それは、紳士的で優しい笑みを絶やさない彼だが、どこか他人と距離を置いているように感じられる瞬間があるから。それでも早穂子は遥人に惹かれる気持ちを抑えられなかった。

彼の素性も、約束はおろかこの先の展望も、早穂子をどんな風に思っているのかすらわからないまま、わずかな時間で遥人に惹かれ、身体を許してしまった。これまでの早穂子には考えられないことで、危険だとはわかっている。

亮平とは結婚の約束までしていたが、それでも裏切りに遭った。付き合っていた頃、カップル客が多い店を訪れた時、前月のメニューの方が良かったなどと言う亮平の言動にふと〝誰と来たのだろう〟と疑念を抱いたことがしばしばあったが、あれも他の女性と関係が並行していたからだったのだと、今になって合点がいく。頻繁すぎる接待など、点在する疑問を重ね合わせれば、もっと早く、遥人に事実を突きつけられる前に自分で気づけたはずだ。

だからそれに懲りて、もっと賢くなって恋をすべきだとわかっているのに、遥人にだけは盲目的に身を委ねたいと願ってしまう。たとえ求められているのが身体だけだったとしても、それでもいい、と。

ハーブティーを飲み終えた早穂子は立ち上がり、カップを洗うため遥人の隣に並んだ。彼は知っているだろうか。すらりと高い彼の身体をこうして間近に感じるだけで、もっと近づきたい、抱き締められたいと願ってしまうことを。

「洗い物の続き、代わります」

「いいよ。もう終わるところだから」

スーツの上着を脱いだ彼のシャツからは、すっきりとしたグリーン系の仄かな香りがする。

「それも貸して。ついでに洗ってしまうから」

「いえ、私が洗うので――」

カップを取ろうとした彼の手とスポンジを取ろうとした早穂子の手がぶつかり、重なった。ぬるりとした泡越しに二人の指が滑り、こすれ合う。それは妙になまめかしく、早穂子は慌てて手を引っ込めようとした。その手を遥人が握って止めた。

「…………」

温かな湯が流れる中で指を絡め合い、見つめ合う。早穂子の手からカップが音を立ててシンクに落ちる。

「……一緒にシャワーを浴びる?」

遥人がそっと囁いた。彼を見上げていた早穂子の頬が赤く染まる。男性とシャワーを一緒に浴びたことなど今までに一度もなく、とてもではないが恥ずかしくてできそうにない。

「そ……そんな恥ずかしいことは……」

「一度もないの？」

亮平とだけでなく過去の男と、という意味なのだろう。

遥人は早穂子が亮平としか経験がないことを知らない。その亮平ですら一年足らずの交際で、しかも愛されていなかった形だけの関係だったのだから、おそらくベッドでの行為も充実したものではなかったのだろう。年齢に似合わず、早穂子にとってはいろんなことが初めてだ。身体の経験だけでなく、心の底から本当の恋をすることも。しかし、それを遥人に言うことはできないのがもどかしい。

「……はい」

早穂子は頷いてから、慌てて言い足した。

「だから、あの……」

そんなことは無理、と言いたかったが、最後まで言わせてもらえなかった。お湯を止めた遥人が早穂子の手首を強く捕らえる。

「いい？」

じっと見つめてくる遥人の目の奥には男の獣欲がちらちらと揺らめいている。きっとシャワーを浴びるだけでは終わらない。昼間の彼からは想像できないぐらい、早穂子を抱く時の遥人は淫らで甘く執拗だ。

彼のこんな顔を知っているのは私だけ――。

恥ずかしくて怖気《おじけ》づいているのに、早穂子の本能は捕食されることを望んでいる。

しかし、こうして甘く求められていても、まだ唇へのキスはない。そのもどかしさが甘く苦しい恋情を募らせる。

(好き……)

目を伏せて頷き、遥人の腕に身を預けながら、早穂子は声に出さずに呟いた。

遥人がやってきて以来、それまでは飛ぶ鳥を落とす勢いだった亮平の存在感が徐々に薄れる中、それでも古参の亮平を尊重する意識から社内では二人を〝ツートップ〟と讃《たた》えていた。しかし、遥人と亮平の力の差を象徴するようなアクシデントが起きた。

それは、早穂子と亮平が破局してから二度目の先端技術会議でのことだった。

デバイス先端技術会議は社長以下本社幹部と全国の開発拠点のトップで構成される最高幹部会議だ。過密日程の重役たちをリモート会議ではなくわざわざ全国から東京の本社に集めて行われるのは、それだけこの会議が堤電機の命運を握る最深部のものであることを示している。

使われる会議室は特別なもので、分厚い絨毯が敷かれダークな色調で統一された広い室内は高級ホテルを思わせるが、窓が一切なく外部との通信も遮断されている。そこに社長、副社長、専務や常務から各事業本部のトップが一堂に会する様は、何度見ても背筋がぞくぞくする。文系脳でデバイス関係の仕事を荷が重く感じている早穂子だが、毎回開催を迎えるたび、裏方とはいえ、世界を動かす先端技術が生まれ育つ場に立ち会えることに感動し、誇らしく思う。

難解な技術説明と幹部たちの会話に必死で食いつき議事の記録を続けながら、早穂子は同席する亮平に視線を向けた。

普段は各事業本部から提出された議題で進められるが、今日は議題終了後に事務局から最新のディスプレイ技術と他社動向について社長への解説プレゼンテーションを予定している。本来ならば戦略推進室長クラスが務めるのが妥当なのだが、そこに手を挙げ自分が適役だと主張したのが亮平だった。

社長以下全役員が揃《そろ》う中での大舞台。出世欲と自己顕示欲が強い亮平には格好の機会だ。亮平自身、遥人の登場で部門内外での自分の評価が落ち始めていることは知っていて、最近は苛々と焦りを見せることが増えている。今回、このプレゼンテーションで成功を収めれば、一気に形勢を立て直せる。遥人に奪われたお株を奪い返し、社長に認められた生え抜きの精鋭として不動の座を得られると目論《もくろ》んでいるのだろう。

会議はスムーズに進み、ほぼ予定時刻通りにすべての議題を終え、亮平の出番となった。

「事務局より、最新のディスプレイ技術と他社開発動向についてご説明いたします」

今回の司会役である戦略推進室長の紹介の声が響くと、亮平が立ち上がって一礼し、堂々とした動作で前に進み出た。

「事務局チーフを務めております戦略推進室の新山と申します」

いよいよ自分の出番となり、亮平の顔は興奮で紅潮している。

今回、亮平はプレゼンテーション内容を早穂子たち部下に一切タッチさせなかった。だから早穂子たちはこれから行われるプレゼンテーションがどんな内容なのか、どういった技術が取り上げられるのか、一切内容を知らされていない。室長が話していたが、極秘入手した他社の最新技術情報も含まれており、亮平は〝まだ世に出ていない新技術を説明できるのは自分をおいて他にない〟と自信を持っているという。それを聞いた時は、さすがに皮肉な気分になった。まさにその他社動向や技術を盗むために、亮平は女性を漁《あさ》り、乱れた行為を繰り広げているのだから。とはいえ、事務局として部下として、このプレゼンテーションは成功してほしい。張り詰めた空気に早穂子まで緊張してしまい、祈る気持ちで手を握り締めた。

亮平のプレゼンテーションが始まった。よく通る声で朗々と滑らかに説明する亮平は、成功を確信しているのだろう、自信満々に見える。

しかし、説明を聞くうち早穂子は冷や汗が滲むような思いになった。まだ亮平と付き合っていた頃、この会議の発足が決まり技術の勉強を始めた早穂子が亮平に何度か質問したことがあったが、その時と同じ印象を受けたからだ。

あの時も彼の説明をわかりにくく感じていたが、今改めて聞くと、彼は最新技術を舌先で語っているだけで、まるで役者が長台詞を演じているような印象を受けるのだ。

〝技術への敬意も美学もない、欲望で汚れた人間が同じ世界にいる〟

以前に遥人が言っていたのは亮平を指していたのだろうか。亮平が見せたいのは技術ではなく、自分なのだ。専門用語を並べ自分を誇示し相手を圧倒しようとする亮平のレクチャーは、内容よりも彼のすごさばかりが頭に残る。遥人の方がわかりやすかったのは当然だ。

ここにいる幹部たちはどう感じるのだろう。技術畑の人間ではない早穂子ですらそう感じるのだから、技術出身の幹部ならば早穂子にはわからない様々な綻びまで見抜くのではないだろうか。

無難に早く終わることを祈り聞いていた早穂子の不安は的中した。

「君……ね。ちょっと説明を止めて」

革張りの肘掛椅子の背に身体を預けて聴いていた社長が突如、片手を挙げて遮った。亮平はそれに気づかず説明が続いたが、司会の戦略推進室長も慌てて遮り、説明はオーバーランしてようやく止まった。

少しずらした眼鏡の縁から社長がじろりと亮平を眺める。

「君、戦略推進室と言ったかな」

「はい」

「説明ありがとう」

社長は労いの言葉をかけたが、説明はまだ途中なだけに、それが言葉通りの意味ではないことを察した会議室内の空気が張り詰めた。

社長は会議室内をぐるりと見回し、亮平ではなく戦略推進室長に尋ねた。

「戦略推進室なら、芹沢君はここにいる？　有機ＥＬのあたりから彼に説明願いたいんだが」

それを聞いた瞬間、亮平の顔が強《こわ》ばった。

（ああ……）

仕方ないことかもしれないが、やはり残酷だ。見ていられず、早穂子は瞑目して唇を噛んだ。

「彼は海外プラント担当で、専門ではないですし、この技術情報は極秘で最新のものですから彼は見ても理解できないかと――」

ここで亮平が口を挟んだ。遥人にはこの技術を理解できない、説明できないという主張だ。

それが妥当な意見かどうかは別として、社長の要望に言い訳や反論を挟むなど、普段の亮平ならやってはならないことだと判断できただろう。

しかし極度の緊張と興奮のせいで、しかも亮平にとって最も聞きたくない芹沢という名前を社長が口にしたことで頭に血が上ったらしい。

社長は眼鏡の縁から狼藉者《ろうぜき》を見るかのように亮平を一瞥したが何も言わず、戦略推進室長の方を向いて短く指示した。

「彼に連絡を」

生き馬の目を抜くような開発競争の中で大企業を背負う人間は無駄に時間を使わない。一切の叱責もないことがかえって残酷だった。

「はっ、はいっ」

予想外のアクシデントに戦略推進室長も少し慌てている。今回のことを亮平に任せたことで任命責任を感じているのだろう。しかし亮平も立派に一課を率いているエースであり、決して今回の説明の出来が悪かったわけではない。遥人が優秀すぎるのだ。

戦略推進室長が電話をかけにあたふたと会議室を出て行くと、帰りを待つ間、幹部たちも立ち歩いて思い思いの相手と何やらヒソヒソと情報交換を始め、会議室の空気は少し緩んだ。社長もディスプレイ事業本部の本部長を兼任する専務の席まで行き、小声で何か確認している。遠隔地にある開発拠点のトップが直接顔を合わせるメリットは意外と大きく、こうした立ち話がきっかけとなって新たな商機が生まれることも多いという。

普段ならば技術革新で世界を牽引する業界の躍動とダイナミズムが感じられる空気に奮い立つのだが、今だけは亮平の心中を思うといたたまれず、早穂子は身を固くして手元のパソコン画面をじっと凝視していた。部屋を出る戦略推進室長を見送る際に一瞬だけ見た亮平の顔は真っ青で、もう一度見ることができなかった。裏切られても、仕事のやり方が汚くても、部下として元恋人として、彼が失墜する様を見るのは心が痛くてたまらない。この場が早く終わるよう、少しでも亮平の面子が保たれるよう願う。

しかし、しばらくして室長が遥人を伴って戻ってくると、亮平に同情し肩入れさえしたい気分でいたのに、早穂子はつい遥人の姿を求めて顔を上げてしまった。

細く開いたドアからはまだ戦略推進室長の姿しか見えないが、その外側の廊下に遥人がいるとわかるほど、早穂子の全神経は彼の気配を追ってしまう。普段はこの会議に出席しない彼が今ここにいることが嬉しかった。

「失礼します」

一礼して会議室に入ってきた遥人を幹部たちが注視する。社長に指名されるとはいかなる人物なのか、興味津々なのがわかる。

遥人はというと、打ち合わせか何かで他部門に出向いていたところを大至急ということで呼び戻されたのだろう。走ったあとのように遥人の前髪が珍しく乱れていて、普段は乱れのない彼だけに場を和ませる愛嬌《あいきょう》すら感じさせた。

社長は遥人が現れると途端に表情を崩し、笑顔になった。

「ああ芹沢君、急に来てもらって悪いね」

「いえ」

「この前、埼玉の視察で君の説明がとてもわかりやすかったから、幹部たちにも是非にと思ってね。新方式の有機ELについて説明してもらえるかな。そこの彼が資料を持っているのでそれを詳しく説明願いたい」

社長はまるで甥《おい》っ子にでも接しているようにフレンドリーだ。遥人もさほど緊張している様子ではなく、普段通りの落ち着いた表情で柔和な笑みを返した。遥人が説明役を務めたこの間の視察が内容も雰囲気も充実したものであったことが窺える。

「資料を見せてもらえますか」

遥人が亮平に歩み寄り、丁寧に声をかける。その声にも態度にも嘲りはない。ここに来るまでの間に戦略推進室長から事の次第は聞いたはずだが、最初の挨拶を終えて説明役に切り替わった遥人の表情は真剣で、頭にはもう技術のことしかないようだった。

他社が開発中の極秘情報だけに、これまでの方式を覆すような革新的なアプローチの技術も含まれているはずだ。亮平が社長への反論で指摘した通り、初見で資料を理解し、ましてや解説役を務めるなど常人には無理だろう。しかし、遥人はわずか一分ほど資料に目を通しただけで、壇上に立ち説明を始めた。

同じ部門の人間として亮平の顔を立てる配慮もあったのか、遥人は亮平が作成したパワーポイントに従って説明を進めていく。しかし、語り手が違うと内容はまったく違ったものに聞こえるのが不思議だ。早穂子はメモを取るのも忘れて聞き入った。

どのような手段で入手した情報なのかは明かされていないが、おそらく不正に入手した他社の機密情報をこうして解説することは、遥人にとってはあまり歓迎できない職務だろう。しかし、彼は説明役に集中していた。

〝開発戦争の陰にはたくさんの技術者の身を削るような努力があります〟

遥人の言葉になぜ説得力があるのか。それはずっと前に遥人が語っていた技術者への同胞としての敬意と美学が根底にあるからだろう。自社であろうが他社であろうが、彼にとっては関係ない。革新と進化を生み出す技術への情熱に溢れていた。耳を傾ける早穂子にもそれが伝播し、もっとこの世界に近づきたい、理解したいと思わせる力があった。

もちろん遥人の説明が淀《よど》みなく理路整然としていることも大きいが、いたずらに専門用語を並べるのとは逆に、理解を妨げる要素を分解し、原理をシンプルに純化する彼の頭脳はやはり社長が認めるだけのことはあった。

納得しきりで頷いたりメモを取ったりする幹部たちの様子に、最初は慌てていた戦略推進室長も胸を撫で下ろしたようだった。

「ありがとう、さすがだよ芹沢君。またレクチャー頼むよ」

会議が終わると、社長は遥人の肩を叩き、ご機嫌な様子で部屋を出て行った。

「いやー芹沢君、助かったよ……。ピンチヒッターだったのに、初見の資料でよくあそこまでやってくれた」

「いえいえ、整った資料があったので説明しやすかったです」

戦略推進室長の労いに、遥人は泰然とした態度で亮平を立てる言葉を返している。亮平の窮地を遥人が救った形ではあるが、二人の優劣がはっきりと晒された出来事でもあった。

会議の終了時刻が少し押していたため、早穂子たち事務局は机上に並べられたネームプレートなどを急いで片付け始めたが、事務局のチーフでもある亮平は無言で会議室を出て行った。

「新山課長。昨日の会議の議事録をメールで送りましたが、確認いただけたでしょうか」

翌日の夕方、早穂子は課長席の亮平に遠慮がちに声をかけた。

先端技術会議の議事録は遅くとも翌日の夜までに全出席者に回付する。それはスピードを重視する亮平が議事録担当である早穂子に厳しく言ってきたことだった。

会議は夕刻で、大抵かなり遅い時間に終了するため、議事録を翌日までに仕上げて承認を貰い、回付するのは時間的に非常にタイトだ。そのため、これまで早穂子は会議の日は深夜までかかりきりで議事録を書き上げることが多かった。データの持ち帰りができないので帰宅してから頭の中で何度も推敲《すいこう》し、翌朝早くに出社して最終の仕上げをする。社長以下幹部が目を通すもので、しかも超がつくほどの先端技術についてまとめるのだから、時間と闘いながらの全力作業だ。

しかし、今朝もそうしてすみやかに議事録を仕上げて亮平に送ったのに、一日中待ったが何の返事も返ってこない。このまま待っていては議事録回付が遅れてしまうので、仕方なく早穂子は亮平に確認を促したのだった。

亮平はパソコンを打つ手を止め、ため息をついて視線を上げた。

「あれでいい」

「ありがとうございます。では回付の作業を——」

「作業はあとにしてくれ」

初めて一発でゴーサインが出たことに早穂子はほっとして頭を下げ席に戻ろうとしたが、亮平に止められた。

「その前に話がある」

そう言うと亮平は険しい表情でパソコンを閉じ、立ち上がった。

「場所を変えて話せるか？」

「……はい」

ここで話せないということは、仕事の話ではない予感がする。早穂子は怖気づきながらも神妙に頷いた。あの騒動以来亮平と二人きりで話したことはないが、いつまでも避けてはいられない。決していい話でないことは予想がつくが、あれからもう一か月以上が過ぎているのだから、亮平もあの時のように激昂《げきこう》することはないだろう。

「カフェに行くか。すぐ終わる」

亮平が選んだ場所はミーティングルームでも休憩室でもなく、社外のカフェだった。会社の誰かに聞かれることを避けたいのだろう。

亮平に続き部屋を出る時、一瞬だけ二課の課長席に視線を向ける。ただ話を聞くだけで、二人きりではなく公衆の目がある場所だ。それでも何となく後ろめたく感じてしまう。

しかし遥人は二課のメンバーと談笑していて、こちらに注意を払う様子はない。ほっとしつつ、少し物足りなくもある。

「外まで連れ出して悪かったな」

カフェに入ると、亮平はすぐには話を切り出さず、コーヒーを一口飲んで窓の外を眺めた。

亮平が選んだのは喫煙席だった。禁煙はしていないもののヘビースモーカーでもない亮平はストレスが溜まっている時しか煙草を吸わない。早穂子と付き合っている時も、彼が煙草を吸う姿を見たことはほとんどなかった。今日、彼が喫煙席を選んだことに、遥人にじわじわと打ち負かされていく彼の心境を思う。

「もう夏だな」

亮平がぼそりと言った。早穂子も「はい」と頷き、窓の外を眺める。

初夏を迎えた街路樹は青々と茂り、行き交う人々の装いも色鮮やかだ。亮平と付き合い始めたのも夏だったなと、一年も経たずに壊れてしまった関係に思いを馳せる。亮平は早穂子の分までドリンクをオーダーしてくれたが、早穂子が夏でもホットドリンクを好むことを覚えていてくれたらしく、早穂子の前にあるのはホットのカフェラテだ。そんな小さな気配りが今となっては少し悲しくなる。

「議事録は、よく書けてた」

「ありがとうございます」

亮平がまず口にしたのは仕事の話題だった。てっきり何か非難されると思っていた早穂子は驚いて顔を上げた。この数か月、苦手意識を返上して技術の勉強に励んだ手ごたえがようやく感じられ、素直に嬉しかった。

しかし、亮平の次の質問に早穂子は再び身構えた。

「あれは芹沢に手伝ってもらったのか?」

「いいえ。自宅へのデータ持ち帰りは禁じられていますし、自宅ではやっていません。課長が在席だった昨日の夜と、今朝早くの時間に仕上げてます」

少々むっとして、意地になって答えてしまった。亮平の指導のもと、部下として忠実に責任感をもって努力してきたつもりだ。たしかに遥人に何度もレクチャーを受けてきたが、仕事を手伝ってもらうようなことはしていない。

しかし、早穂子の返答の中の〝自宅〟という言葉を聞き、亮平はあからさまに顔を歪めて吐き捨てた。

「自宅、な。あいつを部屋に上げてるってことだな。変わり身の早い女だよ」

早穂子は口を開く前に一度深呼吸した。売り言葉に買い言葉、になってはいけない。

「お話は何ですか？　就業時間中なので早く戻らないと」

「俺に指図するな」

本来なら上司が言うべき注意を早穂子の側から言われたことで頭に血が上ったのだろう。亮平は大人げなく嚙みついたが、コーヒーを一口飲んで大きく息を吐き、抑えた声で言い直した。

「芹沢と付き合ってるって噂は本当か？　あれからも続いてるのか？」

「……はい」

やはりこの話題だ。早穂子は身構えつつ頷いた。

「単刀直入に言う。あいつとは別れろ」

亮平は腕組みをして早穂子を正面から見据えた。早穂子も怯《ひる》まず見つめ返す。あの揉《も》め事以来、仕事でもここまでまともに視線を受け止めたことはない。どうせいい話ではないと予想していたから、特にショックも受けていない。

しかし、亮平が次に言ったことには一瞬不安に揺らいでしまった。

「あいつはいずれお前を捨てる」

「どうしてそれがわかるんですか？」

半ば虚勢を張るように、早穂子は即座に聞き返した。

正直なところ、付き合っていると言えるのか、本当は自信がない。愛されているのかもわからない。でも、二人きりでいる時はあんなに優しくて、あんなに熱く抱いてくれるのだから

——。

亮平の行動に疑念を抱いた時も、同じようにして彼の代わりにこうして言い訳してきたことから目を逸らす。その結果、どうなったかということからも。

「お前はあいつのことをどれだけ知ってる?」

「……………」

「知らねえだろ。あいつの経歴」

「アメリカのゼネラルサイエンス社にいたと」

「その前だ」

「……………」

いかにも亮平は知っているような口ぶりだ。聞きたい気持ちをぐっと堪えて言い返す。

「誰かを好きになるのに、過去を知る必要があるんですか?」

「これだからな」

亮平は皮肉っぽく顔を歪めて鼻で笑った。

「どんな女がいたかも知らなくていいのか?」

動揺で目の前が揺れた。でも、遥人は大人の男だ。過去に女性がいるのは当然のことだろう。

「それが過去なら、いいです」

〝過去〟ではなかった亮平への嫌味でもあった。しかし、そう答えはしたものの、早穂子の脳裏にはずっと前に由希から聞いた遥人の台詞が蘇っていた。

〝僕には心に決めた人がいますので〟

ほんの数か月前に遥人の口から放たれたこの言葉は誰を指しているのだろう？

「過去なら、な」

早穂子の不安を煽《あお》るように、亮平が鼻で笑う。

「新山課長は何かご存知なんですか？　……芹沢課長のこと」

亮平の挑発に屈するようで不本意ではあったが、早穂子は思い切って踏み込んだ質問をした。しかし亮平は話題を振っておきながらすぐには答えず、スーツの内ポケットを探って煙草の箱を取り出した。

「吸っていいか？」

「……はい」

昨日は会議の議事録筆記があって遥人と会えなかった代わりに、今夜は彼とゆっくり過ごす予定なので、煙草の臭いがつくのは避けたい。しかし亮平の眉間に刻まれた皺《しわ》を見るとさすがに言えない。

亮平は紫煙を大量に吐き出すと、皮肉っぽい表情で軽く笑った。

「今晩、あいつと会うのか？」

「………」

だから、わざと煙草の煙を吹きかけたのだろう。こんな嫌がらせをするために誘い出したのだろうか。いつまで経っても亮平は先ほどの早穂子の質問に答える気がなさそうだ。誘いに応じた自分を早穂子が腹立たしく思っていると、亮平がいきなり本題を切り出した。

「あいつの過去を調べた」

そう言って亮平は点《つ》けたばかりの煙草を灰皿に押しつけた。まだほとんど吸っていない長いままの煙草がくの字に折れる。

「ゼネラルサイエンス社みたいな巨大企業から、落ち目の堤電機に来るなんて、おかしいと思わないか？」

「でも……日本に帰りたかったとか、ご家庭の事情とかもあるかもですし」

遥人のことを何も知らないだけに、言い返したくても材料がない。亮平もそれを見抜いたらしく、鼻で笑った。

「まあ、お前は何も聞いてないだろうな」

「持って回った言い方しないでください。私に何を言いたいんですか？」

「昨日、あいつは初めて見る技術をすらすらと説明しただろ。お前はあいつが優秀だからだとか浮かれてるんだろうけどな。あいつ、あの技術を初めて見たんじゃない」

「……どういうことですか？　だってあれは他社情報のはずですが」

「そうだ。初見のような顔をしてたが、そうではない」

「でも、そもそもあの情報は他社から不正に入手したものですよね？　それを芹沢課長が知っていたとしても、じゃあ新山課長はどうなんですか？　人のこと言えないじゃないですか」

自分を棚上げして遥人を悪しざまに言う亮平の言い分を聞くに堪えず、珍しく早穂子は激しく反論した。

「あのバーでだって、お相手は三和テックの――」

そこで早穂子ははっとして口を噤んだ。あのあとパントリーで衝突した際、早穂子も遥人も〝何も聞いていない〟〝偶然居合わせただけ〟としらを切り通したのに、うっかりしていた。とはいえ、あの時すでに早穂子たちが亮平の情報収集の実態を知っていたことは、亮平もわかっていただろうが。

案の定、亮平は「ほらな」と顔を歪めた。

「あいつからそれを聞いたんだろ」

「じゃあ……昨日の技術情報は三和テックのものなんですか？」

プレゼンテーションでは〝A社〟と社名が伏せられていた。あの技術を遥人が以前から知っていたと亮平が言うが、それなら遥人も同じように三和テックの情報を盗んでいたとでも言うのだろうか。

「あの技術の出所は言えない」

またも亮平に答えをはぐらかされ、早穂子はうんざりしてきた。

「そうですか。でも、どうでもいいです。結局、私に何を言いたいんですか？」

最初に亮平が匂わせた遥人の〝過去の女〟とは何なのか。本当に聞きたいのはそれなのに、亮平は早穂子の質問など聞こえていないかのように自分の感情のまま喋《しゃべ》り続ける。

「あいつは俺を狙い撃ちしてきたんだ」

亮平はそこまで言うと、苛々した仕草で再び煙草の箱から一本取り出し、火を点けた。亮平の口元で煙草の先がオレンジ色の光を放ち、続いて大量の紫煙が吐き出される。

「どうしてそう思うんですか？」

遥人が亮平を打ち負かすためにわざわざアメリカの大企業から堤電機に転職してきたとでも言うのだろうか。それはちょっと自分を買い被りすぎというものだろう。遥人に打ち負かされ、社長以下重役たちの前で優劣を晒された屈辱のあまり、亮平がおかしくなってしまったのではないかと、早穂子は半ば呆れ気味にそんなことを考えた。

「これ以上は言えない。とにかくあいつとは別れろ」

「理由も何もわからないのに？　はいと言うわけがないじゃないですか」

あなたの部下ではあるけれど、私はもうあなたのものじゃない。亮平の視線を真正面から受け止め、早穂子は強い口調で言い返した。

「お前のために言ってるんだ」

亮平の陳腐な台詞に、思わず早穂子は自棄のように大笑いしたくなった。

「自分はあんなことをしておいて？」

「俺が何をしたかは関係ない。とにかくあいつは――」

「自分の耳で聞いたこと、自分の目で見たことだけを信じます」

そう言うと早穂子は立ち上がった。

「議事録の回付作業があるので、先に戻ります」

「待てよ。まだ話は終わってない」

ぎらぎらと光を増した亮平の目が早穂子をとらえる。

「次に上がってくるディスプレイ事業の情報は絶対に芹沢に見せるな」

「何をいきなり……」

いきなり仕事の話に飛躍し、さすがに理解不能で呆れてしまう。

「同じ部署内なのに？　理由がわかりません」

口に出しては言えないが、亮平より遥人の方がはるかに技術に精通していることはもう全員の認識だ。

「いいから、絶対に見せるな。お前は何もわかってない」

「説明もないのに、わかるはずがないじゃないですか」

どうせ、遥人と優劣をつけられるのが悔しくて、情報を一人で握っていたいだけだろう。

「仕事の指示なら、職場で堂々と言ってください」

呼び止める亮平の声が聞こえたが、それには構わず、後ろも振り返らずにカフェを出た。

亮平が追ってくる様子はなかったが、歩調を緩めずに街路をひたすら進む。久々に亮平と向かい合ってみると、前のようなぎらぎらした生気に欠け、顔の肌にも張りがなかった気がする。彼から伝わってくるあの焦燥は、単に出世争いに負けつつあることへの焦りだけなのだろうか。ほんのついこの間まで恋人で婚約者だった亮平の異変には、やはり心が痛む。

〝どんな女がいたかも知らなくていいのか？〟

心の中で早穂子は耳を塞いだ。

今夜は遥人と一緒に過ごす予定だ。余計なことは考えたくない。


その夜、仕事を終えたあと、早穂子は初めて遥人の部屋を訪れていた。

これまでは仕事帰りに送ってもらう流れで彼が早穂子の部屋に泊まっていたが、今日もいつものように早穂子の帰宅経路に向かいかけた時、早穂子が思い切って〝部屋に行ってみたい〟

とおねだりしたところ、あっさり叶ったのだった。

遥人の住まいは郊外にあり、早穂子の通勤経路と同じ路線の少し先の駅が最寄だった。

「都心一等地の駅直結タワマンに住んでるのかと思ってました。イメージ的に」

「ははは」

駅から数分の道のりを歩きながら早穂子がこう言うと、遥人が苦笑した。

「高級タワマンで湯葉を食べてるイメージなんだね、僕は」

「そうです」

「残念ながら違うんだなぁ」

そう言いながら遥人が「ここだよ」と指差したのは、閑静な一角に並ぶモダンなデザインのメゾネットタイプの住居だった。

「わぁ、すごく綺麗」

「僕が選んだわけではないけど、住みやすいよ。マンションみたいに入口で暗証番号を入れろとかのセキュリティがないから。あれが邪魔臭くてね」

「意外と面倒臭がりなんですね」

早穂子は笑ったが、ふと気になって尋ねた。

「ご自分で選ばなかったんですか？」

「アメリカにいたからね」

遥人はそう言いながら立ち並ぶ中の一軒を指し示した。

「そうか、ヘッドハンティングって住居とかいろんなものを用意されて……みたいな感じなんですね」

「僕はヘッドハンティングじゃないよ」

あまり自身のことを語らない遥人だが、ここで彼は珍しく経歴について補足した。

「ヘッドハンティングって、そんな風に噂されてるの？」

「はい。そう思ってました」

「いろいろ実際以上の評判になってるんだな。じゃあそのままにしておこう」

会社が選定し提示した住居でないなら、誰が手配したものなのだろうとふと疑問に感じたが、ここで遥人が玄関ドアを開けたので、この話題はそこで途切れた。

「どうぞ。何もない部屋だよ」

センサーで点灯する玄関を抜け、遥人がリビングの明かりを点ける。

「わぁ……綺麗」

外観に続き、早穂子はまた感嘆の声を漏らした。

「すごくお洒落」

白を基調とした壁のところどころが幾何学模様を描く珪藻土《けいそうど》の仕上げになっていて、それが洗練された印象を作り出している。床は節のないすっきりとした白木で、二階に上がる階段はスケルトンのメタルという、シンプルを極めた室内はまるでモデルルームのようにお洒落だった。

「何もないから殺風景で寂しいでしょ」

「ミニマリストみたいで格好いいです」

「そういうことにしておこう」

たしかに、モデルルームのように見えるのはほとんど家具がないせいでもある。空っぽと言ってもいいほどだ。

「アメリカから帰国したばかりだし、これから増えていくんですね」

「そうだね」

遥人は高くがらんと広がる吹き抜けを見上げて頷いたが、独り言のようにぽつりと漏らした。

「でも、ここにも長くはいないだろうな」

その表情は何かを諦めたように、妙に孤独に見え、早穂子は胸を掴まれたように感じたが、彼は一瞬で笑顔に戻り、ソファを指差した。

「座ってて。コーヒーを淹れてくるから」

リビング唯一の家具とも言えるソファにそっと腰かけ、早穂子は遠慮がちに室内を見回した。いったい彼は今までどんな人生を送ってきたのか、生活感のない空間。もしかすると実家に大半の荷物を残しているのかもしれないなと、そんなことを考える。

しばらくすると遥人がマグカップを二つ持ってキッチンから戻ってきた。

「コーヒーしかなくてごめんね。お茶好きなのに」

「いえ、何でも好きなんです」

「次までに買っておくよ」

次までに――。そんな些細《ささい》な、何気ない言葉が嬉しくて、早穂子はカップから立ち上る香気に上気した顔を伏せた。

(……ん?)

のぼせかけた早穂子だったが、彼の部屋を訪問した女子が大抵は気にすること――なぜマグカップが二つ揃っているのか、ということが気になり始めた。

(昔の恋人のものかな……)

経験の少ない早穂子にすら、亮平との過去があり、早穂子の部屋には実はまだ亮平のものがうっかり残っていたりする。ものが残っているからといって、亮平を忘れられないせいかというとまったく逆で、気づきもしないほど意識の外にある、ということでもある。

(そうそう、気にしない)

「どうかしたの?」

そんな逡巡《しゅんじゅん》をしながら早穂子はマグカップを凝視してしまっていたらしく、それに気づいた遥人が尋ねてくる。

「あの……マグカップが二つあるんだなって」

もし相手が亮平だったら、こんなことは言えなかっただろう。亮平に比べれば遥人のことをほとんど知らないのに、なぜか遥人には素直に甘えてしまう自分が不思議だ。

遥人が笑い出し、早穂子も同じように笑った。

「嫉妬深い女みたいなこと言ってしまいました」

「可愛いよ」

遥人が早穂子の手からマグを取ってテーブルに置き、抱き寄せる。

「そんなことを言いそうにないのに言うから、可愛い」

そう言ってから彼は一応の言い訳をした。

「二つとも僕用だよ。ずぼらだから、飲みたいと思った時にカップを洗うところから始めるのが面倒臭いんだよね」

「セキュリティが面倒とか言ってるし、本物のずぼらですね」

「そうそう。もっと増やそうかと思ってるぐらい」

「駄目ですよ、こまめに洗わないと」

「でも昔の恋人のものかを疑われることはなくなる」

「あはは、たしかにそうですね」

笑っている早穂子の顔を遥人が引き寄せる。

「僕の言うこと信じてる？」

早穂子を見つめる彼の目は笑っているのに、その奥は夜空のように遠く謎めいている。もっと彼の奥に入りたいという思いを誘われるから、こんなに惹かれてしまうのだろうか。

「はい」

早穂子は頷いてから遥人の身体にそっと腕を回した。

「たとえ嘘でも、嘘をついてくれた気持ちを信じます」

それを聞いた遥人がどんな表情だったのかはわからない。最後まで言い終えないうちに抱き締められた早穂子の顔は彼の胸に埋められていた。

「……悪い男にそんなことを言っちゃいけないよ」

ほんの少しの間《ま》のあと、遥人はそう言った。

〝あいつはいずれお前を捨てる〟

亮平に言われた言葉が蘇ったが、遥人の腕の中にいる今は、遥人になら騙されてもいいとすら思ってしまう。

遥人の胸に顔を伏せて彼の鼓動を聴いていると、しばらくして彼が口を開いた。

「本当はね、君の部屋みたいなのが好きなんだよ」

「私の部屋？」

「家族の写真が飾ってあって、実家から押しつけられたみたいな、年季の入ったやかんや漬物ビンがあるような」

「やだ、全然お洒落じゃないのばれてる」

そんな部分を遥人にしっかり見られていたと知り、早穂子は首をすくめた。

「もう古いしお洒落なものに買い替えようと思うんですけど、捨てようとしても、これを作った人はきっと一生懸命作ったんだろうなとか、買ってくれた母の顔とか思うと」

「情が深いんだね」

「良く言えばそうなんですけど……子供の頃はものを捨てられないタイプで、机がパンクしちゃって。よく親に怒られてました。今はそうでもないんですけど、たまに悪癖が」

「ヒヨコの缶も捨てられなかったしね」

遥人が隣で笑っている。

「新山課長の迫害にも負けずに生き残ってるし」

早穂子は思わず声を上げて笑ってしまった。

「一度、虫の居所が悪い時にゴミ箱に捨てられたこともあったんです」

「救出したの？」

「そうです。会社は危険なので今は家にいますよ」

「そしてまたごちゃごちゃとものが増える」

「そうなんですよ」

遥人が笑い、懐かしそうな表情を浮かべてソファの背もたれに身体を預けた。

「僕も子供の頃は何でも拾ってきて溜め込むタイプだったよ。今思えばゴミと見分けがつかないようなものばかりだっただろうな。よく親に怒られてた」

「えー意外です」

「一番ひどかったのが学校の帰り道で見つけたカマキリの卵で」

「カマキリの卵?」

「そう。草に泡の塊のように産みつけられたやつ。見たことある?」

「はい」

「どんな風に孵化《ふか》するのか観察したくなって持ち帰ったんだよね。これが忘れた頃に孵化したもんだから、部屋も廊下もうじゃうじゃ這い回るチビカマキリだらけになってね。あの時は怒られたなぁ。純粋な探求心だったのに」

「あはは」

早穂子は声を上げて笑ってしまった。今の優雅な彼からは子供時代があったことすら想像できないが、こうして話を聞くと愛《いと》おしさが余計に増してしまう。

「私は虫は苦手でしたけど、動物が大好きで……」

「実家では何か飼ってたの?」

「いいえ」

早穂子の脳裏に悲しい記憶が蘇る。

「飼ったことないんですけど、ずっと消えない後悔があります。だから今、飼いたいと思っても自分にはその資格がない気がして」

「何があったの？　聞かせて」

「そんなすごい話ではないんです」

早穂子はおずおずと話し始めた。考えてみれば、この話を誰かに語るのは初めてだ。

「小学生の頃、姉が生まれたばかりの野良猫の赤ちゃんを拾ってきたんです。でもうちの母はひどい猫嫌いで、許してもらえないことはわかってました」

だから姉は母に内緒で、二階の子供部屋の小さなベランダに仔猫《こねこ》の段ボール箱を隠した。しかし動物に無知な姉妹にはお腹を空かせた仔猫に何を、どうやって与えたらいいのか知識は皆無だった。まだ目も開いていない小さな仔猫は母猫を求め、一晩中鳴き続けた。

「それで、どうなったの？」

「すぐに母にばれてしまいました。うちで飼うことはできない、すぐに元の場所に捨ててきなさいと叱られて……。姉と二人で、夕方の公園に仔猫の箱を置きに行きました。でも……丸一日ずっとお母さん猫を求めて鳴いていましたから、あのあともう体力が続かなかったと思います」

母に見つかり怒られたのは学校から帰宅した夕方で、あの時間帯ではもう公園に来る人もなく、おそらく仔猫は鳴きながら力尽きただろう。

「ずっと後悔してます。もっと私に知識があったら、もっと別の対処ができたはずでした。今でも鳴き声が忘れられません」

説明の最後は涙声になってしまった。一人で感情を昂《たかぶ》らせてしまったことが恥ずかしくなり、早穂子は遥人の胸に顔を伏せたまま、自嘲気味に笑いながら説明を締めくくった。

「そんな後悔があって、大人になったら動物を守る仕事に就くんだって決めていたのに、なぜか私、電機メーカーにいるんですけど」

早穂子が口を噤むと、それまで黙って聞いていた遥人が髪を撫でてくれた。

「子供は無力だよ。君のせいじゃない。大人になった今なら、いつかその子の代わりに救ってやれる命があるよ」

思いがけず優しい言葉に、これ以上涙ぐまないよう、早穂子は唇を噛みしめた。

「いつか……自分の家庭を持ったら、捨て猫を引き取って家族にしたいです」

口にしてからはっとして言葉を止める。亮平と婚約解消して結婚という未来の予定を失ったが、だからといって過剰に焦るまいと自分を戒めている。ましてや、遥人との関係は不透明だ。それなのにこんなことを彼の前で言ってしまったら、心を縛る鎖が緩んで甘い夢を見てしまいそうになる。

「そんな日は来そうにないですけどね。まだまだ堤電機で一人前と言えるまでは頑張らないといけないし」

湿っぽくなった空気を払うように早穂子が口調を変えた。

「電機メーカーに就職したのはどうして？」

「それが……。情けない話ですけど、親が喜ぶからです。姉がすごく常識外れで親がキリキリと心配ばかりしているので、せめて私ぐらいは安定路線でいってあげないと、と思って」

「お姉さん、そんなに常識外れなの？」

「はい。一つの会社に長居できない性分だし、婚約してもドタキャンするし……うちの両親、相手のご両親のところに謝罪に行って、土下座したんですよ」

「土下座？」

「そう、正真正銘、額を地面につけて土下座したそうです。二度とご免だって言ってました」

「そりゃそうだ」

遥人は珍しく爆笑している。

「君にそんなお姉さんがいるとはね。今はもう落ち着いてるの？」

「いえいえ、まだバリバリ現役です。だから私は平穏に生きてあげないといけないのに、まあ、婚約があんなことになっちゃって」

話題が危険域に来た気がして、早穂子はもじもじとスカートをいじった。あの騒動は遥人も当事者だけにあまり冗談にできない。

「ご両親にはもう言ったの？」

「はい。それ以上は聞かないでください」

電話で報告を済ませてしまったが、あの時の母の金切り声を思い出すと、自虐で笑ってしまう。

「次に帰省する時、精一杯親孝行に励みます」

さすがに自分のことを喋りすぎている気がしてきたので、早穂子は遥人の腕の中で伸び上がり、彼の顔を覗き込んだ。

「芹沢課長のことも聞かせてください。どんな子供時代で、どんなご両親なんですか？」

「僕の話か……あまり面白くないよ」

遥人は一瞬真顔になったあと、少し苦笑した。

「その前に、一つ課題をクリアしたらね」

「嫌だ、職場みたい」

「そう、その職場みたいな芹沢課長って呼び方をいい加減に変えてくれないと」

「えー……そんなの無理です」

「真っ最中に芹沢課長って呼ばれるのも、まあ禁断の香りがしてオツではあるんだけど」

「禁断って」

早穂子は思わず噴き出した。

「ほら、僕のこと名前で呼んでみて」

「課長が先にお手本を見せてください」

苦し紛れに早穂子は反撃したが、遥人はいとも容易くそれをクリアした。

「早穂子」

「……………」

彼を見上げる早穂子の頬がみるみる真っ赤になる。名前を呼ばれるなんて些細なことかもしれないが、彼の所有物になったみたいでとても嬉しかった。

「初々しいな。真っ赤だ」

「笑わないでください」

早穂子は憤慨したが、そのあと小声で執行猶予をお願いした。

「あの……あとで、ベッドで、呼びます」

「お。大胆宣言だな。楽しみだ」

「もう」

じゃれ合うような会話になったが、彼は座り直して早穂子に再びマグを手渡し、「あまり楽しくない話だよ」と念押しした。

「僕は一人っ子でね。神奈川《かながわ》県で生まれ育った。実家はもうないんだけど、海が近くて綺麗なところだ」

〝実家はもうない〟――遥人の口調はさりげなかったが、その言葉が示す意味を察した早穂子はそれまでのふざけた空気から口を噤み、真剣に耳を傾けた。

「僕の母は身体が弱くて、僕が九歳の時、父子家庭になった。さっきのカマキリ事件のわずか一年後だった。元々病気なのは知っていたけど、最後は急でね。親孝行なんてほとんどできないままの早すぎる別れだった」

話の序盤から早穂子は涙ぐみそうになった。早穂子が作る質素で素朴な野菜炒めを遥人が美味しいと言って食べる理由がわかった気がした。

「父も電機メーカーの社員で、ディスプレイ技術の研究員だったんだ。でもディスプレイだけじゃなくて、電化製品なら何でも好きだったんだろう。何か壊れても修理を呼ぶことはなかったよ。全部父が直してたし、たまに怪しいマシンを制作してたな」

遥人は懐かしそうに目を細めた。しかし、何もかもが過去形の表現は、その先も悲劇があることを示している。

「どの分野も開発の現場は厳しいものだけど、君も知っている通り、二十四時間製造ラインを止められないというのは、それだけディスプレイの製造工程が生き物のようにデリケートだということ。不良が見つかるたび、たとえ休日でも電話一本で父は会社に駆けつけていたよ。明け方まで帰ってこないこともざらにあった。苛烈な世界なんだよ」

当時の彼はまだ小学生。どれほど孤独だったことだろう。そして父親も、母を亡くした子を一人置いて出て行かねばならないことに苦しんでいただろう。

「母が亡くなったことも重なって過労が祟《たた》ったんだろう。僕が中学生の時、父も突然倒れて帰らぬ人となった。子供で無力な自分が情けなかった」

早穂子は言葉を失い聞いていた。彼がなぜ技術者に対する敬意を重んじるのか、その理由は父親にあったのだろう。

「幸い、父の友人が手を差し伸べてくれてね。中学生で天涯孤独の身になった僕の生活をサポートして、大学進学費用まで援助してくれた。僕自身も奨学金を取得したし、中学生からずっと一人暮らしだったけど、それでもかなりの援助を受けたことに変わりはないし、その人がいなければ今の僕はなかった」

遥人の表情は穏やかで、悲壮感はない。ただ、淡々と語る彼はどこか諦念を感じさせる遠い目をしていた。

「だから僕は僕の人生を生きてはいけない。その恩義に応えていかなければならないと思ってる。それなのに、僕は――」

そこまで言いかけて、遥人ははっと我に返って言葉を止め、早穂子に笑いかけた。

「ごめん、楽しくない話なんだ」

早穂子はかける言葉も見つからず、遥人の手をぎゅっと握り締めた。亮平から聞いたことなど、今は微塵の重みも感じない。

「明日、たくさんご飯作ります」

他にもっとましな言葉があるはずなのに、早穂子の口から出てきたのはこれだけだった。中学生の頃から一人で暮らしてきたなんて、どれだけ孤独だっただろう。たとえ手を差し伸べてくれる人がいたとしても。彼がどこか影を背負っているのはこういうことだったのだろうか。

早穂子の言葉を聞いて遥人が笑い出した。

「いつも作ってもらってるよ」

「いえ、もっと美味しいものを」

「僕は君のもやし炒めや煮物が好きなんだけど」

彼はそう言ってから突如早穂子をソファに組み敷き、じっと見つめてきた。

「だけど今、僕が食べたいのはそれじゃない」

遥人を見上げる早穂子にはこのあとの甘い時間がもうわかっている。

「もやしと比べられるのは不本意なんですけど」

しかしここで遥人は意外なことを言った。

「さっきからずっと我慢してたよ……君の髪からあいつのにおいがする」

「えっ？　……あっ」

驚いて聞き返してから、夕方亮平と会って煙草の煙を吹きかけられたことを思い出す。

「彼と二人で出かけてたね。何を話したの？」

「……………」

亮平と部屋を出る時、遥人はこちらに視線を寄越さなかったが、気づいていたのだ。少しは独占欲を感じてくれているのかなと、遥人には言えないが嬉しくなってしまう。

早穂子は遥人の首に腕を回して見上げた。

「煙草の煙が嫌でした……」

「においが移るほど彼の傍《そば》にいたんだね」

「違……」

抱き上げられ、運ばれる先はきっとバスルームだ。煙草の臭いを落とし、それからたっぷりとお仕置きが待っているのだろう。早穂子は喜んで身を任せた。

「早く遥人さんに会いたかったです」

「フライングだ」

ベッドで呼ぶと言っていたのに、不意討ちで早穂子が遥人の名前を呼ぶと、彼が呻くように答えた。

「ごめん……たぶん歯止めがきかない」

バスルームで抱かれるのはこの間に続き二度目だが、彼の言葉通り、今回は様相が違っていた。

「えっ？　ちょっ……待って、服を」

洗面所を通り過ぎバスルームの折り戸を蹴り開けた遥人の行動に不安を感じ、早穂子は彼の腕の中で慌てて声を上げた。それには構わずバスルームに入ると、遥人は早穂子を床に下ろしたものの片手で拘束し、もう片方の手でシャワーのノズルをひねった。シャワーヘッドから勢いよく噴き出す水が激しい音を立てる。

「え、な、何を……」

まだ二人とも何一つ服を脱いでおらず、いったい彼が自分をどうするつもりなのか予測もつかなかった。ただ、狙われた獲物の本能で、自分が何かの餌食になろうとしていることだけは感じていた。

遥人は片手で湯温を調節していたが顔を上げたかと思うと、もう一方の手で早穂子を強引に引き寄せて抱え込んだ。

「あの、服を脱が……きゃっ！」

早穂子が再び抗議した瞬間、頭からシャワーの湯を浴びせられて悲鳴を上げた。

「あいつのにおいを落としてからだ」

「やめて、あ、うっ……」

抗議しようと開いた口に湯が流れ込んでくる。遥人は早穂子の髪を手で優しく梳《す》きながら、容赦なく洗い続ける。ブラウスもスカートも、そして早穂子を抱え込む遥人もずぶぬれだ。

「遥人さん、やめて、あっ……」

壁にシャワーヘッドをかける音と同時にシャワーの水しぶきは遠のいたが一瞬のことで、濡れた瞼を開ける間もなく後ろ向きにされ、遥人の身体で壁に押さえつけられた。密着する二人に湯のしぶきが降り注ぐ。

「服を――」

「ごめん、待てないんだ」

遥人の優しい声が激しい水音に混じり聞こえたが、その声音とは裏腹の強引な手つきでスカートを腰までまくり上げられ、濡れて肌に張りつく下着を抜き取られる。

「や、やめて……あ、ん」

彼の指が脚の間に差し込まれ、秘所を優しく、しかし大胆に開いた。流れ滴る湯の感触とともに花唇のあわいをかき回され、その快感に早穂子は屈した。濡れた衣服が肌に張りつく感触もまるで縛られているかのように早穂子の身体の自由を奪っていた。

「気持ちいい……？」

「ん、ん」

嫉妬にかられていても、やはり彼の行為は優しい。背後から抱き締められる形で立ったまま花唇を愛撫され、早穂子は膝が崩れそうになるのに耐えた。

下腹への愛撫を加えながら、遥人が早穂子の首筋に吸いつき、強く吸い上げる。

「あ……、そこは……あ、ん」

髪をアップにすれば見えてしまう位置に痕をつけられたことに気づいたが、続けて二度、三度と吸い上げられ、抗議の声は甘く掠れた。

「もっと……」

もっとつけて。もっとめちゃくちゃにして、あなただけのものにして。

いつになく荒々しい遥人にのまれ、退廃的な欲望が早穂子の下腹の奥を震わせる。

「壁に手を」

彼の声も掠れていた。征服の印を繰り返し刻まれながら、遥人に誘導され壁に両手をつく。続いて腰を後ろに反らすようにしっかりと抱えられたかと思うと、花唇に彼の欲望が宛てがわれたのを感じた。

「ごめん」

「ひ、あ……っ」

ひと思いに最奥まで貫かれ、早穂子の喉から甲高い喘ぎが漏れた。普段の遥人は早穂子をじっくり濡らし、焦らして狂わせてから彼自身の欲望をぶつけてくるが、今日は違っていた。性急で余裕のない遥人の様が余計に早穂子の胸を震わせる。

抱き締められぴったりと密着したまま突き上げられ、早穂子はすぐに絶頂が近いことを感じた。今まで知らなかったほど強く大きな頂を前に、早穂子の腰も抗えずになまめかしく応え

た。

「早穂子……」

「あ、だめぇ……っ」

ただ抱き締められ身体を繋げているだけなのに、怖くなるほどの快感に襲われて早穂子は全身を震わせた。早くも達してしまい力の抜けた早穂子の肩に、首に、キスを浴びせたあと、遥人は一度繋がりを解き、今度は早穂子を前向きにして壁に寄りかからせた。

片脚を高く持ち上げられ、再び彼のものを挿れられる。

「あ……ん、ん」

今度は優しい律動だった。小刻みに早穂子を揺らしながら、濡れてぴったりと肌に張りつくブラウスの上から早穂子の胸を揉みしだく。一度砕け散った火花が再び集められ、緩やかに熱を増し燃え上がっていく。

「気持ち、いい……」

喘ぎ、恥じらいながら、早穂子は遥人に囁いた。こんな風に恥ずかしさをおして素直に自身の快感と欲望を伝えるのは初めてだった。遥人の腕の中では、もう何も隠せない。心も何もかもが裸になっていく。

「髪も身体も、僕が洗ってあげる」

「ん……」

二度目にのまれた波の中で、一枚、また一枚と優しく服を脱がされながら、早穂子は彼の優しい声に心を預けた。

＊＊＊

明け方、遥人は腕の中で眠る早穂子の顔を見つめていた。

彼女を起こさないようそろそろと腕を外したが、わずかに眠りが浅くなったのか早穂子は小さく声を漏らし、遥人の腕を追うような仕草を見せた。そんな声も仕草も、たまらなく可愛らしかった。

「ん……」

昨夜――といってもつい先ほどまで遥人に抱かれ続けた早穂子は最後の絶頂でぐったりと意識を飛ばしたまま眠りに落ちてしまった。しかし今の寝顔は遥人が加えた淫らな行為など嘘のように清らかだ。どれだけ抱いても、彼女は清らかな女性だった。

再びすやすやと寝息を立て始めた早穂子の髪を撫で、額に唇を寄せかけた遥人はそこで目を閉じ、身体を引いて息を吐いた。

階下に降りてキッチンで水を飲み、少し迷ってから二階に戻る。早穂子の傍にいると自分を見失いそうで怖かったが、それでもやはり彼女の傍で彼女の寝息を聴き、温《ぬく》もりに包まれていたかった。

ベッドに戻りかけた遥人はふと向きを変え、窓際のデスクの前に立った。引き出しの奥から取り出したのは、大手電機メーカーの社名が入った封筒だ。そこには調査会社による報告書と十数枚の写真が収められている。遥人は写真を手に取り、じっと眺めた。

写っているのは一組の男女――小谷早穂子と新山亮平だった。街路を歩きながら仲睦《むつ》まじく身体を寄せ合う二人の姿もあれば、早穂子の部屋に亮平が入っていくところをとらえたものもある。

二人が重ねた時間は自分よりはるかに長い。そして彼はその間、あの美しく清らかで、それでいてなまめかしい肌を貪ってきたのだ。あの汚い男が。

カーテンの隙間から差し込む街灯の明かりに照らされたそれを眺めていた遥人は、いつのまにか嫉妬で歯を食い縛っている自分に気づき、苦笑とともに嘆息した。

こんな風に心を動かされるはずではなかったのに。あの男から奪い、一度だけ抱けばそれで充分だったのに――。

写真を封筒に収め引き出しの奥に戻したあと、遥人はスマートフォンをタップし、一通のメッセージを開いた。

〝遥人、ごめんなさい〟

婚約者だった美里《みさと》が死ぬ直前に送ってきた、たった一言のメッセージ。このメッセージを遥人に送った直後、美里は絶望の中で車の事故に遭い、帰らぬ人となった。あれは事故だったのか、それとも自殺だったのか。いずれにしても、美里の死の遠因になったのは遥人だ。

そして、美里のスマートフォンに残された最後の通話履歴の相手は——。

遥人はじっと目を閉じ、歯を食い縛った。

（ごめん、美里……ごめん……）

心が揺らいでしまうたび、遥人はこのメッセージを開く。最近はとみに増えてしまった。いつからかということは痛いほどに自覚している。早穂子と出会ってから。そして早穂子を手に入れ、抱くようになってから。

もうこれでいったい何十回、このメッセージを開いたことだろう。しかもそれは次第に効力を失いつつあった。

「遥人さん……」

その時、背後のベッドでかすかな声がした。振り返れば、早穂子が横たわったままうっすらと目を開け、先ほどまで遥人がいた場所に不安そうに腕を伸ばしている。暗がりの中で遥人がどこにいるのかわからないようだった。亮平への嫉妬で何度も何度も抱き潰したせいで、そう呟く早穂子の声はひどく掠れている。

スマートフォンの画面を閉じ、ベッドに歩み寄った遥人はそっと早穂子の髪を撫でた。

「ごめん……水を飲んでた」

早穂子の隣に潜り込むと、細くしなやかな裸体がそっとすがりついてきた。

「どこにも行かないで……」

行為の最中やこうして寝ぼけている時、早穂子はいつもより素直に甘えてくる。

「どこにも行かないよ」

嘘をつくことが、こんなに辛くなるなんて。誰に対しても、僕はペテンだ。

早穂子を抱き締め、遥人は苦しい心を隠して目を閉じた。

＊＊＊

議事録回付を終えると、息をつく暇もなく次月の会議に向けての準備が始まる。早穂子はまた新たな居残り勉強の課題が増える、という繰り返しだ。

ディスプレイ事業本部から送られてきた次月予定の資料データを開いた早穂子は、真剣に画面に見入った。数か月にわたり技術を学んできただけあって、最近はかなり資料を読みこなせるようになっている。

今回上がってきた技術は、現在のディスプレイ市場を占めている製品を凌駕し、いずれすっかり置き換わることを狙えるレベルのものだ。この技術が公表されれば、おそらく国内外で大きなニュースになるだろう。堤電機はディスプレイ市場で長く苦戦してきたので、この技術は起死回生の一打として大きな期待を集めるはずだ。

「わくわくする……」

独《ご》り言ちてから、ふと早穂子は笑ってしまった。こんなものを見てわくわくするなんて、自分もすっかり電機オタクになったものだ。

その新技術の資料を精読していると、通りかかった遥人がこちらにやってきた。今日は亮平が不在で、こういう時に早穂子が居残り勉強していると、必ず声をかけてくれる。

「来月の資料がもう来たの？　休みなしだね」

「そうなんです。でも最近やっと面白さがわかってきました」

早穂子は椅子を回転させて遥人の方に身体を向け、笑いかけた。

「芹沢課長も、今日は出張準備でお忙しいですよね」

明日から一週間の予定で遥人は中国《ちゅうごく》に出張する。二課は海外拠点を管理する部門なので、遥人は海外出張が多い。慣れているとはいえ、海外ともなると日数が長いので、不在中の仕事の指示を部下に出しておいたり、自分の仕事も前倒しで片付けたりと、前日ともなれば何かと忙しいはずだ。

しかし遥人は気楽そうに微笑んだ。

「慣れてるし、そうでもないよ」

遥人はそこで急に顔を寄せ、早穂子にだけ聞こえるように声を抑えて囁いた。

「今夜会う時間は確保してる」

周囲に誰もいないとはいえ、職場でここまで甘い言葉を言われたことがなかったので、早穂子は真っ赤になってしまった。

遥人はそう言うが、きっと荷造りも終わっていないだろう。でも、しばらく会えない分、今夜は少しでいいから二人きりで過ごしたい。

(彼の部屋でご飯を作ってあげたら、すぐに帰ろう)

最初のうちは早穂子の部屋で会うことが多かったが、遥人の部屋を訪れて以来、彼の部屋で過ごすことが定着してきた。早くに両親を亡くし家庭料理と縁が薄かった遥人にささやかながら温もりのある料理を食べさせてあげたいし、特に明日からは海外のこってりした食事が続くので、今夜は外食ではなく胃に優しい料理を、と思う。

そんな早穂子の逡巡をよそに、遥人は隣の席に腰を下ろしながら机にスナック菓子を置いた。筒に入ったポテトチップスだ。

「はい、ジャンキーな差し入れ」

「ありがとうございます。ポテトチップスって、何だか意外」

「売店で見たら、懐かしくなってね」

緑の筒に入ったポテトチップスを開け、遥人が言う。

「アメリカでは主食だったよ」

「駄目じゃないですか」

そう言う早穂子も食べる手が止まらず、二人で笑いながらポテトチップスをつまむ。

「この味初めてですけどすごく美味しい」

「そうなんだよ。僕も日本にいる時は食べたことなかったんだけどアメリカで開眼してね。こんな美味しいものがあるのかって思った」

「あはは」

「駄目だ、止まらなくなってきた」

遥人はティッシュで指を拭くと「もう食べないぞ」と自分に命令した。子供みたいで笑ってしまう。

「さてと、仕事に戻るか」

そう言って立ち上がった遥人は早穂子の机に手をつき、パソコンの画面をひょいと覗いた。

「お、来月はディスプレイか」

「そうなんです。すごい技術みたいで……これが世界中のスマートフォンに搭載される日がいつか来るのかなって思うと、背筋がぞくぞくします」

「そう、小さな研究から始まったものが世界を席巻することがある。技術者の夢だね。僕の父もそれを夢見て――」

そこでなぜか遥人の声が途切れた。ストレッチをしていた早穂子が怪訝《けげん》に思って遥人の方を振り返ると、彼は早穂子の机に片手をついた姿勢のまま、真顔で画面を凝視していた。

「……新技術の名前、決まったのか」

そう呟いた遥人の目を見た時、早穂子は彼が着任した日のことを思い出していた。

怒り、悲しみ、後悔――。あの時には見えなかった感情がはっきりと姿を現した気がして、彼の目の奥に宿る底知れぬ影に視線を奪われる。

〝次に上がってくるディスプレイ事業の情報は絶対に芹沢に見せるな〟

亮平に言われた時は一笑に付したが、今の遥人の表情の変化を見ると不安になってくる。いったい誰が正しいのか、いったい何が起きているのか。

しかし、遥人の様子がおかしかったのはわずかな間で、彼はすぐにいつもの表情に戻った。

「この技術をいち早く商業化レベルで展開した企業がディスプレイ市場の覇権を握る。そういう技術だよ」

「芹沢課長はこの技術をご存知だったんですか？」

社長にすらまだ報告されていないはずで、研究部門の心臓部で極秘に進められてきたものだ。遥人がすでに知っている様子なのが不思議だった。

遥人はしばらく画面をスクロールして資料に目を通すと「なるほどね」と頷いてから早穂子の質問に答えた。

「似たような研究は各社が進めてるんだよ。基本は現行のディスプレイがベースになってる。

ただ実際のところ現行製品は歩留まりが悪くコストが高い。この技術は製造プロセスを飛躍的に簡略化するものだよ」

「そうですか……すでにあるものの進化形ということなんですね」

「画期的なね。楽しみだよ」

遥人の表情を怪訝に思った早穂子だったが、彼の説明に納得して頷いた。

「この資料でわからないところはない？」

「今からじっくり勉強するところです」

「じゃあ何かあったら声をかけて。このあとはずっと席にいるから」

亮平は遥人のことをまるで企業スパイであるかのように匂わせるが、遥人はそれ以上資料を見ることなく、あっさり自席に戻っていった。やはり亮平の邪推など相手にすることはないのだ。

しばらく資料に没頭していた早穂子は、デスクの下に置いているバッグの中でスマートフォンが振動していることに気づいた。もう退勤時刻をとっくに過ぎていて、誰かプライベートの友人が電話をかけてきたのかもしれない。息抜きも兼ねて応答しようと、バッグを探ってスマートフォンを取り出す。

しかし、画面を見た早穂子は、顔から血の気が引いていくのを感じた。

どうして――。

あの番号だった。亮平と付き合い始めた頃、か弱い声でかかってきて以来一度もかかってくることはなく、もう記憶からほとんど消えていたあの番号。履歴を消去することすら忘れていたのに。

不吉な予感が背中を這い上がるのを感じながら、早穂子は画面を茫然と眺めた。

第四章

早穂子の手の中でスマートフォンは一度止まり、また振動し始めた。パソコンを閉じ部屋を出てパントリーまで移動しながら、早穂子は震える指で通話ボタンを押した。

「……もしもし」

『小谷早穂子さんの電話番号でしょうか』

電話の相手はやはり若い女性だった。

「……はい」

前回とわずかに印象が違う気がしたが、早穂子は用心深く応答して相手の出方を待った。

女性の声は続く。

『今、お電話でお話ししても大丈夫ですか？』

「ええ……はい」

以前にかかってきた時と同様に言葉遣いは丁寧で品の良さが感じられるが、やはり前回とは別人のような印象を拭えない。声質は似ているが、前回の弱々しい喋り方と違い、今ははきはきと物を言う印象を受ける。とはいえ、その時の体調などで印象が違うことはあるだろう。

前回の電話はいったい何の用だったのか聞きたかったが、その前に相手が声を発した。

「わたくし、ツヅキミスズと申します。突然のお電話で大変失礼いたします」

心当たりのない名前だが、まず名乗ったことは前回よりマシに思える。

ツヅキという音から、ふと都築エレクトロニクスの名前が浮かんだ。

堤電機、三和テックと並んで日本の電機御三家と呼ばれる都築エレクトロニクス。今時は珍しい世襲制であることでも知られ、社長一族の苗字は都築姓が多いと聞いたことがある。この女性がもし都築エレクトロニクスの関係者なら、前回亮平との関係を尋ねてきたことからして、亮平の奔放な〝情報収集〟の被害者かもしれない――。

前回の電話の件があるだけに、当然亮平絡みの電話に違いないと早穂子は思い込んでいた。

しかし、いきなり女性が放った言葉に、早穂子は自分の耳を疑った。

『単刀直入に申し上げます。芹沢遥人さんと別れていただけますか』

「え……？」

ここで聞くとは思わなかった遥人の名前を出され、激しく動揺する。

前回の電話では亮平との関係を確認された。そして今回は遥人と別れてくれという。いくら今回は相手が名を名乗ったといっても、それだけではどういう関係の、どういう素性の人間なのかわかるはずもないし、そもそもいきなりそんな指図をしてくるなんて異常としか思えない。正体の知れない何かに付け狙われている気味の悪さで、身体が震えた。

それでも一方的に言われてばかりではいたくない。早穂子は落ち着いた声で毅然と問い返した。

「失礼ですが、あなたと芹沢遥人さんのご関係は？」

電話の向こうはしばし沈黙した。息の詰まるような数秒が流れる。

『……婚約者です』

目の前が一瞬暗くなり、よろめいて壁に手をついた。なぜなのか、やや間が空いて返ってきた声だったが、それは早穂子を打ちのめすのに充分だった。

しかし、早穂子もほんの少し前まで亮平の〝婚約者〟だった。婚約者という言葉が必ずしも中身のあるものではないことは、身をもって知っている。この女性が婚約者なら、なぜ遥人は早穂子と公然と恋人関係でいるというのか。こんな素性の知れない相手からの妨害に屈するものかと早穂子はスマートフォンを握り締めた。

相手の声は続く。

『遥人さんはあなたを愛してなどいません』

何度も殴られていると慣れてしまうものなのか、心に突き刺さるような鋭い言葉にも、もうあまり痛みは感じなかった。

では、以前に亮平との関係を尋ねてきたのはどういうことなのか。二度にわたる失礼で気味の悪い電話の目的はいったい何なのか。それを問いただそうと早穂子が息を吸い込んだが、電話はそこでふつりと切れてしまった。

「また……」

前回同様、こちらの気分を最悪にしておいて勝手に切るという卑怯《ひきょう》なやり方に、普段は滅多に怒らない早穂子だが叫び出したいぐらいに腹が立った。いっそかけ直して文句を言いたいぐらいだが、元々弁が立つ方ではないし、そもそもこんな怪しい電話に取り合うこと自体が愚かだ。就業時間中でもあるので、乱れたままの心を抱えて職場に戻る。

総合企画本部のドアを開けると、早穂子の目はいつも真っ先に二課の課長席を意識してしまう。今はいつも以上に遥人の顔を見て少しでも気持ちを落ち着けたかった。早穂子の控えめな視線に気づくことなく、遥人は真剣な表情でパソコン画面を見つめている。

席に戻り再び資料を読み始めるが、どうしても身が入らない。遥人と別れてくれという得体の知れない電話を受けたあとでは、それまで気にするまいと思えていたことも、何もかもが疑わしく思えてしまう。立て続けに起きる不可解な出来事は、すべて遥人に繋がっていく。

二人でいる時はあんなに甘くて優しい彼に、孤独な生い立ちも打ち明けてくれた彼に、もう一つの顔があるというのだろうか？

〝あいつはいずれお前を捨てる〟

聞く耳など持つものかと意地を張っても、今になって亮平の忠告は毒が全身を回るようにじわじわと早穂子の心を不安に染めていく。

ため息をつき、パソコンの画面越しに視線をまた二課に向けた。遥人は先ほどと変わらず仕事に集中している。端正で上品な横顔、額に落ちる癖のない黒髪、美しくしなやかな指。こんなに不安でも、不安だから余計に、今すぐにでもあの腕に抱かれたいと思ってしまう。

出張前の今夜は、なるべく波風を立てたくない。あの電話のことを彼に確かめるべきだとはわかっていても、もし本当に婚約者がいたら、という不安が心をすくませる。

視線を伏せた早穂子は自問した。それでも自分は今夜も彼に抱かれるのだろう。


数日後、早穂子は由希を夕飯に誘った。遥人が海外出張中で不在のため、由希は今一つ仕事に精が出ないらしく、早穂子の誘いに喜んで飛びついてきた。

「やっぱり芹沢課長がいないと、やる気が起きないのよねー」

普段二人でよく行くイタリアンの店に入り席に落ち着くと、由希は緩い表情で笑った。

「課長席に凜《りん》としたイケメンがいると気が引き締まるんだけどさ」

「二課はいいね。一課は一触即発よ」

早穂子が恨めしそうにぼやくと、由希が突っ込んでくる。

「あー……一課は荒れてるもんね、新山課長。でも早穂子に逃げられたせいでしょ」

「原因は私というより芹沢課長よ。逆転されたから」

「早穂子も奪われたしね」

「だから私は関係ないって。退屈な女とまで言われたんだからね」

「はは、早穂子ったら根に持ってる」

由希だけでなく、遥人は部内のみんなから好かれている。部下を叱責する時も、彼は決して相手を否定しない。きつい言葉を一切使わないのに部下たちをうまく誘導してしまうのは、彼の人格と能力のなせる業だ。そんな彼が、亮平の言うように何か魂胆を抱いて堤電機に来ているとは信じられないし、今のところ根拠に薄い。しかし、婚約者を名乗る女性の出現はやはり捨て置くべきではない気がする。

あの電話を受けた夜は結局遥人にそのことを切り出せず、彼に事実を確かめるのは帰国後となってしまった。帰国直後も忙しいだろうし、すぐに聞けるかはわからない。閉塞感と不安で気が滅入《めい》ってしまった早穂子は、由希に打ち明けようと決めたのだった。

「ねえ、由希。この間、あの番号からまた変な電話がかかってきたの」

「えっ？　あの番号って、新山課長と付き合ってるのかとか聞いてきた、あの電話の？」

「そう。もうすっかり忘れてたのに」

「うわー気持ち悪！」

由希は顔をしかめた。本当はこのあともっと衝撃的な展開が待っているのだが、由希の言葉通り、約一年の間を空けてまたかけてきたというだけで本当に気持ちが悪い。

「もう新山課長とは別れたんだし、着拒でよくない？」

「それがね……今度は芹沢課長と別れてくれって言われたの」

「ええ!?」

由希は驚きのあまり大声で叫んでしまってから、慌てて声を潜めた。

「何それ、早穂子のストーカー？　嫌がらせ？」

「でも、私にそんな興味持つ人いないと思う。目立つこともしてないし」

「いやいや、ストーカーってそういうものじゃないよ。むしろ目立たなくておとなしい子に執着するのが多い気がする」

「でも、女の人よ？」

「あー……そうか……」

勢いよく反論していた由希は黙り込んだ。

「それに前回の電話からかなり経ってるのが疑問なの。嫌がらせならもっとしつこいんじゃないのかな」

「そうだよね……」

忌まわしすぎて口にしたくもないが、早穂子はここで核心部分を打ち明けた。

「まだあるの。その女の人に芹沢課長との関係を聞いたら、婚約者です、って」

「えええええ!?」

またもや大声を出してしまい、由希は手で口を押さえて「ごめん」と謝った。

「いやいやいやいや……嘘でしょ」

「その電話がかかってきたのが芹沢課長の出張前日だったの。彼に真相を聞きたかったんだけど、勇気が出なくて切り出せなくて、そのまま帰国後まで持ち越しなの。もし本当だったらって思うと怖くて……」

「いや、でも、聖人君子の標本みたいな芹沢課長だよ？　そんな電話、嫌がらせだよ」

「そうかなぁ……。そうだといいけど」

運ばれてきたサラダを由希のお皿に取り分けながら、早穂子は重いため息をついた。

「何か、前回は弱々しかったのに、今回はすごく強気だったの。遥人さんはあなたを愛してないません、って。言うだけ言って、また勝手に切られたの」

こうして説明していると、またあの時の嫌な気分が蘇り、無性に腹が立ってくる。由希も早穂子以上にお怒りで、辛辣に吐き捨てた。

「ちょっと人格破綻してない？　その女」

「あ、でもね。その人、今回は名乗ったの。まあ名乗られたところで、どこの誰ともわかるわけないんだけど、前回よりマシだと思うしかないね」

「何て名前？　新山課長と芹沢課長の名前を出してきたんだから社内の人かもよ」

「そっか、社内の可能性ね！　ツヅキミスズ、だって。由希、知ってる？」

「うーん……知らないなぁ」

早穂子は由希の情報網に期待して名前を告げたが、由希は心当たりがないようで首をひねっている。

「ツヅキって、都築エレクトロニクスを連想するね。あそこって世襲制だから社長一族はみんな都築姓なんじゃないの？」

「あ、やっぱり？　私もちょっと思ったけど……」

「芹沢課長っていいところのお坊ちゃんの雰囲気あるし、社長令嬢と婚約とかありそうじゃない？　だって現にうちの社長からめっちゃ気に入られてるし」

「やだ……嫌なこと言わないでよ」

たしかに遥人は育ちが良さそうな印象だが、この間聞いた話ではごく普通の家庭のようだったし、社長令嬢と婚約というのは飛躍しすぎている気がする。というか、これは早穂子の願望だ。婚約者など嘘で、ただの嫌がらせ電話であってほしい。

ここで早穂子は閃《ひらめ》いた。

「あっ、やっぱり違うよ。それならアメリカから転職する時、うちの社でなくて、都築エレクトロニクスに入社するはずじゃない？」

「あ、そうか。そうだわ」

由希は手を打って納得したが、早穂子は自分が言った言葉にはっとした。脳裏に亮平の言葉がふわりと蘇る。

〝知らねえだろ。あいつの経歴〟

〝次に上がってくるディスプレイ事業の情報は絶対に芹沢に見せるな〟

もし遥人が都築エレクトロニクスの人間で、何らかの目的で堤電機に来ているとしたら、思わせぶりな亮平の言葉とも合致する。

突如閃いたその疑惑に早穂子は動揺した。そう考えれば、辻褄《つじつま》が合うのだ。

でも――。

遥人がそんなことをするはずがない。彼は誰よりも技術に敬意と美学と倫理観を持っている人で、だからこそ亮平の汚さを許せずに徹底的に打ち負かして潰しにかかったではないか。その遥人が自らそんなことをするはずがない。

「まあまあ早穂子、元気出してよ。とりあえず着拒にして、芹沢課長が帰国したら確かめる、それしかないよ」

「……うん」

しばし葛藤していた早穂子は由希が元気づけくれているのに気づき、慌てて笑顔を繕った。

「そんな深刻そうな顔で聞いたらだめよ。可愛く、可愛く聞くのよ」

由希はそんな無茶振りをしてくる。まだ毅然と聞く方がマシだ。

「可愛くって……できないよ。それに新山課長の時は毅然と聞けって言ってたのに」

「芹沢課長には知力では絶対に敵わないから、色気と可愛さで攻めるのよ」

「なるほど……」

そんな攻め方をする自信はないが、由希に押されるまま早穂子は頷いた。

「ちょっと料理足りなくない？　追加で何か頼もうよ」

メニューを広げる由希の前で、早穂子は笑顔を保ちながらも完全に消せない不安と闘っていた。


翌週、遥人は予定通りに中国出張から帰国した。欧米ほど長旅ではないし時差もほとんどないので彼は疲れも見せず、朝便で帰国したその日の夕方には出社した。

「お帰りなさい。お疲れ様でした」

夜、早穂子は遥人の部屋で照れながら彼を迎えた。不在中に溜まった雑務が予想以上に多かったらしく、遥人が〝先に帰って待ってて〟と会社でこっそり合鍵を渡してきたのだ。嬉しいやら恥ずかしいやらで、玄関で出迎える早穂子は彼の顔をまともに見ることができないほど照れてしまった。いつか彼と家庭を持って、こんな風に迎えられたら——そんな甘い夢を見たくなる。

「ただいま」

答える遥人も珍しく少し照れていた。

「ただいま、って言ったのは、ずいぶん久しぶりだったから」

きっとそれは遠い昔の両親の記憶。それを思うと、早穂子は胸が痛くなるような切なさとともに愛おしさも増して、この一週間ずっと抱えてきたもやもやをしばし忘れるほどだった。

「二課、お土産で盛り上がってましたね」

食事をテーブルに並べ、早穂子は笑いを噛み殺しながら言った。今回の二課へのお土産は甘《あま》栗《ぐり》チョコレートで、美味しいという感想と甘すぎるという感想の二手に分かれて賑《にぎ》やかに揉めていた。

「前回よりはマシだったみたいだけど、海外のお菓子は難しいよ」

遥人も苦笑する。

前回の中国出張ではパンダ型のチョコレートの大箱が二課へのお土産だった。見た目の可愛さに由希をはじめとした女子たちは大喜びだったが、いざ食べてみるとチョコレートとは思えない妙な味で、それ以降その可愛いパンダチョコは一か月近くほとんど誰も手をつけないまま、二課の共用スペースに鎮座していた。結局、残業時にお腹を空かせた誰かが〝空腹時ならいける〟と食べてくれたらしい。

「前回は散々笑いのネタにされたからな」

遥人は笑いながらスーツケースから包みを取り出した。

「はい、早穂子へのお土産」

「わぁ、ありがとうございます」

お茶好きの早穂子のために遥人が買ってきてくれたのは、白茶と呼ばれる種類の中でも希少価値が高い茶葉だった。

「これ、すごく珍しいお茶です！　専門店でも数量限定で、すぐ売り切れになって手に入らないんです」

「そうなの？　よかった。現地のアテンドに珍しいお茶が欲しいって言ったら教えてくれたんだ。僕が選ぶとパンダチョコの二の舞になりかねない」

「語り継がれてますもんね」

しばらく土産話に花を咲かせたあと、二人で夕飯を囲んだ。

「一週間ぶりにまともなご飯を食べてる気がするよ」

テーブルに並んでいるのはご馳走《ちそう》でも何でもなく、赤魚の煮付にひじき豆、青菜の胡麻《ごま》和《あ》えにお漬物という庶民的なメニューだ。お洒落な料理は外でいくらでも食べられるのだから、遥人にはこうした家庭料理を、と思う。

味噌《みそ》汁をすすり、遥人が「美味しいな」としみじみ呟いた。早穂子も好きな、赤だしのしじみ汁だ。

「こういう一汁三菜の和食って、作るのは意外と大変だよね。一人になってから、自分で作ろうとしてもなかなかできなかったからわかるよ。ありがとう」

「いいえ」

早穂子は慌てて首を横に振った。

「作り置きしてますから、全然大変ではないんです。煮物とかは小分けにして冷凍庫に入れてますから、気が向いたら好きな時に食べてください」

「うん、ありがとう」

遥人は頷いたあと、少し照れ臭そうに言った。

「でも、こうして二人で食べるのがいいな」

赤魚の骨取りに苦心していた早穂子は嬉しい不意討ちにすっかり頭に血が上ってしまった。

「あ、あの……食べ終わったら、さっきのお茶、二人で飲みましょうね」

「うん」

照れてしまってまともに返事ができなかったが、そんな早穂子に遥人も同じように照れた表情で頷いた。

この時まではとても満たされた気分で、婚約者を名乗る女性からのあの電話のことなどもう確かめなくてもいいのではと、そんな風にさえ思えていた。あんな話をして、この甘い雰囲気を壊したくない。

和やかに食事を終えると、早穂子は遥人から貰ったお茶を丁寧に淹れてリビングに運んだ。

「道具がないのでちゃんとした淹れ方ではないんですけど、すごくいい香りがします」

ソファの遥人の隣に腰かけ、香り高い湯気をゆっくりと楽しむ。白い磁器のカップの中で、淡い翡翠《ひすい》に似た色のお茶はとろりと揺れている。

「すごく綺麗な色だね。花みたいな香りがする」

「質が高い証拠だそうです」

「よかった。パンダチョコみたいに外さなくて」

「またそれ」

彼の自虐に早穂子は笑い、ゆっくりとお茶を口に運んだ。

「あっ、そうだ。鍵、返すの忘れてました」

会社で彼から鍵を預かったことを不意に思い出し、早穂子はバッグを引き寄せて鍵を取り出した。

「それ、そのまま持ってて」

「えっ」

早穂子の心臓が一つ鼓動を飛ばしたように跳ねた。驚きのあとに嬉しさが込み上げる。

「でも芹沢課長は？」

「二つあるんだ。僕は僕で持ってるよ」

「……ありがとうございます」

早穂子は控えめにお礼を言い、上気した頬をお茶から立ち上る湯気でごまかしながら嬉しさを噛みしめた。最初の頃は付き合っていると思っていいのか自信がなかったが、合鍵を渡されるのは特別な存在だということだから。

「でも、なるべく一緒に帰るけどね。僕が遅くなりそうな時だけそれ使って」

「はい」

亮平と付き合っていた頃は夜道を一人で帰ることを心配されたことなどなかったから、守られている幸せに浸る。早穂子が顔を伏せていると、遥人が覗き込んできた。

「僕の出張中、あいつから何かされてない？」

帰る時間を合わせて送ってくれるのは、遥人が治安の悪い外国生活を経験しているせいかと思っていたが、亮平と早穂子の個人的な接触を警戒しているようでもあった。

「いいえ」

ここで早穂子は勇気を出してあの件を切り出した。

「あの……新山課長のことではないんですけど」

「うん」

「この間、おかしな電話がかかってきたんです」

「どんな？」

聞き返す遥人の目は優しく、やはり彼が何か隠しているというのは杞憂《きゆう》に過ぎなかったのだと、早穂子は肩の力を抜いた。だから、いったいどこの阿呆《あほう》の狂言だと呆れ返るか面食らうか、そんな反応を見せてくれると思っていた。

しかし、違っていた。

「芹沢課長の婚約者だと名乗る女性からです」

「…………」

目に見えて遥人の顔色が変わった。

「……かかってきたのはいつですか？」

声音は優しいが、丁寧になった口調が緊張を帯びている。それを感じ取った早穂子の中で、先ほどまでの甘い空気は蜃気楼《しんきろう》で、やはり遥人には何か秘密があるのではないかという不安が頭をもたげ始める。

「芹沢課長の中国出張の前日です。あの日は言い出せなくて……」

「出張の前日……？」

遥人は呟いたきり、何も言わない。

どうしてすぐに否定してくれないの……？

反応がない遥人に早穂子は喋り続けた。

「その方、お名前を仰ったんです。ツヅキミスズさんって」

それを言った途端、遥人は強ばった表情ながら少し脱力したような、呆れたような表情になった。

「婚約者ではありません。幼馴染《おさななじみ》です」

遥人はため息をつき、うんざりしたような表情を浮かべた。何となくだが、ツヅキミスズのきつそうな性格は遥人とは合っていない気がするし、遥人が彼女を迷惑がっているような空気も感じられる。

「彼女から他に何か言われた？」

「……いいえ」

「……そうですか」

遥人は少しほっとしたようだった。

「不快な思いをさせてしまってすみません」

〝遥人さんはあなたを愛してなどいません〟

あの暴力的な台詞は言えなかった。それは、遥人が自分を愛してくれているのか、本当にはまだ信じきれていないからだ。もしこれを言えば、遥人の返答から彼の本音が――早穂子には辛すぎる彼の本音が見えてしまうのではないかと思うと怖かった。

「でもその女性、去年も電話をかけてきたんです。新山課長と付き合い始めた頃でした。同じ番号なので、同じ人のはずです」

遥人の幼馴染というだけの関係なら、なぜ遥人が堤電機に入社してくるずっと前に、ツヅキミスズは早穂子に接触してきたのか。長いブランクを空けてかかってきた二回の電話には、納得できる説明がどうしても見つからない。

しかし早穂子がこの事実を告げると、それまで早穂子に屈み込む姿勢だった遥人は身を起こし、ソファに座り直した。そのせいで彼の表情は横顔から読み取るしかなくなった。

「……何を言われたの？」

「新山亮平さんと付き合っているんですかって……。なぜ芹沢課長の幼馴染の方が私のことを知っていて、さらに新山課長のことも知っていたんでしょうか」

遥人の横顔が答える。

「新山の行状を考えれば、起こり得る話だろうね」

そんな偶然があるだろうか？　しかし早穂子がそれを問う前に、遥人が話の続きを促した。

「それに何と答えたの？」

「何も……。その時の電話ではお名前も仰らなかったんです。いきなり新山課長のことを聞かれたので、まずお名前を仰ってくださいと答えたら、切れてしまいました」

不意に遥人が両手で顔を覆った。

「……それだけで切れたの？」

「はい。すごく弱々しい、か細い声の方で……。でも二回目にかかってきた時ははきはきした感じでした。名前も仰ってくださいましたし……」

この話の着地点が見えずやみくもに説明を続けていた早穂子は、ふと既視感を覚えた。

――そう、このやり取りの違和感は亮平に感じたのと同じだ。亮平も同じように、この電話のことを早穂子が告げると妙な緊迫感を帯びていた。まるで今の遥人のように。

お願い、納得のいく言葉が欲しい。それができないなら、私を好きだと言ってほしい――。

遥人は顔を覆ったまましばし黙っていたが、やがて両手を顔から外して大きく息を吐いた。

「僕の知人のせいで不快な思いをさせてしまった。申し訳ない」

彼はそれから早穂子の方を向き、そっと胸に抱き寄せた。

「君には何も……罪はなかったのに」

その時に一瞬だけ見えた遥人の表情は、なぜかとても苦しそうで悲しそうだった。

遥人に婚約者のことを尋ねてから数日が過ぎた。疑問は深まるばかりだが〝ツヅキミスズ〟が婚約者ではないということだけは遥人が明言してくれたので、それを救いにして早穂子は何とか自分を納得させようとしていた。折しも次の先端技術会議の準備が大詰めを迎え、忙しさで気が紛れる時も多い。それでも仕事の合間のふとした瞬間、つい考えてしまう。

電話を受けた時や遥人に確かめた時はその場の会話に気を取られていたが、時間が経過すると散在する細かな事実が繫がり、一本の線になる瞬間がある。

〝新山の行状を考えれば、起こり得る話だろうね〟

亮平の行状とは、他社情報を入手するために競合企業の女性社員に手を出していたことを指している。ということは〝ツヅキ〟は都築。つまり、遥人は言及しなかったが、電話の女性は都築エレクトロニクスの関係者、おそらく社長一族なのだろう。そのことに遥人が言及しなかったのは意図的に避けたのか、それともただ彼にとって重要なことではなかったのかはわからない。

でも、早穂子は寂しかった。遥人がそんな大企業の令嬢と幼馴染だなんて、自分とは遠い世界の人のように思えてしまう。

しかし同時に、そうした感情論よりももっと深刻な事実も早穂子を苦しめていた。都築エレクトロニクスの社長一族の人間と親しいことを遥人が今まで一切語ってこなかったことは、亮平の忠告の信ぴょう性をさらに高めているのだ。

仕事の手を止めて逡巡している自分に気づき、気持ちを切り替えて電話をかけようと受話器を取った。定時を過ぎ、遥人も亮平も部課長会で席を外している。職場にあまり人がいないせいでつい考え事に耽ってしまったが、今は仕事。会議に向けて、事務局として入念に準備を進める時だ。

「先端技術会議事務局の小谷です。お疲れ様です」

電話をかけた相手はディスプレイ事業本部の本部長室で、先端技術会議関係の連絡窓口の担当者だ。

「次の会議の資料をいただきましたが、初めて議題に上がる技術なので、これまでの開発経緯の部分を補足いただけないでしょうか。そこだけが抜けているので」

技術の内容については事務局が手出しできるものではないが、会議資料に充分な情報が盛り込まれていない時はこうして修正を要請する。そうでないと幹部から質問が飛び、プレゼンテーターが慌ててしどろもどろの説明をする、ということが多々あるからだ。

ところが、ディスプレイ事業本部の窓口担当は言葉を濁した。

『あ、それね……。そのままでは駄目ですかね？　たぶんそこは突っ込まれないので……。実は開発過程がないやつなんですよ』

「……開発過程がないやつ？」

『お察しを……あはは』

電話の向こうの相手は決まり悪そうに笑った。

『まあ、新山課長に聞いてもらったらおわかりだと思います。これ、新山課長の手柄なんで』

〝新山課長の手柄〟——。ここでまた、いろいろな疑問が一本の線に繋がってしまった。

「……わかりました。では、このままでいきますね」

電話を切ったあと、早穂子は荒涼たる思いで目の前の資料を眺めた。

亮平が地方から本社の中心部門に異動し大躍進を遂げたのは、傾いたディスプレイ事業を救う手柄をあげたから。その〝手柄〟がこれなのだ。この技術の開発経緯がないのは、他社から盗んだものだから。そしてその他社というのは、おそらく都築エレクトロニクス。

〝知らねえだろ。あいつの経歴〟

〝あいつは俺を狙い撃ちしてきたんだ〟

「ああ……」

早穂子は呻き、両手で顔を覆った。すべてが見えてしまったのだ。それ以上はとても考えられなかった。

その時、部課長会を終えた亮平が課長席に戻ってきた。

「資料は出揃ったか？　一通りチェックしたら俺に回してくれ」

「……はい、揃ってます。チェックと修正依頼も終わりました」

早穂子は顔を上げ、気丈に平静を装って返答した。が、不意に決意して立ち上がった。もう疑念だけでいたずらに惑うことにピリオドを打ちたかった。

「……新山課長」

早穂子は青ざめた顔で亮平の前に立った。遥人も戦略推進室長も、まだ部課長会から戻っていない。部課長会でまた遥人に差をつけられることでもあったのか、亮平はあまり機嫌が良さそうではなかったが、遥人がいない方が今は早穂子には好都合だ。

め返した。

顔を上げた亮平はいつもと違う空気を感じたのか、無碍《むげ》にすることなく早穂子をじっと見つめ返した。

「できれば場所を変えてお話できないでしょうか」

「……わかった」

亮平は頷き、立ち上げたばかりのパソコンを閉じた。

二人が入ったのは前回と同じ、会社近くのカフェだった。

「お席に戻られたばかりなのに、ごめんなさい」

席に落ち着くと、早穂子はまず頭を下げた。前回は聞く耳も持たずに立ち去ったのに、同じ話題で早穂子から情報を乞うのは気まずいが、今はそんなことに構っていられない。亮平も早穂子の変化をある程度感じているのか、前回よりは落ち着いた表情だ。

「この間の話です」

仕事中なので、早穂子は前置きなしに切り出した。

「芹沢課長に見せるなと仰っていたディスプレイ事業本部の技術資料ですが、開発過程がほぼなく、ある時期に突如現れています。他社から入手した技術だからですか？」

場所が社外なので技術名は伏せたが、持って回った表現はせず、はっきりと言った。

「……誰かから何か聞いたのか？」

亮平は胸ポケットを探ったがそこに煙草の箱はなく、大きくため息をついて聞き返した。

「いいえ。いろいろと察しただけです」

駆け引きなしで早穂子が正直に答えると、亮平は何かを言いかけてためらい、それからしばらく窓の外に視線を逸らした。

「すまない。うちの社の立場を危険に晒しかねないことだから、俺の口からは言えない」

否定しなかったことで認めたようなものだが、亮平は明言を避けた。その代わり、彼は先ほどの早穂子の質問に遠回しに応える形で、早穂子にとってショッキングな事実を明かした。

「その代わりに一つ教えておく。芹沢は都築エレクトロニクスの元社員だ。おそらく、今でも芹沢の心は都築にあるだろう」

今の話の流れでこれを明かした亮平の意図は、あの技術はやはり他社――都築エレクトロニクスから彼が入手したものだと間接的に認めた、ということだろう。おおかた覚悟はしていたが、早穂子は息が苦しくなるほど衝撃を受けた。

思い返せば、楔《くさび》を打たれるように亮平と距離が開いていったのは、遥人がやってきてからだ。遥人は最初から亮平に狙いを定めていたのだろう。早穂子を誘惑したのも、亮平に恥をかかせるため。だから遥人は決して〝好き〟と口にしないのだ。

心の整理がつかない早穂子に、亮平はさらに重い予言をした。

「あいつもいつか同じことをする。だからあいつにデータを渡すなと言ったんだ」

「それはどういう……」

そこで早穂子は以前に遥人が言っていた言葉を思い出した。

〝やられたらやり返せばいい。托卵のように技術を預け、育ってからもっと多くを奪い返せばいい。報復のためなら悪に染まるのも正義。僕たちがいるのはそんな世界です〟

遥人は都築から奪われた技術を奪い返すために堤電機に来たのだ。居残り勉強で苦労する早穂子にいつも声をかけてくれたのは、彼が狙うその技術が先端技術会議に上がってくるのを見張っていたから……？

目の前が暗くなっていく思いで、早穂子はただ茫然と座っていた。

その日の夜、早穂子は遥人の部屋で一人、彼の帰りを待っていた。遥人と会う約束だったが、あいにく彼の仕事が立て込み、先に部屋で待っていてと言われたからだ。

食事の支度をしようと思ったが、何となく胃が重く気分がすぐれなかったので、ソファに腰を下ろして背もたれに身体を預けた。

「少し休んだら作ろう……」

目を閉じているとうとうとと眠ってしまいそうになり、スマートフォンを取り出して遥人からのメッセージを眺めた。

〝遅くなるから、僕の部屋で待ってて〟

亮平とカフェで会ったあと職場に戻ると、遥人も部課長会から帰っていた。ドアを開けた瞬間に遥人の姿をとらえたが、早穂子はすぐに目を逸らした。彼を見るたびに好きになっていく。こんな時ですら——愛されていないことを知ってしまった今ですら。

自席にいる早穂子にこのメッセージが届いた時、顔を上げると二課の課長席の遥人と目が合った。こっそり微笑みかけてくれた彼を想う。わざと亮平の前で会話する時以外は仕事中にこうして合図してくれることは珍しいが、最近それが増えている。関係が始まった当初は、結ばれたきっかけがきっかけだっただけに、お互いに亮平へのわだかまりが抜けきらずにいたが、少しずつ素で触れ合い、甘い時間を育ててきた。

遥人の家のキッチンでは早穂子の料理道具が、バスルームでは化粧品が、ベッドサイドでは早穂子が寝る前に使うお気に入りの香りのハンドクリームが、殺風景だった空間に温もりを添えている。少しずつ増えていくそれらは、どこか他人と距離を置いていた彼の中に、自分の居場所ができた証《あかし》のようで嬉しかった。

たしかに技術を奪い返すため、亮平に恥をかかせるために早穂子に近づいたのかもしれない。でも、そこから本物の関係が育つなら、それでも構わない。

亮平に裏切られた時は彼を嫌悪し、別れることに迷いはなかった。それなのに、亮平と同じ行為で自分を裏切ろうとしている遥人からはどうして離れることができないのだろう？

遥人を愛していることを悟り、早穂子は目を閉じた。

彼が帰ってきたら、いつも通りに笑顔で迎えるのだ。そしてその先は……どうすればいいのだろう……？

考え事をしている間にいつのまにかうとうととまどろんでいた早穂子は、インターフォンの音で目を覚ました。遥人が帰ってきたのだ。

最近なぜか疲れやすく、身体が重くていつも眠い。こんなことでは駄目だと、心と表情を切り替えるよう両手で顔を挟んで軽く叩き、立ち上がる。

しかし、遥人に応答しようとモニター画面を覗いた早穂子はそこで止まった。

（え……？）

画面には見知らぬ女性が映っていた。カメラ越しでもわかるほど美しく華やかな若い女性だ。宅配便の配達員の服装ではないし、もう夜の九時を過ぎようかというこんな時間に訪れる業者はいないだろう。

「……はい」

早穂子が応答すると、遥人ではなく女性の声の応答であることに相手も少し驚いた様子だったが、すぐに刺々しい声が返ってきた。

『小谷早穂子さんですか？』

ああ、この声は――ツヅキミスズだ。思わぬ対峙と悪い予感に早穂子はすぐに返事ができなかった。

「改めまして、都築美鈴と申します」

数分後、遥人が不在のままのリビングで、早穂子はあの電話の女性と向かい合っていた。インターフォンでもそうだったが、美鈴からは〝なぜあなたがここにいるの〟という不快感がひしひしと伝わってくる。それは早穂子も同じだ。遥人がここに住み始めたのはほんの数か月前からなのに、こうしてすでに美鈴が出入りしていることがショックだった。

「父は都築エレクトロニクス代表取締役社長の都築隆一郎《りゅういちろう》です」

年齢は早穂子と同じぐらいだろうか。都築美鈴は非常な美人だった。白くきめ細かな肌、大きな瞳、つややかなカールを描くセミロングの髪に美しいネイル。一目で高級とわかる優雅なワンピースに身を包んだ美鈴はさすが日本を代表する大企業の社長令嬢だけあって、全身から相手を委縮させるセレブ独特のオーラを発していた。

「遥人さんがいないなら、かえって話をしやすいわ。お電話でも申し上げましたけど、遥人さんと別れていただきたいの」

身なりも言葉遣いも品は良いが、こんなに不躾《ぶしつけ》なことを当然のように指図してくることに早穂子は面食らった。よほど我儘《わがまま》なお嬢様育ちなのか、それともそれなりの切迫した理由でもあるのだろうか。

「……その理由は？」

美鈴の強硬な態度がかえってこちらを冷静にさせ、早穂子は落ち着いて返した。

「彼には婚約者がいるからです」

「あなたのことですか？」

「……そうです」

この間の電話と同様、美鈴の歯切れは悪い。

「遥人さんに確かめたら、美鈴さんは婚約者ではないと否定していましたが」

早穂子が冷静に指摘すると、美鈴の美しい顔が引きつった。幼馴染だと聞いているが、美鈴は遥人のことがずっと好きだったのかもしれない。だからこんな風に妨害してくるのだろうか。

しかし、美鈴はここで意外な事実を明かした。

「正確には……婚約していたのは姉の美里です」

美鈴はそれまでの強気な態度から一転、俯き加減で声が少し震えている。だから早穂子は直感で、美鈴が真実を口にしていると信じられた。自分ではなく姉が遥人の婚約者であることに、おそらく悲しい思いを隠してきた年月があったのではないか。

早穂子もショックを受けていた。遥人は美鈴を〝婚約者ではない〟と明言したが、美鈴について否定しただけだったのだ。

「私たちの父と遥人さんのお父様は学生時代からの友人でした。父の社に遥人さんのお父様も入社して、家族ぐるみの付き合いだったんです。だから私たちはずっと一緒に育ちました」

美鈴は遥人と都築家との関係を静かに語り始めた。自分よりはるかに長い時間を共にしてきた婚約者の存在。越えられない圧倒的な時間の重さに早穂子は何も言えなかった。

「でも彼が小学生の頃にお母様が病気で亡くなり、その数年後にお父様も亡くなったんです。天涯孤独の身になった遥人さんを、父がずっとサポートしてきました」

遥人から聞いた話の〝父の友人〟とは、都築エレクトロニクスの社長だったのだ。

「父は遥人さんに惚《ほ》れ込んでいるんです。都築エレクトロニクスの後継者は彼しかいないと。だから姉が大学を卒業するとすぐに姉と遥人さんは婚約しました」

美鈴はそこで言葉を切り、続きを言いあぐねるようにしばし黙り込んだ。

「美里さんとは、今も……？」

さっき美鈴は〝婚約していた〟と過去形を用いた。それが妙に引っかかっていたので、早穂子はそこに望みをかけた。過去ならば構わない。亮平への当てつけでも、たとえ技術を奪い返すためでも、今、遥人が少しでも自分を想っていてくれるなら。

しかし、事実は残酷だった。

「姉は……昨年、亡くなりました」

美鈴は俯き唇を噛みしめたが、涙を振り払うように目をしばたたき、顔を上げた。その目には哀しみの中に憎しみが燃えている。

「あなたたちのせいよ」

「え……？」

「卑怯な真似を……」

そこで早穂子ははっとした。亮平が都築エレクトロニクスから技術を盗んだ相手は、都築美里なのだろう。だから婚約者を奪われた遥人は亮平を憎み、早穂子を奪ったのだ。ただし、すべて証拠はなく推測の域を出ないのなら、早穂子の口から軽はずみに謝ることもできない。

「盗みを働いておいて、よく恥ずかしげもなく顔を上げていられるわね！」

「でも、私はその件に関わっていません。何も知らされていないんです」

「よくそんな嘘が言えるわね。姉のスマートフォンに残された最後の通話記録はあなたよ」

「ま……まさか……」

早穂子は激しい衝撃を受けた。

今にも消え入りそうな弱々しい声でかかってきた一度目の電話。その相手は今目の前にいる美鈴ではなく、遥人の婚約者の美里だったのだ。そして、あのあと、彼女が落命していたなんて。

「あなたと電話で話した直後、姉は車の運転を誤って事故で……」

早穂子を睨みつける美鈴の目から涙が流れた。

「姉に何を言ったんですか！」

「何も……！」

　早穂子は茫然と首を横に振ってから、ソファの肘掛で身体を支えた。腰かけているのに、倒れそうなほど眩暈がして気分が悪い。それでも必死で言葉を続けた。

「何も言っていません。ただ新山亮平さんと付き合っているのかと聞かれて、その前にお名前を仰るのが礼儀だと言ったら切れてしまって……」

「嘘よ！　あなたが姉を傷つけたから、姉は車の運転を誤ったのよ」

「本当に、その会話しかしていません。他に何も言う暇もなく切れてしまって」

　言いながら早穂子は口を押さえた。ショックのせいだろうか。吐き気が込み上げ、波のように引いていく。

　そんな早穂子に構わず、美鈴は怒りをぶつけてくる。

「だから遥人さんはあなたを憎んでるの。婚約者を死に追いやった新山亮平とあなたを憎んでるのよ」

　美鈴の言葉が早穂子の心を一突きにした。

「言ったでしょう？　あなたを愛してなどいないって。遥人さんは今でも姉を愛しているのよ」

　早穂子はふらふらと立ち上がったが、また力なく座った。今すぐにでもここを出て一人になりたかったが、気分が悪くて動けない。

「なぜ遥人さんが堤電機に入社したかわかる？　姉の事故当時、遥人さんは修行のためアメリカの企業にいたの。それを父が呼び戻したのよ。一緒にアメリカに行きたがっていた姉を一人置いて行った遥人さんにも責任があるって」

その先は聞かなくても予想できた。

「父は新山亮平とあなたのことを突き止めて、遥人さんに指示したの。堤電機に入って技術を奪い返せと。目には目を、歯には歯を。この者たちに制裁を加えろ、それが姉への弔《とむら》いだと」

〝あいつはいずれお前を捨てる〟

これで何もかもすべてが一本の線に繋がってしまった。遥人は復讐のために早穂子を抱いているのだ。死んだ婚約者と同じ目に遭わせるために……？

早穂子はふらふらと立ち上がった。気分が悪くて倒れてしまいそうだったが、気力を振り絞って美鈴を振り返った。

「……私にこの話をしたことは、遥人さんに黙っていてください。私とここで会ったことも」

美鈴がどんな表情でいるのか、それさえも早穂子の目は映していなかった。

「自分の身は自分で処します」

それだけ告げ、早穂子は遥人の部屋を出た。

それから駅までどうやって歩いたのか覚えていない。気づけば駅のホームに立っていた。自宅まで辿り着く自信もないほど身体が重くしんどかったが、早く帰って横になろうと電車に乗る。

あいにく電車は混雑していて空いている座席はなく、仕方なくドアにもたれかかる。遥人が帰宅したら部屋に早穂子がいないので連絡してくるかもしれないと気づき、スマートフォンを取り出した。

〝風邪のひきかけみたいで少し眠たいので、大事をとって帰ります。明日、会社で〟

味気ないメッセージをしたためて送信すると、スマートフォンの電源を切ってバッグの中に落とした。眠たいと書いたのは、遥人が電話をかけてこないようにするためだ。優しい演技は要らない。今は何も要らない。ただ、一人でいたかった。

暗い窓の外を過ぎていく街明かりを眺める早穂子の脳裏に、彼の笑顔が浮かんだ。

——駄目。こんなところで泣いたら駄目。

しかし電車に揺られていると気分の悪さは増し、このまま立っていられるかもわからなくなってきた。耐えられなくなり、何駅か進んだところで電車を降りた。

ベンチを探して、見知らぬ駅をふらふらと進む。

大丈夫、少し休めば——落ち着いて、これからどうするか考えて……。

早穂子の目から涙が零れた。こんなに絶望しているのに、まだ彼を愛している。どうしたらこの苦しさから逃れられるのだろう？

「う……」

眩暈とともに吐き気が込み上げ、通路の壁際にしゃがみ込む。こんな人混みで吐いてしまうわけにはいかない。ハンカチで口を押さえ、トイレを探そうとした時、背後から声をかけられた。

「大丈夫？　どうしたの？」

顔を上げると、優しそうな白髪の婦人が心配そうに覗き込んでいる。

「すみません……少し気分が悪くて……お手洗いの場所を教えていただけますか」

「お腹が痛いの？」

「いいえ……吐き気だけで……」

婦人に抱えられるようにしてトイレまで歩く途中で、早穂子はまた強い吐き気を覚えて口を押さえた。構内のカフェから漂ってくる食べ物の香りで気分が悪くなったのだ。

トイレで少しだけ嘔吐すると、いくらか気分が治まった。嘔吐といっても、昼から何も食べていないので吐くものはほとんどない。

「大丈夫？」

「……はい」

付き添ってくれた婦人に早穂子は何とか笑顔を作り、頭を下げた。

「ありがとうございます……。少し楽になりました。もう大丈夫です」

婦人は心配そうに早穂子を見つめていたが、遠慮がちに言った。

「不躾かもしれないけれど……おめでたでは？」

「……おめでた……？」

「そう。さっき、パンの香りで気分が悪くなっていたでしょう。大昔だけど、私もそうだったのよ」

婦人は笑顔になり、いたわるように早穂子の背中を撫でる。

「私の勘ね、結構当たるのよ。娘の時も当てたもの。今ね、娘は八か月なの。あなたもおめでただといいわね」

まさか――。

早穂子は茫然と婦人の声を聞いていた。

第五章

「遅くなったな……」

自宅の最寄駅を出た遥人は時計を見て呟いた。仕事が立て込んでいたので早穂子に先に部屋で待つよう言ったが、思いのほか長引いてしまった。

駅前にあるパンケーキの店がまだ営業しているのが目に入り、二人分をテイクアウトする。店を出た遥人は手に提げた紙袋を持ち上げ、呆れ気味に眺めた。

「何やってんだろ……」

こんなことをしていてはいけないとわかっているのに、ささやかな幸せに耽っている。甘いものは苦手だったはずが、いつのまにかそんな自分を自然に塗り替えてしまっていた。

歩き出しながら、早穂子の笑顔を思い浮かべる。そんな自分を責めつつも、自分を縛る鎖を脱ぎ捨てて自由になりたいと——ささやかで平凡な幸せを手に生きていきたいと願ってしまう。

ポケットを探り、スマートフォンを取り出そうとして手を止める。自分を戒めるあの美里のメッセージを開いても、もう効力がないことはわかっていた。そんな自分をまた責める。

敷かれたレールの上を淡々と生きていかねばならないと思っていた。そのために心も捨てたつもりだった。こんな風に彼女の笑顔を楽しみにしてしまうなんて。これが永遠に続くものではなく、いつか自分の手で壊さなければならないとわかっているのに。

遥人にとって、両親に囲まれたごく普通の家庭の思い出は九歳までしかない。母の死以降、父と二人になった生活は明かりが消えたようなものだった。子供ながら父の負担になるまいと懸命に明るく振る舞っていたが、父を支えられなかった自分の無力さを今も思う。

過労で父が倒れ他界したあと、後見人となり手を差し伸べてくれたのが都築社長だ。

都築社長は父の学生時代からの友人だった。大企業の嫡男である都築社長とごく普通の育ちの父とは境遇の違いこそあれ、技術への情熱を同じくする同志として、父が都築エレクトロニクスに入社して以降も家族ぐるみの付き合いが続いていた。

父親が他界した当時、遥人は中学生でまだまだ大人の保護が必要な年齢だったため、都築家に同居することも社長は提案してくれていた。しかし、両親を失った寂しさと心細さは耐えがたいものだったが、遥人は子供なりの自立心でそれを固辞したのだった。

母親が入退院を繰り返し治療費がかさんでいたこともあり、芹沢家の家計はあまり豊かではなく、遺産と呼べるほどのものはない。都築社長は生活費と学費を負担してくれただけでなく、実の息子のように遥人に目をかけ、精神面でも支えてくれた。また、社長夫人も一人で暮らす遥人の健康を気遣い、生活全般にわたり温かなサポートを惜しまなかった。

都築家にとっては遥人が同居する方がはるかに簡便だっただろう。しかし同居しないという遥人の意志を都築夫妻がすんなりと受け入れたのには理由があった。

都築家には遥人より五歳年下の美里、六歳年下の美鈴の二人姉妹がいた。遥人が同居を選ばなかったのは、自立したいという理由の他に、もう一つあった。年頃の姉妹がいる都築家に他人の自分が同居すると、名門一族の世間体に関わるのではと思っていた。

しかし、実は都築社長が懸念したのはむしろその逆で、長女の美里と遥人が兄妹のように育つのを避けたいという考えがあったようだ。というのも、聡明《そうめい》で優秀な遥人に惚れ込んでいた社長は遥人を都築エレクトロニクスの後継者にすべく、いずれ美里と縁組させることを密かに考えていたからだ。

ただ、遥人は社長にそんな思惑があることを知らなかった。知ったのは——というより確定事項としていきなり公表されたのは、遥人が国内最難関の国立大を卒業したあとアメリカの大学で修士号を取得し、都築エレクトロニクスに入社して二年が過ぎた頃のことだ。

その日、遥人は美里の二十歳の誕生日を祝うパーティーに招かれていた。その席で、社長が都築エレクトロニクスの後継者は遥人になるだろうと発言したのだ。世襲制を守る社なので、それは美里との婚姻を意味する。一族と会社関係者、姉妹の友人たちが列席する内輪の場とはいえ、社長の宣言は公式発表のようなものだった。

相手の美里はすでに知っていたようで、あらかじめ用意されていたらしい花束に囲まれ、頬を染めて友人たちから祝福を受けている。遥人の意思を封じるようにして社長が強引に婚約を進めたのは、社長だけでなく美里も遥人との結婚を強く望んでいたからでもあった。

美里は十代の頃から遥人に熱を上げ、周囲にもそれを公言していた。自身と遥人を婚約させる父親の意向を知っていた美里は父親にねだり、早々の婚約を叶えたのだった。

しかし、遥人の方は違っていた。美里には幼馴染として妹に対するような情はあったが、恋愛感情を抱いたことはない。美里が自分に好意を寄せてくれていることはわかっていたし、それなりにアプローチも受けていたので、恩義ある都築家のトラブルの種にならぬよう、遥人は都築家から距離を置こうとしていたぐらいだ。しかし、それを感じた美里が父親を動かし、強引な婚約発表となったのだった。

大勢の目がある場なので表情には出さないよう踏ん張ったが、遥人にとっては自分の意思を差し挟む機会を一切奪われた状況だ。しかし、ここで遥人が抗議すれば、恩義ある都築家に恥をかかせてしまう。

大切な会社を託したいという社長の思いを無碍にはできなかったし、遥人を後継者にと望んだからこそ、社長がこれまで自分に目をかけてくれたのだということは身に沁みてわかっている。一人残される息子の身を案じ〝遥人を頼む〟と都築社長に繰り返しながら息を引き取った父親を思うと、結婚は自由でいたいという願いはとんでもない我儘に思えた。父が死んだあの時、遥人の運命はもう決まっていたのだ。

こうした状況下、遥人と美里の婚約は正式決定した。当時、美里は二十二歳、遥人は二十七歳。結婚してもおかしくない年齢だが、未来の社長夫人たるもの家業を肌で知っていた方がいいという社長の意向で、結婚は急がず美里も都築エレクトロニクスに入社することになった。一族の人間なので配属は優遇され、会社の心臓部分であり機密情報が集中する経営企画室だった。

長く片思いしてきた遥人と婚約できたことに大はしゃぎの美里とは対照的に、遥人の方は内心納得できない思いを抱えていた。

大学では電機技術に強い分野を専攻し、父親の情熱を受け継いだ遥人にとって、父と同じ都築エレクトロニクスで研鑽《けんさん》を積むのは自然な流れだった。都築家には大きな恩義もある。しかし、だからといって人生すべてを都築家に支配されることは受け入れがたかった。

美里のことが嫌だったわけではない。美里は母親譲りの美しい顔立ちで、世間知らずで我儘ではあるが、脆《もろ》く繊細なところもある。しかし、遥人にとって美里はやはり妹でしかなく、婚約したことで〝公認の恋人〟になっても、美里とは清い関係のままだった。

最初のうちは男女の関係にならないのは遥人が遠慮しているだけ、ベッドを共にするのは結婚後にと順序を守っているだけだと思っていた美里も、二年も過ぎると焦れてくる。自分が強引に婚約に持ち込んだという自覚と焦りがあったのだろう。会社勤務に嫌気がさしていたこともあり、美里は早く挙式したいと言い出した。

ところがちょうどその頃、アメリカの企業の研究所に二年の予定で遥人を派遣する話が持ち上がった。当然ながら、美里は挙式を急いで自分も遥人と一緒に渡米したいと主張した。ここで初めて、遥人は自身の希望を口にした。挙式は帰国後にしてほしい、任務に専念するため単身で渡米したいと社長に伝えたのだ。

もし美里も同行すれば、美里にとって初めての外国生活となり、それをサポートする遥人の負担が増えるだろう。会社での美里の勤務態度もあまり良いとは言えなかったこともあり、婚約のおねだりに続く娘の我儘に手を焼いていた社長は娘の希望を却下した。二人の挙式を遥人の帰国後に進めるとし、遥人を単身でアメリカに派遣することを決めたのだった。

しかし、結果としてここから運命は悲劇へと転じていった。美里は自分が遥人に愛されていないことを知っていたのだろう。遥人の渡米後、寂しさを持て余していた美里は言葉巧みに近づいてきた亮平の餌食になった。プラトニックの関係から進もうとしない遥人に痺れを切らしていた美里は、情熱的な言葉を囁いて熱く求めてくる亮平に夢中になった。美里が機密情報を扱う部門にいたことも災いし、都築エレクトロニクスにとって最も重要な機密情報が亮平の手に渡る事態を招いてしまったのだった。

〝遥人、ごめんなさい〟

都築エレクトロニクスを揺るがす情報漏洩《ろうえい》を招いた愚かな自分。遥人と婚約している身でありながら、亮平と関係してしまったこと。美里が最後に送ってきたメッセージは、すべてへの懺悔《ざんげ》だったのだろう。

亮平が美里から情報を抜いたのか、それとも美里が差し出したのかはわからないが、亮平に捨てられた美里は彼に恋人がいることを知ってしまう。美里は絶望し、おそらくそのせいで車の事故に遭った。

美里は死ぬ前、口止めしたうえで妹の美鈴に自分がライバル社の男に騙されて情報を渡してしまったことを打ち明けていた。美里の死に動揺した美鈴がそれを明かし、会社経営にも関わる深刻な事態であることが判明したのだった。

娘の死だけでも悲劇なのに、都築家にとっては激震だ。ただ、会社の信用を損なう不祥事なので、そのことは厳重に伏せられた。

美里の死の知らせに急遽《きゅうきょ》アメリカから帰国した遥人を待っていたのは数々の衝撃的な真相と都築社長の激しい非難だった。

『何もかも、美里を一人にした君の責任だ』

最愛の娘を失ったうえに会社の危機を招く事態に直面した都築社長は、怒りの矛先を遥人に向けるしかなかったのだろう。

都築社長に責められるまでもなく、遥人も激しく自身を責めていた。

自分が美里をちゃんと愛せていたら、彼女が命を落とすことはなかったはずだ。愛せないなら、婚約発表の時、美里や都築夫妻に恥をかかせることになっても拒否すべきだったのだ。アメリカに美里を帯同しなかったのは、美里を避けたい気持ちがあったことは否定できない。それを感じたから、美里は寂しさから愚かな行動に走ってしまった。不可逆的な後悔と知りつつ、遥人は自分を責め続けた。

そんなある日、遥人は都築社長に呼び出された。美里から情報を抜いた男は堤電機の社員で、堤電機で現在進められている開発案件が盗難データをもとにしているという情報を掴んだというのだ。

『この男だ』

都築社長から渡されたのは調査会社の報告書だった。封筒の中身を取り出すと、調査結果の詳細をまとめたものに、十数枚にわたる写真が添えられていた。

写真に写っているのは、眉目秀麗な男。資料には〝新山亮平〟と記され、現在に至るまでの経歴が調べ上げられていた。

写真はいずれも新山亮平が女性と一緒にいる姿をとらえている。相手は様々だ。

『新山亮平が情報を抜くために利用している女たちだ』

都築社長が説明する。胸が悪くなる思いで写真をめくっていた遥人は、最も枚数の多い一人の女性に目を留めた。

『その女性がこの男の婚約者で、堤電機の同じ部門にいる』

『共犯……ですか？』

『そこまではわかっていない』

色白でおとなしやかな顔立ち。人目を引くような美人ではないが、野花のような奥ゆかしい雰囲気だ。微笑む表情は清らかで優しげで、悪事に加担するようには見えない。

遥人はなぜかその女性が気になり、写真に見入ってしまった。新山亮平の手が女性のほっそりした腰に回されているのを見て、なぜか心の奥にちりちりとした感情を覚える。そんな自分にまた苛立った。この感情が嫉妬なら許されないことだ。こんな状況で、この女性に魅力を感じてしまうなど――。

ところが、自身の感情を打ち消そうとしていた遥人は、都築社長の次の言葉に愕然とした。

『美里の携帯の通話履歴の最後の相手がこの女性だ。その通話の直後に美里は運転を誤ってしまった』

都築社長は目を拭った。

『何を言われたのか……。愚かな娘だが不憫《ふびん》でならない』

事故直後は激情のままに怒気をぶつけていた社長も、葬儀が終わってしまうと急に老け込んだように疲れた表情を見せた。しかし、社長の目には断固とした決意と怒りが静かに燃えている。

『目には目を、歯には歯を。この者たちの断罪を君に託したい』

社長はまっすぐに遥人を見据えた。

『それが美里への弔いだ』

社長は言葉にしなかったが、遥人が美里を女性として見ることができず愛せなかったことを察しているのだろう。都築家が強引に押し切った婚約だったとしても、遥人には美里を幸せにする義務があったと。

その通りだ。死は何よりも重い。償いたくても、もう何もしてやれないのだから。ならばせめて、与えられなかった愛情の代わりに、遥人が仇討《あだう》ちに身を投じるしかない。

遥人は唇を噛み、都築社長に頭を下げて誓った。

『――はい』

その後、いったんアメリカに戻り、ゼネラルサイエンス社での任期満了まで務めつつ、遥人は都築社長が手配した転職エージェントを通じて堤電機の採用内定を獲得した。

堤電機に潜入するのは簡単だった。優秀で華々しい経歴を持つ遥人に堤電機の人事部は飛びつき、遥人が総合企画本部を希望すると一も二もなく了承した。言うまでもなく、遥人がそこを指名したのは新山亮平とあの女性がいる部門だからだ。

そうしていよいよ新山亮平と彼の婚約者である小谷早穂子と対面する日を迎えた。新山亮平は写真で見て受けた印象通りの男だった。服装もそれと見てわかるブランド物が多く、見栄を張る性格が見て取れる。他人の成果を盗んで手柄にできる精神なのだから、虚勢と上昇志向の強さは実証済みだ。

遥人が動揺したのは小谷早穂子の方だった。写真を見てなぜか心が揺れた時から、遥人はまだ見ぬ小谷早穂子を警戒していた。美里が死の直前に電話した相手だ。人を死に追いやる毒を持ちながら、おとなしやかで優しそうな顔で周囲の目をくらませる奸婦《かんぷ》なのだと。

それなのに、実際に対面した彼女は写真で見た第一印象をはるかに超えていた。奥ゆかしく清らかで、人知れずひっそりと咲いている野の花のような美しさがあった。美里にも誰にも感じたことのない感情に動揺する。彼女を手に入れたいという男としての願望と、新山亮平への嫉妬。この感情こそ罪だ。

僕まで惑わされてどうする？

美里の最後のメッセージを思い浮かべ、自分を律する。虫も殺さぬ顔で美里を死に追いやった、最後の引き金を引いた女なのだ、忘れるなと。

都築エレクトロニクスから盗まれた技術情報は、堤電機の最重要技術に位置づけられ極秘に進められている。おそらく新山亮平をマークしておけば、状況をとらえることができるだろう。折しも、最重要技術を扱うデバイス先端技術会議が発足し、事務局で実務を担当するのが早穂子というのも遥人にとって好都合だった。亮平は〝情報収集〟のため接待と称して早穂子を放置してばかりいる。困っている様子の早穂子に接近するのは簡単だった。

しかし、早穂子と接するうち、遥人に迷いが生じてきた。早穂子は非常に真面目で、最高難度のデバイス技術を理解しようと、毎日のように一人居残って勉強を続けていた。新山亮平のように舌先で技術を語るような浅薄さは一切ない。理解が追いつかないながら真摯に勉強に励む姿からは、とてもではないが盗んだ技術で手柄を上げる人とは思えなかった。何気ない会話で見せる彼女の素朴で素直な人柄にも控えめな笑顔にも、遥人の心はいつしか癒されていた。彼女と会話するのが楽しみですらあった。

また職場の仲間や、仕事で接する堤電機の幹部たちとの交流が深まると、こんな形で潜入している身とはいえ、同じ業界で切磋琢磨《せっさたくま》する同志としての連帯感も育ってしまう。温厚で優しい遥人の性格をよく知る都築社長はそれを危惧していたのだろう。社長からは迅速に事を進めるよう連絡が入った。

盗まれた技術はまだ公表できるレベルまで完成していなかった。堤電機に渡ってしまった今となっては、先にそれを完成させ公表した社が勝者となる。都築エレクトロニクスがこの技術の成果を守りきるためには、遥人が堤電機の開発状況を監視し、進化すればすみやかに都築にそれを流して、いち早く完成させ特許を押さえて相手を封じ込むしかない。

ただ、これは技術の流出に対する報復と奪還に過ぎず、併せて都築社長が願うのは美里の仇討ち、つまり新山亮平と小谷早穂子への制裁だ。都築社長は遥人に〝迅速に、手加減するな〟と再度念押ししてきた。

亮平に対し、遥人は静かに着実に報復を進めていった。亮平にとって最も痛手となるのは出世頭の座から追い落とされることだ。浅薄な亮平など、遥人にとって打ち負かすのは容易いことだった。しかし、簡単にはとどめを刺してやらない。真綿で首を絞めるように、じわじわと追い上げ、逆転していく。そして二人の逆転を周囲に印象づけ、亮平に恥をかかせる報復の一つが早穂子を奪うことだった。

亮平の女性関係を早穂子に明かすと、彼女はかなり動揺を見せた。それが演技でないなら、共犯ではないかという当初の予想に反し、早穂子は潔白だったということになる。

このことは遥人の復讐の手をためらわせた。亮平に恥をかかせるために早穂子を奪ったあと、都築社長の命に従うなら美里と同じ目に遭わせること、つまり〝捨てる〟ことを前提にしなければならない。そんな悪事に手を染めるのは苦痛でならなかった。

それでも、早穂子にはまだ罪が残されている。美里との通話だ。遥人は早穂子の清廉さを信じたかったが、それは彼女と接したわずか二か月の印象に過ぎない。都築家にとって早穂子は娘を死に追いやった奸婦なのだ。

葛藤をねじ伏せ、遥人は早穂子を抱いた。亮平の裏切りを目の当たりにした彼女の動揺は痛々しいほどで、遥人の腕の中で涙を零しながら小刻みに震えていた。こんな状況でなかったら、真面目で貞淑な早穂子が道を誤り、恋人でもない男に身体を許したりしなかったはずだ。そんな彼女を復讐のために汚す自分が許せなかったが、遥人の理性を無力化してしまうほど、早穂子の身体は魅力的だった。

彼女が印象通り貞淑な女性であることは抱いていてすぐにわかった。ベッドでの反応はまだ初々しく、快感に戸惑い、流されるまいと必死に耐える姿がかえってなまめかしい。もしこれが演技だったとしても、それでもいいとさえ思えてしまう。真珠を思わせる白くきめ細かな肌はしっとりと汗ばみ、遥人の腕の中でうち震えながら応えてくる。

復讐も何もかも放棄して、このまま早穂子を手に入れられたら――。

早穂子に触れると、出会った瞬間から目を逸らし抑えつけていたものが制御を失い、浮き出てくる。抱いている間、遥人はそんな許されない願望と闘った。惹かれるものか、好きになるものかと、着衣のまま辱めるように抱く。しかし、卑猥な姿態を取らせ、これは復讐なのだと自分に言い聞かせても、早穂子はこちらまで純化するような清らかさを持った女性だった。彼女といると、復讐者になりきれないのだ。

中途半端にふらふらしながら遥人は早穂子との関係を続け、のめり込んでいった。プライベートで触れる彼女は、子供の頃の捨て猫の話をして涙ぐんでしまうような女性だった。部屋には家族の写真が飾られ、台所には実家から貰い受けた古びた鍋ややかんが並んでいた。それらはきちんと綺麗に磨かれ、大切に使い続けられていることを語っていた。遥人があげたヒヨコの菓子缶も、会社では亮平の攻撃に遭うからといって今は早穂子の部屋にある。そうした細々としたものたちはきちんと大切にされ、整頓された部屋の中にそれぞれの居場所を持っていた。

早穂子が作る料理は見た目こそ地味だが、何でもない煮物でも炒め物でも、特別な調味料も使っていないのにどうしてこんな味が出せるのだろうと思うほど美味しかった。ささやかながらきちんと整えられた居心地のいい部屋も、温もりのある料理も、早穂子がそれまで育ってきた家庭の温かさを思わせた。それは遥人がずっと昔に失い、もう夢見ることも諦めてしまったものだった。

早穂子と時間を積み重ねるほど、遥人はこれまで諦めていたものが欲しくなった。当たり前の自由と、温もりのある人生。早穂子に温められて、これまで孤独の中で凍りついていた遥人の感情が息を吹き返してしまった。

そんな矢先、遥人は早穂子との会話から、彼女の〝無実〟を知ってしまう。美里からかかってきた電話で、早穂子がろくに応答もできないまま切れてしまったと聞いた時、遥人は絶望に苛まれた。

僕は、こんなに罪のない清らかな人を汚してしまった——。

たしかに、電話の内容がどうであれ、都築家にとって早穂子は許しがたい存在かもしれない。美里は最後の通話で何一つ救いを得られずに死んだのだから。しかし、だからといってまったく事情を知らずにただ不審な電話を受けただけの早穂子に何の非があるだろうか。

ここで遥人は回想を閉じて立ち止まり、夜空を見上げた。

復讐など、本当は望んでいない。都築の社長の椅子など望んだこともない。そう叫ぶ自由が欲しかった。本当に欲しいものは目の前にあるのに。すべてを放棄して自由になることは許されないのだろうか？

あと一つ角を曲がれば早穂子が待つ自宅が見えてくる。気持ちを切り替えるため、声が出るほど大きく息を吐く。

自宅のドアを開けた時、遥人はこれまで何度か繰り返して少し慣れてきた、あの照れ臭い〝ただいま〟を言おうと顔を上げた。遥人の心を温め癒してくれる、早穂子のはにかんだ笑顔を見られるものと思っていた。しかし、リビングのドアから遥人に飛びつくようにして出てきたのは、ここにいるはずのない美鈴だった。

「おかえりなさい！」

早穂子の優しい笑顔ではなく、内心苦手にしている美鈴がいきなり目の前に現れたことに、一瞬呆気《あっけ》に取られて声が出なかった。

毒々しい美鈴の笑顔から茫然と視線を落とすと、玄関の土間には美鈴のものらしい高いヒールの派手なブランド靴が一足あるきり、早穂子の靴はない。何が起きたのかはわからないが、驚きと落胆のあとに八つ当たりのような苛立ちが込み上げてきた。

「……どうしてここに？」

先日、美鈴から早穂子のところに電話がかかってきたと聞いたばかりだ。しかも婚約者を名乗ったというではないか。恩人の娘で幼馴染とはいえ、こちらの人生に土足で上がり込み介入してこられることにうんざりしてしまった。

「ここにはどうやって入った?」

そして早穂子はどこにいる? 美鈴ならすべてを暴露して早穂子を傷つけることなどやってのけるだろう。自身も復讐者であるにもかかわらず、遥人は何よりそれを恐れている。

美鈴は遥人の質問に肩をすくめて笑った。

「ドアを開けて入ったに決まってるでしょ」

美鈴の横をすり抜けてリビングに入ったが、やはり早穂子の姿はない。キッチンも遥人が朝この部屋を出た時のままで、早穂子の名残はなかった。

「お嬢様の冗談に付き合う気分じゃない」

ろくに仕事もせず遊び呆けている美鈴についい皮肉を吐き出すと、美鈴は傷ついた顔をした。少し言いすぎたと思ったが、美鈴の次の言葉で遥人はまたもうんざりしてしまった。

「……お父様がここの鍵を持ってて、その鍵で入ったの」

堤電機への潜入を命じられた時、遥人はあとわずかだった任期満了までアメリカのゼネラルサイエンス社に戻らなければならなかった。その間、都築社長がこの住居を手配し、堤電機に勤務することを想定して手はずを整えた。それでも、この住居の経費は遥人側の負担、つまり現在の勤務先である堤電機が負担している。都築社長が密かに合鍵を持っているという美鈴の話が本当なら、度を越した支配だ。

鬱陶《うっとう》しさでむしゃくしゃし、ネクタイを引きむしる。早穂子の温もりで束の間の安らぎに浸っていたが、自分の現実はこれなのだ。

数時間前、先に退勤した早穂子は部署内に挨拶しながら控えめに遥人の方を見て微笑んでくれた。約束通り、この部屋で待ってくれているはずだったのに。まさか美鈴と鉢合わせしたのだろうか？

「彼女と会ったのか？」

感情を抑えたつもりだったが、苛立ちのせいで声が低くなる。

「会ってないわ」

〝彼女〟としか言っていないのに美鈴は即座に答えた。

「この間、電話したそうだね。婚約者だと言って」

遥人がそう言うと、美鈴の顔が引きつり、さっと朱がさした。昔からそうだった。美里は我儘なお嬢様育ちながら気弱なところもあったが、美鈴は勝ち気ですぐ感情的になる。

「遥人さんは都築の後継者と決まっているのよ。なら、婚約者は私ってことになるでしょ」

「僕は都築の社長の椅子を望んでいない」

ただこの業界が好きで、世界を革新する技術を生み出すことを夢見ているだけだ。

「今さら何を言ってるの？　父への恩義を忘れたの？」

またこれだ。人の世話になることの現実。無力だった自分を呪うしかない。

ここで美鈴は遥人が無造作に置いた紙袋の中身がスイーツであることに気づき、ヒステリックな声を上げた。

「何それ？　あの人と恋人ごっこのつもり？」

図星だと遥人自身も思う。早穂子を憎もう憎もうとしても、いつしか彼女に惹かれ、束の間の夢を見てしまった。自分の使命など放棄して、早穂子の笑顔を見ていたいと。このまま彼女と一緒にいたいと。

「ちゃんとあの人を捨てるんでしょうね？　わかってる？　彼女がお姉ちゃんを殺したのよ」

「あの電話のことはそれとなく聞いたが、ほとんど会話らしい会話もしていないと言っていた。美里に新山亮平との関係を聞かれただけで、答える前に電話は切れたと」

「嘘に決まってるでしょ！　まさかそれを信じてるの？」

「通話の履歴をちゃんと見たか？　一分足らずの通話だ。しかも美里からかけてる。美里を傷つける言葉を意図的に口にする暇もなかったはずだ」

「でも結果的にお姉ちゃんは傷ついたのよ」

「それは新山亮平の恋人の声をじかに聞いたことで事実を再確認したショックもあっただろう。それに、小谷早穂子もまた被害者だ。彼女は新山のスパイ行為も他の女性の存在も、何も知らなかったんだ」

「被害者なもんですか。新山亮平からあっさり遥人さんに乗り換えたじゃないの。恐ろしいわ。虫も殺さない顔して、そうやって騙すのよ」

「君は彼女の何を知ってる？　調査書を見ただけだろ」

売り言葉に買い言葉だった。早穂子を悪しざまに言われ、我慢がならずに遥人が弁護すると、美鈴が金切り声を上げた。

「まさか、彼女に本気になったの？」

「………………」

咄嗟に否定できなかった。美鈴の目が怒りに燃えている。

「あの人を好きなの？」

「……いや」

否定しなければ早穂子がさらに憎まれる。美鈴のこの勢いなら何をするかわからない。

——そう。こう考えてしまう時点で、遥人はもう復讐者失格なのだ。美鈴の言う通りだった。

そして、美鈴はそれを見抜いていた。

「お姉ちゃんのことは大事にしなかったくせに」

「大切にしてたよ。冷たくしたことは一度もない」

そう答えながら遥人は自分の言葉に説得力がないことをわかっていた。美里を女性として愛したことは一度もなかったからだ。美里が死んだ今となっては、それが何よりの罪になってしまった。

「悪いけど帰ってくれ。もう遅いし、僕も疲れてるんだ」

所詮、自分は新山亮平にはなれない。周囲を欺くこと、傷つけることに疲れてしまった。美里との婚約も復讐も、何もかもが中途半端な自分を申し訳なく思う。

早く帰そうとする遥人の言葉を聞き、美鈴は唇を噛んで立ち上がった。しかし、帰るのかと思いきや、そうではなかった。美鈴の手が彼女のワンピースの胸元のボタンにかけられる。

「今夜、ここに泊まるつもりで来たの」

美鈴の指はためらいなく一つ目のボタンを外した。

「お姉ちゃんが死んでも、遥人さんが都築の後継者であることは変わらない。なら、結婚するのは私よ」

「服を脱いでも同じだ。恥をかかせる前に帰ってくれ」

顔を背けることも表情を変えることもなく、遥人はきつい口調で拒否した。早穂子以外の女性に触れるなど、考えるのも嫌だった。誠実な遥人の性格をよく知っているからこそ、美鈴は遥人の本心を見抜いていたのだろう。

「私を抱いて、あの人に本気じゃないことを証明してみせなさいよ。感情抜きで抱けることを見せてみなさいよ！」

そう叫んだ美鈴の大きな目がみるみるうちに赤く滲んでいく。

「お姉ちゃんも私も、都築家の人間じゃなかったらよかったの？」

「……そうじゃない」

たとえ二人がまったく関係ない他人だったとしても、彼女たちに惹かれることはなかっただろう。

雷に打たれたように悟る。遥人には早穂子しかいなかった。彼女を愛したいがために、復讐を言い訳にしていただけだったのだ。

「僕にとって君は妹なんだ。わかってくれ」

「そんなの言い逃れよ。私もお姉ちゃんも抱けないのに、どうしてあの人は抱くの？　寝室を見たわ。ベッドサイドにあの人のものが……」

美鈴はベッドサイドにあった早穂子のハンドクリームを見たのだろう。寝室を覗かれる不快感にぐっと耐える。

「復讐のためよね？　そうよね？」

美鈴の美しい顔が嫉妬に歪む。遥人はそれをまるで廃墟《はいきょ》に立っているような気分で眺めた。

感情的で我儘なところはあるが、本来の美鈴は邪悪な人間ではなかった。遥人が知っている都築社長は、尊敬できる人格者だった。子供の頃の、姉妹と遥人と両親たちが笑い合っていた幸せな日々があまりにも遠くなってしまった。

「僕たちは間違ってないか？　ここまでして人を傷つけることが正義なのか？」

「それを父に言える？　言ってごらんなさいよ！」

「ああ、言うよ」

企業スパイ行為への報復は納得している。だが少なくとも早穂子に対する報復は間違っている。自分が汚い目的で早穂子に関わってしまった以上、今さら取り返しがつかないとしても。

「盗まれた技術はどうするのよ？　堤電機に寝返るつもり？」

「新山の行為は許さない。筋は通させるつもりだ。ただ、今はまだ動く段階ではない。状況は逐一都築社長に報告している」

盗まれた技術は都築エレクトロニクスと堤電機それぞれが完成を先んじるべく総力をあげているが、この間の先端技術会議資料で確認した堤電機の進捗は都築とほぼ同じだった。どちらかが先行すれば均衡を崩すチャンスなのだが、両者ともに苦戦して足踏みしている今の段階では、まだ手を出すには早いのだ。

美鈴は何かを言いかけたが口を閉じ、遥人を睨みつけてから背を向けた。

「あの人を好きになるのだけは許さない」

そう言い捨て、美鈴は玄関に向かった。

「父も母も……お姉ちゃんも」

美鈴が出て行った玄関で、遥人は重いため息をついた。

早穂子が来ていないことが気がかりで、電話をかけようとポケットからスマートフォンを取り出してみると、新着メッセージが一件届いている。

〝風邪のひきかけみたいで少し眠たいので、大事をとって帰ります。明日、会社で〟

すぐに電話をかけたが、電源が入っていない旨の応答メッセージに切り替わった。

「風邪気味だったのか……」

少し前から、早穂子がいつも眠そうにしているのが気になっていた。

もう一度電話をかけてみたが、やはり応答はない。居ても立ってもいられず早穂子の部屋まで行こうと玄関に向かいかけたが、そこで思い止まった。

〝明日、会社で〟

わざわざ付け足された言葉は、今夜は来てほしくないという早穂子らしいやんわりとした拒絶を表している気がしたのだ。頻繁に会っていたから疲れさせてしまったのかもしれない。今はゆっくり眠りたいのだろう。

早穂子がいないと、リビングの広さがやけに寒々しく思える。二階に上がり、デスクの奥から都築エレクトロニクスの封筒を取り出し、改めて眺めた。都築社長から渡された調査会社の報告書だ。

亮平に関する報告書は脇にやり、ただ一人を見つめる。

〝小谷早穂子〟

彼女の名前も笑顔も、この報告書で知った。遥人にとって、早穂子との出会いはこの報告書だった。最初から、報復者とターゲットとして出会わなければならなかった。

早穂子の清らかさや優しさ素朴さに触れるたび、彼女に惹かれていくのと同時に、憎まねばならない理由を失い、この報復が過ちであることを知った。

いや、最初からわかっていたのだ。彼女を抱いたのは、本当は初めて見た時から彼女に惹かれていたから。報復を理由にして自分をごまかしていただけなのだ。

写真の中で、早穂子は亮平の隣で優しい微笑みを浮かべている。亮平の裏切りを知った時、あそこまで傷つくとは思わなかった。それほどあの男を愛していたということだ。

そのことを思うと、今でも胸の奥底が不快な音を立てる。新山亮平をいくら打ち負かしても彼が憎いのは、恥ずべきことに美里のためではない。遥人にとって最も大切な、何にも代えがたい部分で、亮平に負けているからだ。遥人はただ亮平に裏切られた早穂子の失意に付け込んで寝取ったに過ぎない。亮平は真っ当に彼女と出会い、婚約に至るまで関係を育んだ。そのことにおいて、遥人は永遠に亮平に敵わない。

感情を捨て無色だった遥人の心は、早穂子に出会って色彩を取り戻した。嫉妬も屈辱も喜びも、すべて彼女が教えてくれた。いつしか彼女を愛してしまっていた。どれだけ自分を抑えても、彼女との未来を描いてしまう。果たすべき報復を、もう背負えなくなってしまった。相手が早穂子でなければ、やり遂げられたはずなのに。

「君をもっと憎みたかった」

写真に向かって呟いた。この先、彼女を傷つけねばならないことに耐えられない。報復など最初から無理だったのだ。

都築家を敵に回して報復を放棄しても、いずれ彼女は真実を知るだろう。そして亮平に対する時と同じように、いやもっと傷つき、遥人を軽蔑するだろう。

＊＊＊

その頃、早穂子は部屋で一人、手にした白いスティックを見つめていた。

『おめでたでは？』

駅で介抱してくれた婦人の言葉を聞いたあの時、全身から血の気が引いた。まさか早穂子がこんな状況だとは知らない婦人はしきりに〝おめでただといいわね〟と嬉しそうに繰り返していた。

婦人に礼を言って別れたあと、まだ少し気分が悪かったので休み休み歩き、夜遅くまで営業しているドラッグストアを探して妊娠検査薬を買った。

思い当たるのは遥人との最初の夜。あの時、二人は避妊しなかった。そのことがずっと気がかりだったが、その月の予定日から少し早かったものの生理があったため、それまでの不安から解放されてほっとしていた。

ただ、翌月も今月も生理は来ていない。元々不順気味で数か月止まることも過去にあったので、もう少し様子を見ても来なければ婦人科で治療を受けなければと思っていた。一度生理が来ていたのだし、妊娠とは思っていなかった。

しかし今、早穂子は青ざめた顔で現実を見つめていた。スティックの小窓には陽性を示す線がくっきりと浮かび上がっている。箱に二本入っていたのでもう一本も試したが、同じ結果だった。

妊娠――。

産婦人科を受診しないと確定ではないが、ほぼそうだろう。早穂子はしばらくただ茫然と妊娠検査薬を眺めていた。今思えば、一度だけあった生理はいつもより日数が少し短かった。あれは〝着床出血〟だったのだ。

〝遥人さんは今でも姉を愛しているのよ〟

なぜ彼が一度も好きだと言ってくれなかったのか。なぜ一度も唇にキスしてくれなかったのか。

それは、遥人には永遠に消せない〝心に決めた人〟がいるから。早穂子ではなく、あの電話の女性――早穂子との通話のあと命を落としたという、あの女性を彼は今でも愛しているから。今になってそれを知るなんて。

〝遥人さんはあなたを憎んでるの〟

〝あいつはいずれお前を捨てる〟

あの夜もあの笑顔も優しさも、何もかも復讐のためだったなんて。愛されていないだけなら、まだよかったのに。

壁にもたれ、崩れ落ちてしゃがみ込む。お腹を守るように両腕を回して抱き締め、早穂子は咽《むせ》び泣いた。

どれだけの時間、泣き続けただろう。夜が更ける頃、早穂子は窓辺に座って夜空を見上げた。今は心静かに、かすかな虫の声に耳を傾ける。季節はいつの間にか夏を過ぎ、冷え込む夜風に秋の気配が感じられるようになった。お腹にかけたブランケットに手を当て、窓枠にもたれて静かに夜風を頬に受ける。

泣くだけ泣いたら、今は遠くまで未来を見渡せるようになった気がする。遥人を恨む気持ちはない。むしろ逆で、孤独な星のもとに生まれた彼が気がかりで、愛おしくて慕わしくてならなかった。できることなら彼の支えになりたかった。でも、彼はそれを望んでいないのだ。

〝僕には心に決めた人がいますので〟

もし遥人が早穂子の妊娠を知ったら、彼はさらに苦しむはずだ。道義上、生真面目な彼は早穂子を見捨てないだろう。しかし、それではいけないのだ。これまでもこれからも、彼は美里への想いと罪悪感を抱えながら、早穂子と――復讐の相手とともに生きていかねばならなくなる。

迷い続け、苦しみ続けて、白々と空が明るみ始めた頃、早穂子は静かに決意した。

遥人の前から姿を消して、彼の知らない遠い場所で子供を産み育てて生きていく。きっと私にはその強さがある。

彼を、復讐から自由にしてあげる。

第六章

妊娠がわかった週末、早穂子は産婦人科を受診した。問診と幾つかの検査の際、医師や看護師は何も言わなかったが、その次にエコーの検査室に通された時点で早穂子は結果を察していた。

ベッドに横たわった状態でディスプレイを見せられる。黒っぽい画面の中央に白く小さなものが見えている。

「これが赤ちゃんです」

女性の医師は〝おめでたです〟という言葉を飛ばし、こう言った。早穂子が未婚ということもあるが、経験を積んだ医師は問診の際に患者が様々な事情を抱えていることを察するのだろう。だから倫理も感情も挟まず、ただ純粋に、小さな命の神秘を見せてくれている。

「もう心臓ができています。ほら、これね。動いてるでしょ？」

「ほんとだ……」

思わず声が漏れた。まだわずか数センチの身体の中で、小さな心臓がぱくぱくと動いている。

「こんなに小さいのに……」

なんて健気《けなげ》で可愛らしいのだろう。自分のお腹の中で、気づかぬ間にこんなにいじらしく力強く、小さな命が育っていたなんて。追い詰められたような気分でこの数日を過ごしていた早穂子の心に、じんわりと温もりが広がっていく。

「ほら、もう手足もあるんですよ」

二頭身の小さな命にはもう一人前にしっかり手足が育っている。

「可愛い……頑張ってる」

零れた涙は、妊娠検査薬で妊娠を知ったあの夜に流した涙と少し違っている。愛されていなかった悲しさと苦しさはあの夜に乗り越えた。今はただ、お腹の中の小さな命を愛おしく思う。瓦礫《がれき》の中から青空を見上げるように、早穂子はまっすぐに未来を見ていた。

早穂子の表情を見て、医師も嬉しそうに微笑んだ。

「産みます」

医師に聞かれる前に告げた。あの夜にすでに決めていたことだ。

遥人の前から姿を消すなら、今の会社にはいられない。新しく職を見つけ、シングルマザーとして生きていくには経済的なことや様々な問題が立ちはだかるだろう。決して簡単な道でないことはわかっているが、だからといって遥人の子を犠牲にしてなかったことにすることはできない。早穂子にはこの一択しか考えられなかった。

「サポートしてくれる方はいますか？」

「……はい。関西の実家に帰ります。両親に心配かけてしまうけど……」

父親である男に頼ることを選ばなかったこの答えで、早穂子がそれなりの事情を抱えつつ決断したことがわかったのだろう。医師は早穂子の目をしっかりと見て、励ますように何度も頷いた。

翌週の金曜日の夜、早穂子は仕事のあとに由希を誘って食事に行った。上司である戦略推進室長には退職の意思を告げ、月末に決まった。部署内には最後まで伏せていてもらうが、由希だけには打ち明けておかねばならない。

入ったのは由希と二人でよく行くいつものイタリアンの店だ。ここに来るのも最後になるのだろうなと思うと、名残惜しさで切なくなる。

そうとは知らない由希は、遥人と喧嘩でもしたのかと思っているようで、面白がってからかってくる。

「金曜日なのに私を誘うなんて、どうしたのぉ？　喧嘩かな」

たしかに、遥人と付き合い始めてからは由希とはランチだけで、平日の夜も休日も遥人と一緒にいることが多かった。しかし、この一週間は風邪と仕事の忙しさを理由に遥人と会うことを極力避けている。来週半ばからは数日だが遥人が海外出張なので、そこでも時間を稼ぐことができるのは早穂子にとって救いだった。憎まれていると知ってしまっては、今までと同じような態度で接する自信がない。

「他人の不幸は蜜の味って言うでしょ」

「由希ったら性格悪い」

由希とこうしてご飯を食べることも、愚痴を言い合うことも励まし合うことももうあまりないのかと思うと寂しくてたまらない。

「それで、何があったの？　たっぷり聞くよ」

まさか復讐されていたなんて、こんな深刻な事態だとは知らない由希は早速身を乗り出してくる。

「ええとね……。その前にオーダーしちゃおうよ」

「うんうん、お腹空いた！」

時間を稼ぐ早穂子の空気を読んで由希も合わせてくれる。

「金曜だし、飲んじゃおうかな。早穂子はどうする？」

「私はやめとく」

「えー。久しぶりだしボトルワイン頼もうよ」

妊婦なのでアルコールは飲めない。せっかく由希が楽しそうにしているのでグラスに口をつけるふりだけで水を飲んでいようかと思ったが、このあと妊娠したことを打ち明けたら、由希はワインを勧めたことを申し訳なく思うだろう。

早速だがもう打ち明けてしまえと、早穂子は思い切った。

「それがね、今、飲めないの」

「え……」

真顔になった由希が早穂子を見つめた。

「まさか……」

「……うん」

はしゃぐでもなく落ち込むでもなく早穂子の表情が曖昧だったため、由希はどう反応していいのかわからない様子だった。

「とりあえずオーダーしてしまおう。ええと……しらすとオリーブのサラダは大丈夫？　あ、つわりは？　酸っぱいものがいい？　じゃあ瀬戸内レモンの……」

由希がせっせと選ぶメニューは身体に良さそうなものばかりで、おかしくてありがたくて、早くも早穂子は涙が出てきてしまった。

「ちょ、早穂子、どうして泣いてるの」

「ありがとうね、由希。つわりは軽くて、もう終わりかけなの。この間までつわりに気づかなかったぐらい」

事情を早く話してあげないと、由希も反応に困っている。オーダーを終えて店員が去ると、早穂子は話し始めた。

「どういう順序で説明すればいいのかわからないけど……。私ね、今月末で退職することになったの。関西の実家に帰るの」

由希は話の途中で結婚退職かと思ったのだろう。一瞬喜びかけたが、早穂子の最後の言葉で真顔になった。

「どうして……。相手は芹沢課長でしょ？　え、もしかして新山課長と芹沢課長と、どっちかわからないとか」

「違う違う。室長も同じ反応だったわ」

こんな状況なのに、由希の反応に早穂子はつい笑ってしまった。

「できるだけ早く退職させてもらいたかったから、室長には妊娠してることは言ったの。それで、職場のみんなには伏せておいてほしいって言ったら、由希と同じ反応で困った顔でね。たぶん室長は父親がわからない妊娠だと思ってる。誤解だけどそのままにしておこうと思って」

辞めたあと、早穂子の退職の理由については様々な憶測を呼ぶかもしれないが、時が経てば薄れていくだろう。願うのは、どうか自分の退職以外は誰も迷惑を被《こうむ》らずにいてほしいということだけだ。

「でも……父親は芹沢課長なんでしょ？」

「……うん。芹沢課長には言わないつもり」

「えっ……？　何で……」

「前にね、由希が芹沢課長に言われた〝僕には心に決めた人がいますので〟っていうの、やっぱり私じゃなかったの」

「だからって妊娠したことを隠して関西に帰るの？　別れるってこと？」

「うん。短く言えばそうなの」

「待って、他に好きな人がいたからって、別れることないじゃん。アルコールも避けてるってことは産むつもりでしょ？　シングルマザーになるのは早穂子だけの問題じゃない、子供のことも考えてあげないと」

「わかってる。一番、辛い思いをさせてしまうのは子供だって。親にも心配かけるし」

「そうよ。それに、今は他の誰かに気持ちがあっても、家庭を持てば愛情が育っていくものじゃない？」

「そうね。他に想い人がいるだけなら私もそう思う。でも事情があって、悩んで考え抜いて決めたことなのよ」

感情的にまくし立てていた由希は、早穂子の言葉を聞いて黙り込んだ。

「このことは私の身だけでなくて、会社の深刻な事情も関わってるの」

「え……どういうこと……？」

「由希に打ち明けていいのかも迷った。でも、由希には聞いてほしかったの。私にとってすごく勇気の要る決断だったから」

本当は不安でいっぱいだ。強くあり続けるために、一番の親友に知っていてほしい、背中を見守っていてほしいと思う。

「すごくややこしくて、うまく説明できるかわからないけど……。絶対に誰にも言わないで、由希の内に留めておいてほしいの」

「……わかった」

由希が頷くのを見て、早穂子は話し始めた。不審な電話から始まったこの一年、裏で何が起きていたのか。亮平の不正行為に端を発して起きた悲しい事故と、水面下での攻防、それに巻き込まれた遥人。由希にとって信頼する上司である遥人が堤電機を欺くためにやってきた刺客だったという部分に触れなければ説明できないので、それを語るのは心が痛かった。相手側の社名は伏せて説明したが、由希には以前に〝ツヅキミスズ〟の電話の際に相談したことがあったので、言わなくてもわかっただろう。

聞き終えた由希は言葉を失っている。説明の途中で届いた料理もまだ手つかずだ。あまりに黙っているので早穂子は心配になってきた。

「ごめんね。由希の大好きな上司だから、ショックを受けるんじゃないかと思うと、打ち明けるのが申し訳なくて……」

「どうして早穂子が謝るの！　私の心配までしなくていいの。でも少し待って。驚きすぎて……すぐに整理がつかなくて」

「だよね。嘘みたいよね。私も思う」

早穂子は〝私は大丈夫だよ〟という風に由希に笑ってみせ、料理を取り分け始めた。そうして手を動かしていないと、感情に任せて語ってしまいそうで落ち着かなかった。

「彼を許してあげてほしいの。二課で由希たちと仕事してきた彼に嘘はなかったと思うし、報復っていう立場を越えて仕事してたと思う」

「それはそう思う。芹沢課長、この業界が本当に好きなの見ててわかるし、こっちにも伝染しちゃうぐらい。優しくて頼りになるし、尊敬してるよ。事情を知った今でもね」

「よかった」

由希の言葉を聞き、早穂子は嬉しくなって微笑んだ。そんな早穂子を見て由希が笑い泣きのような顔で目を赤くした。

「早穂子……芹沢課長のことが本当に好きなんだね」

「うん」

早穂子は照れずに認めた。

「報復なんて、彼も苦しんでると思うの。新山課長をあれだけ軽蔑してるのに、同じスパイ行為をしなきゃいけないなんて。たしかに新山課長のことは許せないだろうけど、彼が報復に身を投じたのは都築社長への恩義もあってのことだろうし……」

そこで早穂子は言葉を切り、少し震える声で続けた。

「それに、都築美里さんへの思いもあるだろうし」

自身の信条を折って報復のスパイ行為に身を投じるほど、遥人が都築美里を愛していたのだと思うと、早穂子は身の置き場がなかった。早穂子は美里を死に追いやったと思われているのだから。遥人をどれだけ好きでも、早穂子の愛に行き場はない。

すると由希が意見を挟んだ。

「それだけどさ……過去は過去だよ。芹沢課長と一緒になることは考えられないの？　早穂子を憎んでなんかいないと思うよ。早穂子を見る目、優しいもん」

由希にそう言われると気が緩み、早穂子はつい涙ぐんでしまった。

「ありがとう……。でもね、だからこそ頼らず生きていこうって思ったの。真面目で誠実な人だから、妊娠を知ったら彼は責任を取ろうとするはずよ。でも、それだと彼は一生、過去から解放されないのよ」

涙で濡れた頬も構わず、早穂子は話し続けた。

「私って、都築家や彼にとって報復の象徴みたいなものになってしまってるんだと思う。私の身を引き受けたら、彼の人生って責任を取ってばかりじゃない？　美里さんの死だって、美里さんに寂しい思いをさせたからだって……彼がそこまで悪いことをしたの、って思うのよ」

「でも……」

「自由に生きてほしいの。生い立ちが孤独だった分、幸せになってほしいのよ。私にしてあげられることは少ないけど、何ができるかを考えたの」

「そのために早穂子が苦しい思いをするの？　子供も」

「そうね」

由希の言うことは真っ当な意見だ。子供のことを考えれば、早穂子にも迷いはある。でも、自己犠牲ばかりではなく、早穂子自身にとっても未来に向かう結論なのだ。

「罪悪感で責任を取ってもらっても、私は幸せとは思えない。自分の隣で、彼が他の人への想いを抱えたまま、その人の死に関係ある私と一緒にいるなんて。そんなの、私自身が耐えられない。だったら一人で生きたいの。父親がいない分、何倍も子供に愛情をかけるから。子供にも周囲にも申し訳なく思うけど、私の我儘を許してほしい」

「それが我儘だなんて……早穂子、強いよ」

早穂子が珍しく強い調子で一気に語り終えると、由希は頬を拭きながら声を震わせた。

「私が泣いてどうするのよね。早穂子は泣かずに頑張ってるのに」

「最初の夜はたしかに泣いたよ。憎まれてたって知った時。でもね、今は不思議に幸せなの」

そう言って早穂子はお腹に手を当てた。ここに遥人がいる。この先、小さな遥人を育てて一緒に生きていくのだと思うと、強くなろうという意志と希望が湧いてきて、心を軋ませる悲しみが和らいでいく。

「遠くからずっと彼を想ってる。子供にも言うつもりよ。お母さんはお父さんのことが大好きなのよって」

由希は余計に泣いてしまったが、早穂子は清々《すがすが》しい気持ちで微笑んだ。

「私は早穂子みたいな経験してないし、妊娠したこともないから、わかったようなこと言えないけど……でも、わかるよ。それでいいと思う」

「ありがとう。勇気出た」

「とりあえず、まずは妊娠おめでとうの乾杯だね」

二人とも涙を拭き、水のグラスで乾杯した。

「でも、寂しくなるよ……急すぎるよ。こうして二人で愚痴ったりすることもなくなっちゃうんだなあって。私、関西に会いに行くからね。これからも会おうね」

「ありがとう。ごめんね」

由希とはずっと友達でいたいが、由希と会えば遥人のその後を自分はきっと尋ねてしまうだろう。縁を切って離れて生きていくと決めても、それを思うとやはり心はまだしくしくと痛む。

気分を変えるためにも、ここで早穂子は話題を転じた。

「少し前に、由希が何か悩んでるみたいだったけど、聞いていい？　最近は私のことばかりでごめんね」

「いいよ、私のことなんか！　早穂子に比べたらホコリみたいに軽い悩みよ」

「でも、聞きたいよ。嫌だったら話さなくていいけど……元彼のことじゃない？」

「あ……ばれてた。実はそうなの。私って懲りないよね、ははは……」

由希は決まり悪そうに笑った。

「元彼が新しい彼女とも別れたみたいで、やっぱり私がいいって言ってきて……」

由希は早穂子の反応を窺うように説明を止めたが、表情は嬉しさを隠せずにいる。

「よかったじゃない」

早穂子がこう言うと、由希の表情がぱっと明るくなった。

「え……そう思ってくれる？　絶対やめとけって言われるかと思って言いづらかったの。だって常に浮気してるような男だし」

「でも、由希は好きなんだよね」

「……うん。自分でもバカだってわかってるんだけど」

「わかる」

これまでの早穂子は常識と理想から逸脱する考えは持てなかったが、自身が大きく教科書から離脱した今は、由希の言っていたことが理解できるようになった。

「前に由希が言ってたよね。みんなにやめとけって言われても、自分がいいと思うならいいんじゃないか、みたいなこと。私、今ならそれわかる。自分がまさにそうだから」

自分の逸脱ぶりに笑うしかないが、清々しくもある。

誰もが太鼓判を押すような男性と結婚すれば、それなりに幸せになれるだろうし、いずれ子供を持つならその方が賢い選択だとわかっている。でも、女は恋をする生き物で、恋をしていなければ安定も幸せも味気ない気がする。

「悪い男に夢中になってボロボロになるのって恋の醍醐味《だいごみ》じゃない？」

早穂子がそう言うと、由希が笑い出した。

「優等生だった早穂子の口からそんなことを聞ける日が来るとはね」

「あ、でもちょっと待って。由希の元彼と芹沢課長を一緒にしないでよ。芹沢課長は浮気男じゃないんだからね。特殊な状況でこうなっちゃっただけで、本来は優しくて誠実で格好よくて最高の男性なんだから」

「いや、私の元彼の方がまだマシよ。浮気だけだもん、可愛いもんよ」

早穂子がむきになって主張すると、由希はさらに爆笑した。

「バカな女はみんな自分が惚れた男のことをそう言うのよ」

「由希もでしょ」

「そうそう」

誰もが一番好きな相手と結婚できる星のもとに生まれているわけではない。恋と結婚と出産と、どれに重きを置くかで人生は変わっていく。長い目で見て何が幸せなのか、正解は遠い先にしかわからないし、正解などないのかもしれない。

「由希は元彼のところに戻るんだよね」

「……うん」

「これからも愚痴いっぱい聞くよ。愚痴が言えるって、幸せなことかもね」

だって、それって傍にいるからこそ、なのだから。

自分には望めない幸せだ。一抹の寂しさを胸の底に抱きつつ、早穂子は笑った。しかし、彼の人生を拘束してまで自分の安定を求めたくないという選択を後悔しないと決めている。

「前に臭いこと言ったけど、人の数だけ幸せの形があると思うよ。早穂子のことも、ずっと応援してる」

「ありがとう」

それから冷めかけていた料理を二人で慌てて食べ始め、由希はノンアルコールのカクテルで、早穂子はソフトドリンクで、お互いの前途を祈って改めて乾杯した。心を抉《えぐ》るような苦しさと迷いで塗り潰された一か月だったが、由希と話すことで今一度自分の気持ちに整理をつけられた気がした。

亮平から呼び止められたのは翌週半ば、先端技術会議を控えて遅くまで居残っていた時だった。

「ＩＣ事業本部から資料は来てるか？」

夕刻、他部門から戻ってきた亮平が課長席に荷物を置きながら資料の提出状況を聞いてくる。会議準備大詰めの一番忙しい時期だ。この緊張感とも今月でお別れだと思うと心残りだ。しんどいと思っていたが、自分はこの世界が好きなのだろう。

「まだです。午後八時まで待ってくれと言われました」

「八時か……待つしかないな」

亮平はちらっと腕時計を見てから、部署内を見回した。一課は早穂子と亮平だけ、二課はもう誰もいない。早穂子にとって都合がいいことに、遥人は今、シンガポールに出張中だ。

すべての真相を知り、さらに妊娠が判明してからも、早穂子は一度も会社を休まず、これまで通り何も知らないふりで気丈に振る舞ってきた。退職の意思を伝えたのは室長だけだが、必要な手続きを手配してもらい、密かに準備を進めている。

全容を知り妊娠が判明してから二度彼と会ったが、食事をして送ってもらっただけで、まだ風邪が完全に治っていないという理由で部屋には上がってもらわなかった。彼がかけてくれる優しい言葉も笑顔も、その裏には憎しみがあるのだと思うとあまりに辛くて、今まで通りの態度でいるのが難しかった。それでも、遥人の顔を見るたび、黙って彼のもとを去るという決意が揺らいでしまいそうになる。憎まれていると知っていても、彼を愛する心は変わってくれない。

「小谷。……少し時間取れるか？」

「……え？　あ、はい！」

考え事に耽っていた早穂子は亮平に声をかけられていることに気づき、慌てて返事をした。破局以降の亮平は早穂子に風当たりがきついので、また怒られると思ったのだ。

しかし、亮平はいつになく優しく控えめな態度だった。

「仕事の話じゃないんだ。資料を待つ間、時間を貰えるか？」

「……はい」

こんな優しい口調で話しかけられるのはいつ以来だろう。一瞬戸惑ったあと、早穂子は訝りながら頷いた。

以前にも亮平と訪れたカフェに入る。今までは意識したこともない、こうした何気ない日常の一つ一つが、ここを去ると決めた早穂子には名残惜しく思える。

「座ってろ」

亮平は禁煙席を指差すと、ドリンクを注文しに行った。前回は喫煙席で、苛々と煙草を吸っていた亮平を思い出していると、目の前にマグが置かれた。驚いたことに、マグの中身はホットミルクだった。思わず亮平を見上げる。

「それなら飲めるか?」

亮平はそう尋ねながら正面の席に腰かけた。亮平が禁煙席を選んだのは──。不意に胸が詰まり、早穂子は俯いて頷いた。

「……室長からお聞きになったんですか」

「俺は直属の上司だからな。小谷が抜けたあとの組織編成もあるし。でも俺以外には言ってないはずだから大丈夫だ」

「そうですか……。ありがとうございます」

遥人には伝わっていないと知り、早穂子はとりあえず胸を撫で下ろした。

「突然のことで……本当に申し訳ありません」

亮平に深々と頭を下げる。無責任な辞め方はしたくなかったが、室長からは気にしないように言われた。

「あいつには言わないのか?」

「……はい」

「俺が口出しすることじゃないけどな。なぜ言わない?」

「…………」

早穂子が黙っていると、亮平は珍しく口ごもってから、言いにくそうに尋ねてきた。

「その……俺の子ではない……んだな?」

「ええ？　違います」

「そうか……」

早穂子がはっきり否定すると、亮平は心なしか少しがっかりしたように見えた。あれだけこっぴどく裏切ってくれたのだから、そんな風に見えるのは気のせいかと思ったが、亮平は苦笑しながら意外なことを白状した。

「少し期待したんだが、まあ違うよな」

「…………」

呆気に取られ、まじまじと亮平を見つめ返してしまった。今さら何だと呆れてしまう。亮平もそれはわかっているようで、早穂子の表情を見て苦笑した。

「今さらだけどな。聞き流してくれ」

まったくもう……とおかしくなり、早穂子も苦笑を返した。亮平に対してこんな風に達観した気分でいられるのも、遥人と過ごしたわずかな間に亮平のことは遠い過去になったのだなと実感する。

「それで……芹沢にはどうして退職することを言わないんだ？　その……妊娠も言ってないんだろ？」

「はい」

当然だ。妊娠したことを知られたくないから、退職するのだ。

「なぜ？」

「芹沢課長に言わないのは、責任を取ってもらいたくないからです」

「でもな。プライドも大事だが、現実は厳しいだろ」

「私のプライドのためではありません。私と子供と芹沢課長の、それぞれの未来のためです」

早穂子はまっすぐに亮平を見つめ返して言った。亮平にわかってもらいたいとは思っていない。早穂子自身が納得し確信しているならそれでいい。

「……そうか」

亮平はじっと早穂子を見つめていたが、どう解釈したのか、ただ一言答えただけだった。

それからしばらくは二人とも無言でドリンクを飲んだ。つわりはもう治まっているので、ホットミルクの仄かな甘さが美味しく感じられる。

「……体調は大丈夫なのか？」

亮平が沈黙を破る。

「はい」

「何か困ることがあったら言えよ。その……向こうに帰ってからも」

「はい。ありがとうございます」

そう答えはしたが、亮平に連絡することはもうないだろう。それでも早穂子は微笑んで礼を言った。亮平と話をするのもきっとこれで最後で、会社を辞めたらおそらく二度と会うことはない。そう考えると、今はただ「ありがとう」としか言えなかった。

「あの……聞きにくいことなんですが……」

ここで早穂子は勇気を出してタブーとも言える話題に踏み込んだ。

「何？」

「件《くだん》の技術のことです」

触れてはならないことかもしれないが、遥人が巻き込まれ、二社の闘争の火種になっている例の技術について、何もできずにこのまま退職するのは心残りだった。筋を通す形に落ち着く道はないものかと思う。

「新山課長にはあの技術の堤電機での開発を止めることはできないんですか？」

今回の騒動の元凶をただす質問に、亮平は唇を引き結んだが、少しの間を置いて答えた。

「俺が身を挺《てい》して、自爆して、か？」

「……そうです」

「残念だが、俺が自爆したところでもう止められないんだ。保身のために言ってるんじゃない。今さら信用してもらえないだろうが」

亮平は胸ポケットを探りかけて手を止め、喋り続けた。

「先端技術会議に上程されるということは、そういうことなんだ。あの会議で承認を受けた技術案件は設備投資が確約される。社運を賭けた事業のレールにもう乗ってしまっているんだ」

「それが盗んできた技術でも、ですか？」

「金になる技術が目の前にあるのに、それが盗品だからといって放棄するのは愚の骨頂、というのがこの世界だ。技術情報に名前が書いてあるわけじゃない。盗んだ証拠はどこにもないんだから。一介の社員が、それは盗品だからやめようと言ったところで何も変わらないんだ」

早穂子が押し黙っていると、亮平はすまなそうな顔で言い足した。

「俺の考えではなく、社の状況として言ってる」

「わかってます」

「もう、俺の力では取り返しがつかないんだ」

ならば、あとは都築エレクトロニクスが堤電機に先んじて技術を完成させ特許を押さえることを願うしかない。しかし、そのために遥人は堤電機の開発状況を都築に流すという、彼が最も嫌うスパイ行為を続けていかねばならないのだ。彼にとっては開発競争に勝つも地獄、負けるも地獄だろう。

「……わかりました」

遥人を思うと心が痛んだが、早穂子には何もできないということを再確認しただけだった。

「……すまない。今さらだが……すまない」

「いいえ。新山課長が私に謝ることは、もう何もありません」

亡くなった都築美里に対しては詫《わ》びるべきだが、早穂子はもう何も言わなかった。願うのは、重い責任と罪悪感から遥人を解放してほしいということだけだ。そのために、早穂子はあることを決意していた。

九月下旬に先端技術会議が終わり、いよいよ最後の出勤日を迎えた。戦略推進室長からは、会議さえ終わればあとは有休を消化してもいいと言われていたが、早穂子は月末ぎりぎりまで出社している。それはこの仕事が名残惜しいからでもあるが、最も大きな理由は明日からの遥人の中国出張を待っていたからだ。出張は十日間の予定で、彼が帰国した時にはもう早穂子はアパートを退居し関西への転居も済ませているはずだ。妊娠を明かさず、遥人から退職の理由を尋ねられることもなく彼の前から去るためにはそうするしかなかった。

デスクにある私物は少しずつ減らしてきたが、最後に残っているものは後日由希に関西の実家まで送ってもらうことになっている。そうして退職に向け粛々と準備してきたが、最終日ともなると、何も知らずに退勤していく同僚たちに普段通りの挨拶を返しながら、きちんと別れを告げ感謝を伝えられないことが申し訳なくて名残惜しくてたまらなかった。

しかし、妊娠したことが漏れると一気に社内にゴシップとして広まるのは確実だ。遥人や亮平、同じ部門の同僚たちのことを思えば、できるだけ何も言わずに去るしかない。職場には後日〝病気療養〟という理由で説明してもらい、同僚たちへの感謝の言葉も戦略推進室長に言付けてある。室長も妊娠以外の真相は知らないとはいえ、なるべく静かにという早穂子の希望に同調してくれているようだった。

妊娠が判明してからしばらくが経ったが、その間遥人とは数えるほどしか会っていない。それも帰りがけに食事に寄るだけで、彼の部屋には行かないようにしてきた。何食わぬ顔で彼に抱かれるほど強くはなれなかったからだ。

しかし最後の夜となる今、早穂子は遥人の部屋で彼の帰りを待っている。ここに来るのは、美鈴と鉢合わせし事実を明かされたあの日以来だ。

『今夜、部屋で待っていていいですか？』

昼間、早穂子がこっそり彼にこう問いかけると、遥人は驚いた表情を浮かべた。

『体調は大丈夫？』

そう尋ね返され、妊娠のことかと思いぎょっとしたが、遥人は風邪の心配をしていただけだった。

『この時期の風邪は長引くよね。会議で忙しかったし』

『いいえ、もうすっかり大丈夫です。でも……芹沢課長は今日はお忙しいからやめておいた方がいいですか？　明日から出張だし……』

『いや、僕は嬉しいよ。会えるのをずっと待ってた』

耳元で囁かれたこの言葉が本物だったら、この言葉を心の底から信じられたら、何よりも幸せだったのに。

ソファで一人、手のひらの合鍵を見つめ、これをくれた時の彼の眼差し《まなざ》を思い返す。あの時の甘さも優しさも、早穂子の心を引きつけておくための偽りだったと知った。身体だけでなく心もすべて奪ってから捨てるために。それが、亮平から同じ仕打ちを受けた美里への弔いなのだ。

〝目には目を、歯には歯を。この者たちに制裁を加えろ〟

美鈴が明かした真実は早穂子の心を殺した。

でも――。

そっとお腹に手を当てる。早穂子の心はまた立ち上がり、自分なりの愛の本質を見つけていた。

彼を想う時の胸の高鳴りも、彼に裏切られようとしている今ですら会いたいと願うこの思慕も、早穂子の内にある愛は本物だった。それでいいのだと思う。彼と出会わなければ、他の誰かとの穏やかな人生があったのだろう。しかし愛される安穏より、誰かを捨て身で愛することこそが自分にとっての幸せだと知った。だから今夜、遥人に惜しみなくすべてを与えるためにここに来たのだ。

インターフォンが鳴り、早穂子は立ち上がった。玄関ドアのロックが外れる電子音を聞き、唇が自然と微笑む。頭脳明晰《めいせき》で何でも覚えてしまうくせに、たった数桁のマンションのセキユリティの暗証番号を覚えるのが面倒だと言う彼が可愛くて愛おしい。でも、マンションよりメゾネットを選んだのは、遠い昔に失った家族との温かな日々への憧憬もあっただろう。その温もりを早穂子が与えられたらどんなにいいかと願ったが、早穂子が彼の亡き恋人の死の遠因となったことを知り、夢は潰《つい》えた。

何もかもから解放されたら、いつか本当の幸せを見つけてほしい。その時彼の傍にいるのが自分ではないことに胸を締めつけられながら、早穂子は開いた玄関ドアに笑顔を向けた。

「お帰りなさい」

いつものように少し照れて迎える早穂子に、遥人もまた照れた顔で答える。

「ただいま」

このやり取りも、今夜で最後なのだ。一つ一つを胸に刻む。

普段よりかなり遅い帰宅なのは、明日から十日間も不在になるため雑務が山積みだったのだろう。しかし遥人は疲れた顔も見せず嬉しそうに早穂子を引き寄せ、髪に顔を埋めた。

「この香り、久しぶりだ」

遥人が呟いた。この甘さも仕草も、今夜だけは信じて夢を見る。

「出張の準備はできてるんですか？」

「……う」

このままゆっくり過ごせるのか気になり早穂子が尋ねると、遥人は早穂子の髪に顔を埋めたままー言唸《うな》り、顔を上げた。

「お母さんに容赦なく尻を叩かれた気分だ」

そう言う彼の顔を見て、早穂子も思わず笑い出してしまった。今だけ、今だけ——この時間に浸っていたい。

「ご飯、すぐに食べられますよ」

「うん。すごくいい匂いがする」

今夜は少し冷えるので豆腐のすき煮だ。明日から海外の食生活がしばらく続くので、こってりした味ながら胃もたれしないものを選んだ。最後の夜でも、早穂子が遥人のために作るのは地味な家庭料理だ。遥人がこれを一番喜ぶのを知っているから。

食事を終えると遥人は荷造りに取りかかったが、驚くほど手早かった。

「慣れてるしね。髪とかも無頓着だから着替えだけで他に何も要らないんだ」

「遥人さんの髪、いつも綺麗に整ってるから、最初の頃はてっきりすごく几帳面《きちょうめん》な人で、しっかり手入れしてるのかと思ってました」

「いやいや。洗いっぱなし」

「ですよね」

素直で癖がない彼の髪は、お風呂のあとタオルドライするだけで乾けばさらさらになる。意外と無頓着で素直なところが子供のようで可愛らしい。

それとは対照的に、外見に手を抜かない亮平の出張時はあれこれと道具が多かった。そんなどうでもいいことを思い出していると、遥人にこつんと額を小突かれた。

「私、何も言ってないのに」

「僕は騙せないんだよ」

早穂子が唇を尖らせると、遥人が笑う。なぜばれるのかわからないが、早穂子が亮平のことを考えると必ず遥人はわかるらしい。

「どうしてわかるんですか？」

「知りたい？」

「はい」

早穂子が身を乗り出すと、荷物を詰め終えてスーツケースを閉めていた遥人が顔を上げ、にやっと笑って言った。

「早穂子の鼻がひくひくするんだ」

「嘘ーっ！」

思わず早穂子が悲鳴を上げて両手で鼻を隠すと、遥人が大笑いした。

「やだ知らなかった……恥ずかしい」

鼻を隠したまま真っ赤になってソファに突っ伏した早穂子を、背後から遥人が抱き締めてくる。

「嘘だよ」

耳元で優しく言われ、早穂子が顔を上げると、間近な距離で深い色の目が笑っていた。

「ほんとに？」

「ほんとに」

「……何がほんと？」

「鼻がひくひくしてるのが」

「もう！」

混乱してきて早穂子が聞き返すと、意地悪な言葉が返ってくる。早穂子が怒ると、遥人は笑いながらもう一度「嘘だよ」と言い、早穂子を抱えたままソファに寝転んだ。彼の下になった早穂子は反射的にお腹を守ろうとして身を固くし、わずかに体勢を変えた。

「……嫌？」

至近距離で遥人と目が合い、見つめ合った。

「遥人さんは疲れてるのでは……？　明日の朝早いし」

「僕は早穂子が欲しい」

今夜に限ってそんなにストレートに言うなんて狡いよ――。早穂子の揺れて惑う理性を突き崩そうとするかのように、遥人が熱に浮かされた目で囁いた。

「早穂子が欲しくてたまらない」

早穂子が未婚で事情を抱えていることは医師も了承していたが、通院時に一通りの説明の中で行為については許可されている。いざとなると少し躊躇《ちゅうちょ》したが、早穂子はおずおずと頷いた。今夜は最後に彼を愛するために来たのだから。

「体調は……？　無理させてない？」

早穂子のわずかなためらいを感じた遥人が理性的に尋ねてくる。彼の目は欲望を必死で抑えているように見えた。今だけ今夜だけ、その優しさが本物だと信じるから。

「明日はお休みを取っているので平気です」

明日だけじゃない。これからずっと。もう会社で彼と会うことすらなくなるのだ。悲しみを飲み込み、彼の身体に腕を回す。

早穂子の返答が合図となり、遥人の手が性急に早穂子の服を脱がせていく。

「遥人さんは……？　明日朝、早いのでは――あっ」

明日の早朝に遥人は出発しなければならない。しかし早くも胸を守っていた下着を奪われ、早穂子は甘い声を上げた。

「あの、でもまだお風呂が……」

「ごめん、待てない……我慢できない」

遥人がこんなに余裕をなくして欲しがるのは初めてだった。彼に気づかれることなく、お腹に差しさわりなく愛し合うため、早穂子は意を決して遥人に囁いた。

「今夜は……私が上になっても、いいですか……？」

早穂子がこんなことを言うのも、当然ながら受け身から転じるのも初めてのことだ。遥人の目が驚きに見開かれたあと、その目の奥に灯る欲望の炎がいっそう燃え上がるのが見えた。

ソファに身体を預けた姿勢の彼の上になり、しどけなく脚を開いて跨《またが》った。遥人の目の前に惜しみなく晒された早穂子の乳房の先端はすでに甘く膨らみ、遥人を誘っている。

遥人の視線を辿って自分の胸を見下ろした早穂子は、この時になって照明を暗くするのを忘れていたことに気づいた。

「待って、明かりを……」

「このままで」

上から退《ど》こうとする早穂子の手を遥人が掴んで止める。

「でも……」

抗おうとした早穂子はこれが最後の夜であることを思い、恥ずかしさを飲み込んだ。

煌々《こうこう》と明かりに照らされたリビングのソファの上で遥人の視線を受けながら、残りの服を自ら脱いでいく。

「早穂子……」

下腹を隠す最後の布を脱いだ時、遥人が呻いた。

「綺麗だ……」

遥人の呼吸は速く、服の上から触れた身体は欲望で張り詰めている。

「私が脱がせてあげる」

「駄目だ……」

言葉で制止しても、遥人は抵抗する力を失っていた。

早穂子の細い指が遥人のベルトを緩め、それからシャツのボタンを外し始める。慣れておらず少々もたつきながらのゆっくりとした手つきは図らずも遥人を焦らす効果を生み、彼は途中で何度も呻き声を漏らした。

はだけた胸元の滑らかな肌にそっと手を滑らせる。温かく力強いその胸に身を屈め、早穂子は自然に口づけていた。愛おしくて、慕わしくて、すべての感情が溢れてくる。荒い息で大きく上下する胸を愛撫したあと、早穂子はおずおずと彼のズボンに手をかけた。

遥人が呻くのも構わず張り詰めた屹立《きつりつ》に指を這わせ、そっと包み込む。恥ずかしくてたまらないのに、不思議と自然な愛の仕草に思えた。ここからあと、初心《うぶ》な早穂子は男性を喜ばせるテクニックなど持ち合わせていない。あるのはただ、彼への溢れるばかりの恋情だけだ。

「あの、いいですか……？　どうすればいいのか知らないから、だから……」

私の身体で包んであげる。

初々しさがかえって大胆な早穂子の誘惑に、遥人は苦しそうに頷いた。

「でもその前に濡らさないと……早穂子が痛いから」

これだけは僕にさせて、と遥人が途切れ途切れの声で言い、早穂子の下腹に手を伸ばしてきた。

「ああ……ん……」

秘所をまさぐられ、早穂子の喉から甘い声が零れ出る。彼に触れられる前からすでに花唇は蜜をたたえ、遥人の指を温かく甘いぬかるみに誘い込んだ。蜜口を優しく撫でられては穿たれ、遥人の上でしなやかな身体を仰《の》け反《ぞ》らせる早穂子はなまめかしく美しかった。

やがて遥人の腕が早穂子の腰を誘導すると、早穂子もそれに応えて蜜口に彼のものを自ら宛てがった。

「ん、ああ……」

「う……っ」

二人の喉から甘く狂おしい恍惚の喘ぎ声が漏れ響く。お腹に負担をかけないよう早穂子の動きは浅く緩やかだったが、それでも充分すぎるほど快感は大きかった。

「ん、ん……っ」

蜜音と早穂子の小さな喘ぎ声が律動し、遥人の脳内を染めていく。はしたない声を漏らすまいと耐える早穂子の喘ぎ声はしとやかで、それがかえってなまめかしい。上下に細い腰を揺するたびに早穂子の白く美しい乳房も揺れる。

「早穂子……っ」

いつもはベッドでも恥ずかしがりで消極的な早穂子が、遥人のものを自ら挿れて腰を振り喘ぐ様は刺激的で、それを眺める興奮と快感に耐えかねて遥人が降参の呻き声を上げた。

「僕は……君の過去に嫉妬してる」

果てるまいと耐える遥人が歯を食い縛る。普段は汗一つかかないのに、彼の額にはうっすらと汗が滲んでいる。

「早穂子の全部が欲しい……過去も未来も、全部」

この言葉が本物なら——。興奮のあまり迸《ほとばし》っただけの言葉なのか、それとも復讐の効果を最大限にするためなのか。

どちらでもいい。

「ん、ああ、あ……っ」

早穂子の目尻から涙が零れた。

——そう、真実はどちらでもいい。今この瞬間、たとえ嘘でもここに愛があると信じるだけで、私があなたを愛しているだけで、それでいい。

「遥人さん」

早穂子は動きを緩め、激しく上下する遥人の胸に手を当てた。これまで遥人からもらえなかった言葉を、実は早穂子も彼に告げたことがない。でも、今夜は最後の夜だから——。

「私の全部をあげる」

　これまで早穂子が一度も愛の言葉を告げなかったのは、無意識に自分自身を守ろうとしてきたからだった。言葉にしてしまうと感情が走り出し、止められなくなってしまう。亮平とのこともあり、安定志向の早穂子は会社に居づらくなるほどのダメージを受けたくない、恋愛沙汰で仕事に支障をきたすのは社会人失格だと思ってきた。だから謎が多い遥人に対し、いつもどこかで自分の心をセーブしようとしていた。

　でも今、早穂子は自分のすべてを彼に与えようとしていた。

「遥人さん……愛してる」

　快感に耐え顔を歪めていた遥人の目が見開かれた。

「あなたは彼と同じにならないで……だからその代わりに私を壊して」

　早穂子は遥人がいよいよスパイ行為に手を染め、堤電機に刃を向けなければならない日が近いことを察していた。

　先端技術会議には先月に続き今月もディスプレイ事業本部から件の技術について上程されており、堤電機が完成に向け加速していることが窺えた。勝者は堤電機になるのか都築エレクトロニクスになるのかはまだ不透明だが、どちらが有利かといえば堤電機だ。幾つかの技術課題を抱え開発スピードが鈍化していた都築エレクトロニクスに対し、堤電機は保有している独自技術をそこに加えることができるからだ。まさに、ずっと前に遥人との会話で出た〝後発企業が労少なくして成果を得る〟という状況になる。遥人の責務は堤電機の優勢を食い止めて都築に逆転勝利させること。つまり堤電機の独自技術を盗み出し、都築に流すことだ。技術資料を読みこなせるようになった早穂子は会議席上での幹部の会話からも、もう時間の猶予がなくなっていることを読み取っていた。

もしスパイ行為を実行したら、きっと遥人はこの先ずっと自分を責め続けるだろう。それだけでなく、たとえ両者の攻防が法的な場に持ち出されることはなくても、業界の裏側で遥人はスパイ行為の前科者となり、都築エレクトロニクス以外で身を引き受けてくれるところはなくなるだろう。復讐を遂げても、彼はこの先もずっと拘束されていく。

「全部……全部、あげるから」

だから、私を捨てるだけで復讐を終えてほしい。都築社長がそれで遥人を許してくれることを願う。

「愛してる……愛してる」

手のひらの下に遥人の鼓動を感じると、愛おしさが込み上げた。

「早穂子……僕も――」

答えようとした遥人の唇を早穂子は指で止めた。罪になる言葉は要らない。その代わりに、一つだけ欲しいものがある。

「キスして……唇に」

遥人から去る前に、早穂子が唯一望んだ我儘は唇へのキスだった。もしかすると遥人は〝他の誰にもキスしない〟と天国の美里に誓いを立てているのかもしれない。そう思うとこの我儘を口にして拒絶されるのが怖かったが、それでも早穂子はどうしても欲しかった。偽物のキスでもいい、これから一生涯、遥人を愛して甘い夢を抱いて生きていきたいのだ。

「キスして……」

「早穂子……」

震える声で願った早穂子を遥人が引き寄せ、唇を塞いだ。重なる唇の間で、二人の吐息が混ざり合う。重ねては離れ、見つめてはまた重ね、まるでキスしていないと生きていられないかのように、二人とも飽かず唇を重ね続けた。

夜中、早穂子はまんじりともせずに遥人の寝顔を見つめていた。

「お土産は買ってこなくていいからね」

寝顔に囁いて微笑み、早穂子はそっと彼に最後のキスをした。額に、頬に、唇に。

どうか彼が自由になり、幸せになることを切に祈る。

「ごめんね」

あなたに捨てられるまで待てなくてごめんなさい。黙って去ってごめんなさい。妊娠したことを言わなくてごめんなさい。

「でもずっと、愛してる」

微笑んだ早穂子の目から温かな雫《しずく》が落ち、眠る遥人の胸の上で散った。

翌日の午後、早穂子は神奈川県に向かう電車に揺られていた。向かっているのは都築エレクトロニクス本社オフィスで、都築社長に会うためだ。

急遽決まったこの訪問には、実は美鈴の協力があった。通話履歴に残るあの番号に早穂子が電話したのは今朝のことだ。早穂子からの突然の電話に美鈴はかなり険悪な態度だったが、都築社長との面会に力添え願えないかと早穂子が頼むと、意外にもすぐに動いてくれた。

『十七時なら時間を取れるわよ。でも手短にして』

折り返しかかってきた返答の電話でも美鈴は相変わらず高慢な態度だったが、大企業のトップとアポイントを取るなど、普通の手段ではとてもではないが叶わないことなので、美鈴の協力には感謝している。

都築エレクトロニクスの本社オフィスは生産拠点と敷地を同じくするため、広大な土地を確保できる郊外にある。生産拠点と一体のスピリッツを大切にする、古き良き社風なのだろう。都心に本社ビルを構える電機メーカーが多い中、そうした都築エレクトロニクスの姿勢は技術も工場などの現場も分け隔てなく敬意を持つ遥人にも通じるものがある気がする。考えるまいとしているのについ遥人に思いを馳せてしまい、早穂子は顔を伏せて滲んだ涙をこっそり拭った。

今朝早く、遥人は中国に向け発《た》っていった。普段と変わらぬ態度を貫いた早穂子だったが、玄関で彼を見送る時はあまり言葉を発することができなかった。もうこれで見納めだと思うと涙ぐんでしまいそうになるからだ。

『行ってくるね』

最後に見た彼の笑顔と優しい声をリフレインする。今朝からいったい何度、思い返しているだろう。頼んでいたタクシーが家の前に到着したタイミングだったのでほんの一瞬の出来事だったが、ドアを出る間際、彼は振り向いて早穂子を引き寄せ、素早くキスをした。

『朝からやめられなくなりそうだ』

笑いながら出て行った遥人の笑顔を思い、唇に指を当てる。これからの人生、きっと何度も何度も、記憶がぼろぼろに擦り切れても、早穂子は彼と過ごした短い日々のことを思い出しては心を温めるのだろう。

車窓からの眺めは高層ビルが林立する商業地域から離れ、徐々に海と緑が多くなっていく。遥人が今はもうなくなってしまった実家のことを〝海が近くて綺麗なところだ〟と語っていたことを思い、目的地に着くまで早穂子は一心に景色を眺め続けていた。

都築エレクトロニクスのHPを調べると、最寄の駅からもかなり距離があり、路線バスかタクシーを利用するしかないようだ。妊娠してから以前より疲れやすくなったようで、早くも栄養をお腹に取られているのか、貧血気味で少し眩暈もする。

「高いけど……タクシーでいいか」

元々節約家で、しかもしばらくは働けない身なので迷ったが、今日だけは自分を甘やかすことにした。都築社長が雲の上の人ということもあるが、自分と都築家との経緯を思えば和やかな面会になるはずもなく、今もすでに足が震えている。

ところが、ロータリーに停留しているタクシーを見つけ、歩き始めた早穂子の前に、真っ赤で派手な外国車が滑り込んできてクラクションを鳴らした。見覚えのない車に戸惑っていると、ウインドウが下がった。驚いたことに、美鈴だった。

「乗って。遠いから」

「あ……ありがとうございます」

交通量の多いロータリーでもたもたするわけにもいかず、早穂子は慌てて乗り込んだ。

言うまでもなくかなり気まずく、車内では二人ともしばらく無言だった。

「ド派手な車だなって思ってるでしょ」

「えっ？　……いいえ」

不意を突《つ》かれた早穂子は慌てて返事したが、美鈴は早穂子の返事などどうでもいいらしく、構わず喋り続けた。

「あまり乗らないのよ。姉の事故があったから」

「この車じゃないわよ。姉の車は紺色。姉はコンサバティブだった」

「…………」

何と言っていいのかわからず、早穂子は黙っていた。会ったことのない、声しか知らない美里の存在は、早穂子の心にも悲しい影を落としている。遥人が心に決めた人。早穂子は永遠にそうなれないのだから。

車内はまた沈黙した。そのうち、早穂子は気分が悪くなってきた。美鈴がつけている香水のせいだが、妊娠さえしていなければ気にならなかったはずなので、窓を開けてほしいと言い出せずに辛抱する。

「お父様には何を言うつもりなの？」

また唐突に美鈴が口を開いた。美鈴も少し緊張していることが感じられ、早穂子の心が少し緩んだ。いったいどのぐらい待っていてくれたのか、ロータリーでわざわざ早穂子を拾おうと待っていたなんて、純粋な善意だと信じていい気がした。

「彼が犯罪を犯さずに済むよう、何か道はないかということを相談したかったんです。スパイ行為を何より憎む人なので、自身がそれに手を染めるのは辛いと思うんです」

「それであなたは、晴れて自由になった彼と手を繋いで、堤電機で大儲《もう》けしようってわけ？」

美鈴が噛みついてくる。

「違います。私はもう堤電機を退職しました。遥人さんのもとからも去るつもりです」

「えっ、退職？」

「……はい。遠方の実家に帰るので、遥人さんにももう会うことはありません」

「ええっ？」

美鈴が驚き、こちらを向いた。運転中なのでまたすぐ前方に顔を戻したが、美鈴は早穂子の顔色の悪さに気づいたようだった。

「ねえちょっと、まさか気分悪いの？　すごい顔色よ」

「あ、はい、実は……。すみません」

「もうすぐ着くから待って」

「あっ、急がなくて大丈夫です。窓を少し開けてもいいですか？」

自分で操作するまでもなく、すぐさま助手席のウインドウが下がり始める。新鮮な空気を吸い込むと、先ほどまでのむかつきは少しマシになった。

美鈴の言う通り、それからわずか数分で車は都築エレクトロニクスのゲートをくぐった。敷地は広いので、まだ車からは降りず、社長室がある事務棟まで舗装された道路を進む。

（これが都築エレクトロニクス……）

遥人がいた場所。プラントや研究所の建屋が並ぶ景色を感慨深く眺めているうち、ようやく目的のビルに到着した。

美鈴に丁重に礼を言い、受付へと進む。すでに受付には早穂子の来訪が伝えられていたらしく、何も言わなくてもすぐに社長室があるフロアの応接室に通された。

「担当の秘書がのちほど参りますので、それまでこちらからお飲み物をお選びください」

簡単なメニューを渡されたが、カフェインを控えなければならない身でもあり、今はまだむかつきが残っていて水以外何も受けつけそうにない。

しばらくは立ったまま待っていたが、ひどく緊張しているせいか少し眩暈がしたのでソファに腰を下ろした。ところが、それと同時にドアがノックされたので、早穂子は飛び上がった。しかも、入ってきたのは秘書ではなく、都築社長だった。

「あっ、お……お忙しいところ、大変申し訳ありません」

都築社長の顔写真は何度も見たことがあるので一目でわかった。早穂子は慌てて立ち上がったが、そのせいでひどい眩暈に襲われ、ふらついてしまった。

「君、大丈夫？」

「はい。……大変失礼しました」

ソファの背もたれに掴まり深呼吸すると、早穂子は改めて丁寧にお辞儀をした。

「小谷早穂子と申します。ご多忙でいらっしゃるのにお時間を頂戴してしまい、大変申し訳ありません」

「社長の都築です。どうぞ、座って楽にしてください」

都築社長の年齢はちょうど早穂子の両親と同じぐらいのはずだが、写真や新聞記事で見た記憶より老けて見えた。きっと、昨年からの心労のせいだろう。そう思うと胸が痛かった。

「話の前に、飲み物は決まったかな？　秘書が来るので好きなものを頼んでください。僕の希望で、ここは喫茶店並みに揃ってるんだよ。来客と会っているとコーヒーばかり何杯も飲むことになるからね」

都築社長にとって早穂子は憎い存在のはずなのに、遥人が尊敬する人物だけあって、彼はそんな感情をおくびにも出さず、表情はとても穏やかだ。早穂子の顔色が悪いのを緊張しているせいだと思っているのかもしれない。

すぐに秘書の女性が入ってきたが、小さなメモを社長に見せて返答を待っている。メモに目を走らせた都築社長ははっとした顔で一瞬早穂子を見たあと、秘書にメモを戻して「そのように」と答えた。

秘書が退室すると、都築社長は改めて早穂子を正面から見据えた。

「さて。美鈴から君のことを聞いたよ。我儘な娘なので、無礼があったらお詫びしたい」

「いえ！　とんでもないことです。私の方こそ……」

美鈴は遥人の部屋で早穂子と鉢合わせした時のことを社長に話したのだろう。美里との通話内容について早穂子の主張が正確に伝わっているのかはわからないが、早穂子はできるだけ感情に走らない部分で率直な気持ちを伝えた。

「美鈴さんからこれまでの経緯を詳しく教えてもらいました。私が謝罪するのもおかしいかもしれませんが、堤電機の社員として、大変申し訳なく思っています」

美里のことは敢えて触れなかった。家族を失った悲しみの深さは計り知れない。どんなお悔やみの言葉も意味を持たないとわかっている。憎まれている早穂子の立場ならなおさらだ。

青白い顔色ながらしっかりと言葉を繋ぐ早穂子を都築社長はじっと見つめていたが、早穂子が話し終えると何度か頷いた。

「このような事件さえなければ、堤電機は共に日本のエレクトロニクス業界を支え世界に対抗する、共闘関係にあると思ってきた。非常に残念なことです」

「その技術のことですが……」

今朝、美鈴に電話した際に〝手短にして〟と言われたことを思い出し、早穂子は挨拶を切り上げた。巨大企業のトップに立つ社長の時間の重さは早穂子たちのそれとは違う。

「私は一介の社員に過ぎないので、企業経営のことも開発競争の実態も表面的なことしか理解できておりません。浅はかなお願いかもしれませんが、それでもお伝えしたくてここに参りました」

これまで仕事の大一番で緊張することはあっても、ここまでではなかった。何を伝えるかをずっと考えてきたはずなのに、いざ社長を目の前にすると頭から台本がすっかり飛んでしまった。緊張で震えながら、懸命に言葉を繋ぐ。

「私は堤電機の人間ですが、今回の技術開発で都築エレクトロニクスが勝つことを切に願っています。でも、自社技術を融合できる堤電機が有利なことも理解しています」

早穂子の踏み込んだ発言に、それまで穏やかだった都築社長の表情が一気に硬くなった。

「我々は勝つことしか考えていない。もし堤電機が優勢なら、逃げ切りを阻止するまでだ」

しかし、都築社長は口にしなかったが、その〝逃げ切りの阻止〟のために遥人が犠牲になるのだ。

「和解や提携の道はないのでしょうか？」

「提携には二社間に信頼関係があることが前提です。信頼関係を壊したのは堤電機の方ではないですか」

都築社長の考えはもっともだ。最初から無理だとはわかっている。しかし、遥人のことだけは早穂子の口から都築社長に伝えておきたかった。

「芹沢遥人さんが堤電機に入社されてからわずか半年ではありますが、彼がどれだけこの業界が好きで、どれだけ技術に敬意と美学を持っているかを知るのに充分でした。堤電機に刃を向ける任務を背負っていても、彼は職場の私たちに真摯に接してくれました。それは、敵味方関係なくこの世界が好きだから。亡くなったお父様から信念を受け継いでいるから」

必死に訴えている間に、早穂子はいつのまにか瞼が熱くなっていた。台本もないまま、溢れるような遥人への想いだけで喋り続ける。

「だから、技術を盗む責務から彼を解放してあげてほしいんです。生真面目な人だから、彼はきっと都築社長の命に従おうとしているはずです。でも、もしそうなったら、彼は一生自分を責め続けると思います」

緊張のせいか、また眩暈がぶりかえしてきた。こんな精神状態では、きっと今お腹の中は居心地が悪いだろう。庇うようにお腹に手を当て、最後まで言い切るために必死で続けた。

「美里さんの仇討ちを、彼はきちんと果たしました。新山亮平を打ち負かし、私を捨てることで。私は昨日、堤電機を退職しました。関西の実家に帰ります」

黙って聞いていた都築社長がわずかに驚いた表情を浮かべた。

「だからといって何の足しにもならないことはわかっています。私のような者がお願いできることではないとわかっています。でも、彼を復讐から自由にしてあげてもらえないでしょうか」

言いながら立ち上がり、身体を二つ折にするほど深く頭を下げた。しかし顔を上げようとした時、目が回ったせいでふらつき、床に崩れて手をついてしまった。

「君……！　大丈夫か？　いいから、座りなさい」

あっと思った時にはテーブルの向こうから都築社長が駆け寄り、早穂子の腕を掴んで支えてくれていた。

「申し訳ありません……！　病気ではなくて、急に動くと目が回ることをうっかりしていただけで……ごめんなさい」

大事なお願いで勇気を振り絞って面会を志願したのに、思わぬ失態を演じてしまい、早穂子は恐縮して何度も謝った。早穂子の顔色が少し戻ったのを見て、都築社長もほっとしたようだった。

「君……退職したんだね。ご実家に戻られると」

「……はい」

「……そうですか」

都築社長はしばし考え込んでから質問を続けた。

「芹沢君はそれを知っているんですか？　彼は今、中国でしょう」

正確に遥人の日程を把握しているのは、都築社長が遥人に逐一報告させているからなのだろう。改めて遥人の心境を思う。

「いいえ。彼には言っておりません」

早穂子が答えたところでノック音があり、秘書の女性が飲み物を運んできてくれた。都築社長の前には湯気の立つカップが、早穂子の前にも水と何かのグラスが置かれる。秘書が退室するのを待ってから、都築社長は会話を続けた。

「僕はまさに君の親世代だから、つい親御さんのお気持ちを考えてしまうよ」

退職した娘を嘆く、という意味で言っているのだろうか。苦笑する都築社長に早穂子もぎこちなく笑い返した。

「この場では何も返答できないが、君の言葉は受け取っておくよ。ありがとう」

「……ありがとうございます。貴重なお時間を割いていただき、感謝しています」

　これで何かが変わるわけではないのだろう。でも、精一杯伝えた。夢中で喋ったのでおそらく支離滅裂だっただろうし、ふらついて介助されるという失態も演じてしまったし、できることならもう一度やり直したいが、やれるだけのことはやった。

「まあ、飲もうか。どうぞ遠慮なく」

「ありがとうございます。いただきます」

　水をお願いしたはずなのに、水のグラスの他にもう一つ、薄切りのレモンが入ったドリンクが置かれている。誘われるようにして口をつけてみると、レモンの香りと仄かな甘みを加えた微炭酸水だった。つわり以降、たまにぶりかえす胸のむかつきがすっきりしてくる。

「お口に合ったようでよかった。秘書のおすすめだそうだ。今の君にきっといいと」

　早穂子がすぐに半分ほど飲んでしまったのを見て、都築社長が優しい表情を浮かべて言った。大企業の社長ではなく、まるで父親のような表情だ。

「うちの秘書が妊娠していた時にそればかり飲んでいたそうです」

「えっ……」

　早穂子は驚いて顔を上げた。慈しむような表情を浮かべた都築社長を見つめる。早穂子の反応を見て社長は微笑み、優しく尋ねた。

「父親は芹沢君ですか？」

＊＊＊

十日後、中国出張から帰国した遥人は自宅には帰らず会社に直行していた。普通なら、いくら午前便で帰国しても入国手続きで時間を取られるし、疲れてもいるし、その日は自宅に帰るものだろう。

しかし堤電機に来てからのこの半年、考えてみれば遥人は海外出張のたび、大抵は空港から職場に直行している。ワーカホリックに見えるだろうし、たしかに仕事は好きだが、本当の動機は少し違うことは遥人本人もわかっている。早く早穂子の顔を見たいからだ。付き合う前も、付き合っている今も。

「馬鹿だな」

呆れ気味に苦笑する。早穂子のことになると、遥人は好きな子の一挙手一投足にそわそわと腰を浮かせる中学生のようになっている。

しかし今回急いでいるのは、もう一つ理由があった。この十日間、早穂子にメッセージを送っても反応がないのだ。ものぐさなのでそう小まめにメッセージを送ることはしないし、送っても〝明日帰るね〟程度なので、あまり早穂子の意識に入っておらず気づかれなかったのかもしれない。

　そんな風に理由づけていたが、職場に到着した遥人を待っていたのは、早穂子の退職という衝撃だった。

　最初、総合企画本部の部屋に入った時、いつも必ず視界の隅で存在を確かめている早穂子が席にいないことに遥人は内心がっかりした。

「芹沢課長、お帰りなさい」

「課長、お疲れ様です！」

　部屋のあちらこちらからかけられる声に応えながら二課の島に向かう。二課のメンバーからも同じような挨拶を受けたが、ここで遥人は違和感を抱いた。二課の面々は出張土産で失敗することが多い遥人をいじるのを楽しみにしていて、いつも賑やかに待ち受けている。しかし、今日はみんなどこか物言いたげで、表情が硬いのだ。

「芹沢課長、お疲れ様です」

「留守中、何事もなかったかな」

　デスク脇にスーツケースを置き、不在中に溜まった書類をチェックしようとして、誰かのお土産なのか、小さな菓子の包みが置いてあるのに気づいた。大箱菓子を配ったようなものではなく、小さな手土産のように詰め合わせになった、土産にしては豪華なものだ。

「これは誰のお土産？」

何の気なしに遥人が尋ねると、二課のメンバーが一斉に顔を上げた。そのうちの一人がためらいがちに答える。

「小谷さんからです」

「彼女、どこかに出張したの？」

「え……課長、ご存知ないんですか……」

「何を」

短い問答の間に急速に広がる不安が遥人の背中を冷やしていく。次に聞いた言葉に遥人は愕然とした。

「小谷さんは九月の末に退職されました」

「……え？」

「僕たちもまったく知らされていなくて、小谷さんが退職したあとで聞かされたんです。彼女の挨拶の言葉とこのお菓子を室長が預っていて……」

茫然としたまま遥人は二課の島にいる由希を見た。早穂子の親友である彼女に無意識に手掛かりを求めたが、由希は青ざめた顔で遥人から視線を逸らした。

九月の末日といえば遥人は出張前日で、その時は退職など一切聞いていなかった。しかもあの夜、早穂子は家で待っていてくれて久々に抱き合ったのに――。

いったい何が起きたのか。混乱する脳内で、不安、恐怖、焦燥、後悔といった様々な感情が渦を巻き、巨大化して遥人を圧《お》し潰していく。

あの夜に聞いた彼女の声がこだまする。遥人に至上の喜びを与えてくれた、あの言葉が。

〝遥人さん……愛してる〟

〝私の全部をあげる〟

しかし、早穂子はもういない。

あの夜、彼女は僕に別れを告げに来ていた――。

二課の部下たちの視線を浴びていても、遥人はもう表情を取り繕うことすらできなかった。

いつのまにか早穂子は遥人の人生そのものになっていた。彼女を失うことは、遥人にとって致命傷だった。

〝あなたは彼と同じにならないで……だからその代わりに私を壊して〟

あの夜聞いた言葉の意味は、甘く淫らな情接の中で霞《かす》んでいたが、あの時、早穂子は〝私を捨てて〟と言っていたのだ。おそらく――いや確実に、彼女は遥人の本当の目的を知っていて、遥人を守るために自分を切り捨てたのだ。

「ああ……」

遥人は一声呻くと、出張帰りの荷物も二課の部下たちも構わず駆け出した。

早穂子を見つけなければ。僕も愛していると、あの夜に言いそびれた言葉を告げなければ。

部屋を飛び出しエレベーターホールに向かったが、あいにく遠い階で滞留している。待っていられず階段ホールのドアを開けたところで背後から誰かに肩を掴まれた。

「待てよ、芹沢」

亮平だった。遥人を追ってきたらしく、亮平も息を切らしている。

「新山と話している暇はない」

普段は嫌味ったらしく慇懃《いんぎん》につけている〝課長〟も、今はもう不要だった。肩を掴む手を振りほどき、階段を駆け下りようとした遥人をまた亮平が止める。

「何もかもお前の思い通りだろ」

「……新山にそれを言う資格があるとでも？」

遥人は嫌悪感も隠さず亮平を振り返った。

「俺はともかく、早穂子に罪はないだろ」

「安っぽい正義感には虫唾が走るね」

亮平に〝早穂子〟と彼女を名前で呼ばれ、遥人は吐き捨てた。何もかも、この男の不正から始まったのだ。嫉妬と怒りを抑えられない。

「あいつはお前のために身を引いたんだぞ。お前のために、だ」

わかっている。早穂子に真相を教えたのが美鈴なのか亮平なのかはわからないが、いずれにしても憎悪に満ちた伝わり方をしたはずだ。どれほど傷ついたことだろう。それでも遥人を恨まず〝愛してる〟と告げてくれた早穂子の清らかさを思うとやるせなく、愛おしく、また後悔に耐えられず、感情のままに叫び出したくなる。

早穂子を見つけるまでは一秒でも惜しく、遥人は亮平に背を向けてその場をあとにしようとした。が、ふと足を止めた。

このことについて亮平と話をすることは今後ないだろう。遥人はもう堤電機からも都築エレクトロニクスからも去るつもりだった。しかしその前に、美里については亮平に謝罪させなければと思う。

「都築美里が事故死したのは知ってるか？」

遥人が表現をぼかさず告げると、亮平の顔が驚愕で固まった。亮平は美里の死を知らなかったのだ。

「いつ……」

「去年だ」

あの時の騒乱が蘇り、胸の痛みに遥人は顔を歪めた。

「利用しておいて、彼女のその後を確かめなかったのか？　案じてやることすらしなかったのか？」

亮平を詰問しながら、遥人は自身も責めていた。亮平はよろよろと壁にもたれかかり、蒼《そう》白《はく》になった顔を両手で覆った。

「怖かったんだ……。今まで外部で得た中で一番大きな情報だった。これは世界規模で金になると、目がくらんだ。しかし社長の娘だ。政財界にコネがあると思うと、足がつくんじゃないか、法の裁きにかけられるんじゃないかと、事の大きさが怖くなった。だから彼女のことは記憶から消したかった」

「美里は新山に裏切られた直後に車の運転を誤って事故に遭い、亡くなった。美里の死については僕にも責める資格はないと思ってる。ただ、美里と都築社長には謝罪してほしい。いつか……新山の心からの謝罪を美里に伝えてやってほしい」

亮平は壁にもたれかかり顔を覆ったままだ。何も返事はなかったが、亮平が本当は弱い男で、今の彼は嘘偽りのない感情を晒しているように見えた。

「それと、あの技術についてだが、僕はこのまま両社が覇権を争うよりも両社が提携して、それぞれの技術を結集することで海外企業の追随を許さない最強のディスプレイを生み出すのがベストだと思う。社長の説得のために新山に協力を頼むかもしれない」

そう告げると、亮平をその場に残して遥人は階段を駆け下りた。もしそうなれば、亮平は悪行の数々を社長に晒すことになる。彼にそこまでの良心があるのかはわからないが、今は亮平を信じ、協力し合いたいと思う。どれだけ悪に染まっても、敵と味方に分かれても、自分たちはこの世界で共に切磋琢磨する同志なのだから。

オフィスを出て駅まで走り、電車に飛び乗った。目指すは都築エレクトロニクスの本社だ。都築社長に土下座をしてでも、報復を放棄し、早穂子と共に生きたいと告げるつもりだった。

都築社長の恩義を踏みにじることになっても、まずそこを正さなければ自分には早穂子に愛を告げる資格はないと思うからだ。

しかし、やはりその前に遥人は早穂子の部屋と自分の部屋に寄らずにはいられなかった。彼女の所在を確かめなければ不安で、居ても立ってもいられない。

最初に向かったのは早穂子の部屋だった。早穂子と過ごしたのは短い間だったが、彼女を送り届けて通ううちにエントランスの暗証番号は自然と頭に入っていた。しかし、階段を駆け上がり早穂子の部屋の前に立った時、インターフォンを押すまでもなく、遥人は早穂子がもうそこにいないことを悟った。

これまではいつもさっぱりと掃き清められていたドア周りの廊下は、うっすらと砂埃《すなぼこり》を被っている。廊下に面した窓枠に置かれていた小さな鉢植えがなくなっていた。これまで淡く暖かな色合いのカーテンで目隠しされていた曇りガラスのその窓は、今は灰色に沈んで暗くがらんとした空間がその向こう側に広がっていることを語っていた。

一度。二度。力を込めて三度。

いないとわかっていても、インターフォンを押す。しかし、契約解除した部屋に電気は通っておらず、インターフォンをいくら押しても何の音もしなかった。

胸を抉られる思いで茫然と佇んだが、すぐに向きを変え自分の部屋へと急ぐ。電車に乗り、最寄の駅の人混みをかき分けて進む間にも、刻々と募る恐怖が遥人の息を締め上げた。すでに空き家になっていた彼女の部屋を見ても、それでも一縷の可能性をかけて自分の部屋を目指す。彼女がそこにいるはずがないことはわかっていても、今の遥人にはそれしかできなかった。

息せききって自宅に戻った時、何か予感したのか、普段は面倒であまり真面目に覗いていない暗証番号式の郵便受を開けた。中を探り、手に当たった硬く小さなものを取り出した遥人は、絶望のあまり呻き声を漏らした。それは、早穂子に渡していた合鍵だった。

玄関の電子錠のゆっくりとした反応がもどかしく、リモコンキーを連打する。普段苛つくことなどほとんどないのに、今は暴発する感情で頭がおかしくなりそうだ。

ドアを蹴破るようにして飛び込んだリビングはがらんとして静かだった。生活臭が消え建材の匂いが先に立つ、しばらく留守にして帰宅した時の、無人の部屋独特の空気が——家族がいない遥人には当たり前になってしまった空気が、いつものようにただそこにあった。キッチンも浴室も、一粒の水滴すらなく白っぽく乾ききっている。二階の寝室に駆け上がった遥人は、そこに立ち尽くした。

早穂子を探して家中を回りながら、もうわかっていた。ないのだ。浴室に並んでいたはずのピンク色のボトルも、リビングにあったはずの猫耳と尻尾がついた黒猫のブランケットも、ベッドサイドにあったはずの花模様のハンドクリームも何もかも、早穂子のものすべてが。

世界を覆い尽くすとてつもなく巨大な絶望に耐えきれず、ふらふらと床に膝をついた。早穂子がいない。ただそれだけで、もう慣れっこだったはずの孤独が遥人を圧し潰していた。

これほどまでに彼女を傷つけたのは、自分。来るべき報いだった。

ずいぶん長く流したことのなかった涙が一筋、遥人の頬を伝った。ぽたぽたと、あとからあとからそれは溢れて床に落ちる。

「う、うう……」

悔恨にまみれ、肩を震わせ泣く部屋に夕闇が垂れこめていく。早穂子がいなければ、遥人は広い世界の中で一人孤独に震える迷子だった。

母を亡くし父を亡くしたあの時から、子供だった遥人は泣かなくなった。もう何も失いたくなくて、孤独であることを突きつけられたくなくて、誰かを愛することを放棄してきた。

しかし、早穂子を愛することだけは抗えなかった。長く抑えつけるうちに涸《か》れたと思っていた涙が溢れ、遥人の頬を洗った。

顔を拭い立ち上がり、ポケットからスマートフォンを取り出した。

「……芹沢遥人です」

タップした相手は都築社長だ。

「お願いがあります。今からそちらに向かいます。ご都合が悪ければ、いつまでも待ちます」

そう告げると返答も待たずに電話を切り、自宅を飛び出した。

都築エレクトロニクス本社オフィスに着いたのは、もう午後八時を過ぎる頃だった。事務棟の窓はほぼ真っ暗で、敷地内を縦横に走る道路の照明だけが静かな場内を照らしている。しかし、無人のように見えるが、そうではない。点在する窓のない建屋は様々な分野のプラントや研究施設で、プラント内では三交代の工場従事者たちが二十四時間休みのない生産ラインを維持し、研究所では夜中まで不具合の対応にあたる技術者や研究者たちがそれぞれの持ち場で今も懸命に働いている。それは敵対する堤電機も同じだ。敵味方関係なく、遥人はこの世界に魅了されてきた。

しかし、自分はもうすぐここを去らねばならない。都築を裏切って堤電機に寝返ることも、堤電機に刃を向けて都築に帰ることも、自分にはできない。

子供の頃から親しんできた景色に今一度思いを馳せ、社長室がある事務棟に入った。

午後八時ともなるとさすがにもう来客はなく、都築社長は社長室にいた。秘書はすでに退社しているので、今夜は特にもう重要な案件はないようだ。

「芹沢です」

重厚な木製のドアを強めにノックすると、中から「どうぞ」と社長の声がした。

「失礼します」

部屋に入ると、都築社長はデスクで本を読んでいた。どうやら仕事は終わっていたのに遥人を待ってくれていたらしい。

「すみません。せっかく早く帰れる日だったのに、僕が訪問すると電話したせいで」

「いやいや。家よりここの方がゆっくり読書できるからよかったよ」

都築社長は老眼鏡を外し、読んでいた本に栞《しおり》を挿《はさ》むと顔を上げた。

「それに今日はたとえ電話がなくても君を待っているつもりだった。今日、君は中国出張から帰ってきたら、必ずここに来るだろうと思ってね」

遥人が社長の言葉の意味を掴みかね返答に詰まっていると、社長は「まあ、それはいい」と笑いながら立ち上がり、部屋の中央にある応接セットに腰を下ろした。腹を割った話をする時の社長の習慣だ。

「立っていないで、まあ座りなさい。疲れているだろう。君が座ってくれないと僕も落ち着かない」

土下座でもしたい気分だったが、遥人は社長の向かい側のソファに腰を下ろした。

「さあ、話を聞こうか」

都築社長はそう言ってソファの背もたれに身体を預け、まっすぐに遥人を見た。これまで親代わりになって自分を支えてくれた恩人に背かねばならないことに歯を食い縛り、遥人は膝に額がつくほど頭を下げた。

「都築社長、申し訳ありません！」

報復を遂げられない自分の不甲斐《ふがい》なさに息をするのも苦しかった。しかし、どうしてもできないのだ。報復も、早穂子を諦めることも。

「僕には任務を果たすことができません。申し訳ありません！　どうか、お許しください。どうしても、僕にはできません」

室内に恐ろしいほどの静寂が落ちた。頭を下げたまま断罪を待つ。社長の返答を待つ間、遥人は自分を責め続けた。

都築社長はしばらく黙っていたが、やがて静かに尋ねた。

「理由は？」

「理由は……」

真っ当な理由はある。犯罪行為だから、信条に反するから。しかし、それは自分を正当化する綺麗な理由に過ぎない。都築社長が尋ねているのはそういうことではない。

まるで血を吐くように白状した。

「愛してはならない相手を、愛してしまったからです。大義のために悪に染まりきれなかった僕の弱さです」

早穂子を愛さなければ、遥人は情報を抜き、任務を果たしただろう。早穂子と出会う前の遥人は自分自身を捨てていた。美里を愛せなかった罪滅ぼしに、都築家の傀儡《かいらい》として生きていこうとしていた。だからいくら信条に反しても、社長の命ならばスパイ行為も決行するつもりでいたし、できたはずだった。

それなのに早穂子と出会い、愛を知って、傀儡でい続けることができなくなっていった。自分自身を取り戻してしまったのだ。

長い沈黙のあと、社長が静かに問いかけた。

「その相手とは、小谷早穂子さんのことですか？」

「……はい」

遥人は歯を食い縛って答えた。

「美里さんを幸せにできなかった僕が、報復のターゲットである彼女に惹かれることがどれだけ許されないことか、美里さんにも社長にもどれだけ不実なことか、わかっているつもりです。でも、いくら自分を責めても、自分の心をどうすることもできませんでした」

許してくれとは言えない。この罪を拭えるなら罵倒されてもいい、どんな恥を晒してもいい。しかし、どうしても早穂子を愛する心だけは変えられない。自分の意思で変えられるものではないのだ。愛とはそういうものだということを初めて知った。

「遥人君。顔を上げてください」

一晩中でも頭を下げたままでいるつもりだったが〝遥人君〟という呼び方に驚き、思わず顔を上げてしまった。まだ子供だった頃の親愛を込めた呼び方だ。都築エレクトロニクスに入社してからは〝芹沢君〟という呼び名になっていたから、ずいぶん久しぶりのことだった。

顔を上げると、都築社長は昔に見せていた表情――両親を失った遥人を支えてくれていた頃の慈愛に満ちた表情を浮かべて遥人を見ていた。

「よく言ってくれた。さぞ言いにくかっただろう」

社長の表情と言葉に驚いて咄嗟に何も言えなかったが、社長が続けた次の言葉に遥人はさらに驚いた。

「謝らなければならないのは僕の方だ。君のお父さんに合わせる顔がない。僕の大親友だった君のお父さんに」

「いったい、何を……」

驚きのあまり言葉が続かなかった。都築社長がいったい何を謝らねばならないのか見当もつかず、逆に不安になってくる。

都築社長は組んだ手を膝に置き、少し悲しそうに微笑んだ。

「僕は君に惚れ込むあまり、恩を振りかざして君を支配してきた。まるで親気取りで、僕のエゴを思うままに押しつけてきた」

「社長、それは違――」

「君のお父さんに申し訳なく思う」

言葉を挿みかけた遥人を遮り、社長は喋り続ける。

「彼が亡くなる時に君を僕に託してくれたのは、こんな未来のためではなかったはずだ。いつのまにか軌道を逸れていた自分に、どうして今になるまで気づけなかったのか」

息を引き取る間際の父の声が蘇り、何か社長に言葉をかけたいのに胸が詰まって言葉が出てこない。社長も遥人の気持ちを理解していて、どこか遠いところに語りかけるような目で言葉を繋ぎながら、時折遥人の目を見ては何度も頷いた。

「堤電機の件もそうだ。企業として受けた被害と美里の事故は別物で、区別すべきであることは言うまでもない。しかし僕は区別すべきも区別せず、すべてを君に背負わせた。八つ当たりだよ。君と都築を繋いでいた美里を失った無意識の焦りで、君を縛りつけておきたかったんだと思う。怒りと悲しみでまともな判断力もなく、これは正義だと居丈高に被害者面していた」

冷静に公正にあの苦しい出来事を自省する都築社長の強さに胸打たれ、遥人は掠れた声を絞り出した。

「僕は、今まで出会った誰より社長を尊敬しています」

世話になった恩義のためではない。遥人にとって第二の父だった。

「ありがとう。僕にとって何より嬉しい言葉だよ」

都築社長の額には深い皺が刻まれている。美里の事故死まではなかった皺だ。巨大企業を揺るがす損失と愛娘《まなむすめ》の事故死という不幸に同時に見舞われ、どれだけの苦悶があったことだろう。今、遥人に語りかける社長には、哀しみを越えた者だけが持つ深い優しさがあった。

「僕も謝らなければならないことがたくさんあります。僕は美里さんを幸せにできなかった。僕の我儘のせいで……」

美里を愛せなかったという言葉はどうしても言うことはできなかった。社長にも天国にいる美里にも失礼だ。たとえ愛せなくても、遥人が美里の希望通り早くに挙式していれば、美里が命を落とす運命を辿ることはなかっただろう。そのことはいくら詫びても取り返しがつかない。

しかし、都築社長は首を横に振った。

「君が美里を女性として見ていないことは最初からわかっていたよ。それでも美里との婚約を強引に進めたのは、美里が君に熱を上げていたからだけじゃない。君を息子にしたかった僕のエゴだ。さっき言った通りね」

「でも、僕がはっきりと自分の意思を主張していればよかったはずです」

「いや、無理だよ。僕も曲りなりに百戦錬磨の経営者だ。若者一人を追い込むことなど簡単なんだよ」

だからこそ社長たる者なのだろう。世界市場を相手に日本の電機業界を牽引するのは、秀でた経営者あってこそだ。

「真面目な君なら、たとえ美里を愛せなくても誠実な夫であり続けるだろう。そうして次代の社長となって都築を支えていってほしいとね。僕は自分の名案に酔って、君の心を無視していた」

都築社長は語り終えると、自分に言い聞かせるように締めくくった。

「結局、誰が特別悪いわけではない。巡り合わせだ」

それから社長は立ち上がり、デスクの引き出しから封筒を取り出して戻ってきた。

「これを君に」

社長から手渡されたのは、遥人にとってごく見慣れたロゴの入った封筒だった。昨年まで勤務していたゼネラルサイエンス社のものだ。

「実は、ゼネラルサイエンス社から君宛に連絡が来ていたのを僕が握り潰していた。保留にしてあるから、堤電機に残るも、都築に帰ってくるも、それともアメリカに行くも、自由に決めるといい」

「え……」

もう責任を果たさなくていいというのだろうか？　遥人は驚いて都築社長の顔を見つめた。

「これからは自由な人生を歩みなさい」

都築社長は区切りをつけるように大きく息を吐き、遥人に微笑みかけた。

「あの技術のことは気にしなくていい。堤電機との提携の道を探ってみるよ。うちが先に完成すればそれも不要だが……」

さっぱりとした口調だったが、いつもは最後まできちんと言い終える話し方をする社長にしては珍しく、最後は曖昧に濁した。それは都築エレクトロニクスの開発が土壇場で壁に当たり、難航しているからなのだろう。

「社長。今後の身の処し方は僕自身の意思で決めさせてもらいます。でもその前に、もう一度だけ僕に任務を与えていただけないでしょうか」

今度は都築社長が驚く番だった。

「君は何を……」

「提携交渉にあたらせていただけないでしょうか」

「しかし君は今、表向きは堤電機の社員だろう。まさか都築から送り込まれたスパイ要員だと身元を明かすのか？」

「そうです。その方が話は早いし、僕はあちらの弱点を知っている。新山亮平も連座させて、堤電機の社長に請願します」

都築社長は驚いた表情で聞いていたが、突如笑い出した。疲れが滲んでいた表情に生気が戻ったのを見て、ほっとした遥人も笑顔になる。

「わかった。君に任せる。叶わなければ先行完成に賭けるのみだ。開発を全力で進める体制は変えないから心配しないでくれ」

「承諾いただき、ありがとうございます」

全力を尽くすことを誓い、遥人は立ち上がって都築社長に深々と一礼した。禊《みそぎ》を済ませて、これで堂々と早穂子のもとに行けると思ったのだ。こうしている間にも早穂子が消えてしまうような気がして焦りが募る。

「社長、遅くに申し訳ありませんでした。後日改めてお礼を言わせてください。僕は彼女を探しに行かねばなりませんので、これで――」

「待ちなさい」

出口へ向かおうとした遥人を都築社長が止める。

「彼女は君の前から姿を消したはずだ。居場所はわかっているのか？」

「……いえ」

遥人は唇を噛んで首を横に振った。時間はかかるだろうが、手あたり次第に探すしかない。だから急いでいるのだ。社長に再び一礼して部屋を出ようとした遥人は、背後から聞こえた言葉に振り向いた。

「なぜ僕が自分の過ちに気づいたのか、提携に前向きになったのか。きっかけは、小谷早穂子さんだ。彼女、僕を訪ねてここに来てくれたんだ」

「ええっ？」

「十日前、君の中国出張初日だ」

「………」

遥人のもとを去った直後だ。茫然と社長の言葉を聞く。

「彼女は、君に罪を犯させないでくれと頼みに来たんだ。誠実な人だから、きっとずっと苦しむと。思慮深くて芯の強い、清楚《せいそ》なお嬢さんだった。君が彼女に惹かれたことに納得したよ」

早穂子の姿が、声が、今目の前にいるように鮮やかに浮かび、彼女を傷つけた悔恨の苦しさともに愛おしさが込み上げる。

「関西のご実家に帰ると言っていたよ。でも、正確にはご実家にはいないようだ」

都築社長は立ち上がり、デスクから一通の薄い封筒を持って戻ってきた。

「君と彼女に謝らないといけない。ある事情から急いだ方がいいと思い、非常手段で彼女の新居を調べてもらった。調査会社を使うことはもう二度とないと約束する。僕の勝手な判断だ。許してほしい」

ある事情という言葉に不安を抱きつつ、社長から封筒を受け取る。逸《はや》る手で取り出した紙には、兵庫《ひょうご》県の神戸近郊の住所が書かれていた。紙を握り締め、時計を見る。時刻はもう夜の九時だ。でもまだ交通手段はある――。

その時、脳天を殴られるような事実が明かされた。

「彼女は隠していたが、妊娠しているようだ。さぞ心細い思いをしているだろう」

最後まで聞き終える前に、遥人は社長室を飛び出していた。

＊＊＊

窓を開けると、秋の朝の少し冷たい海風がさらさらと早穂子の頬を撫でた。

「気持ちいいね」

お腹に手を当てて話しかけ、しばらく風を頬に受ける。

遠くに見える海にかかるのは明石《あかし》海峡大橋だ。夜になると点々とライトが灯され、昼間とはまた違った風情を見せる。今は雨上がりの光を浴び、朝靄《あさもや》の中で海は穏やかにさざめいている。すべてがゆったりとたゆたう瀬戸内《せとうち》の空気に包まれていると、まだ悲しみを奥に抱く心が洗われていくようだった。

早穂子が都内の部屋を引き払ってこの地に越してきたのはほんの数日前だ。実家は同じ兵庫県内にあるが、両親や姉は口出しが多いタイプで、しかも干渉のきつい親戚の来訪が多く事情を根掘り葉掘り聞かれて揉みくちゃになるのは確実なので、心穏やかに子供と過ごすことを願った早穂子は独立した環境を選んだ。

この町に決めたのは幼い頃に一時期住んだことがあり懐かしかったのと、家の窓から海が見えることに惹かれたからだ。海に近い綺麗な場所に実家があったという遥人と同じように、生まれてくる子もそんな環境で育ってほしい。都内に比べてここは格安の物件がたくさんあることにも助けられた。小さな平屋の一軒家で、生まれてくる子供とこれから二人で生きていく。

「前の部屋より家賃が安いの。一戸建てなのにすごいよね」

またお腹に話しかける。子供に話す内容ではないが、何でもいい。ここに越してきて数日、早穂子はこうして喋ってばかりいる。

引っ越しの荷解《にほど》きはまだまだこれからで、部屋の半分は積み上がった段ボール箱が占領している。妊婦なのであまり無理はできないし、急がずゆっくり家を整えていくつもりだ。

「一人暮らしでも荷物って案外多いのね」

早穂子はため息をついて段ボール箱の山を眺めた。

荷造りの際に各々の箱の上部と側面に品名をきちんと書いておいたのに、引っ越し業者に無作為に積まれると何がどこにあるのか、目当てのものがなかなか見つからない。昨日は少しふっくらしてきたお腹を締めつけないよう緩い部屋着を取り出そうとしたが苦戦した。

結局、どうせいずれ必要になるのだからと地元のショッピングモールに出かけて手頃なマタニティ服を購入した。今日は早速袖を通している。

まだお腹のふくらみは微妙な変化で、傍目《はため》にはわからない程度だ。でも、お腹の中が少しでも居心地よくなればと思い、早めに切り替えた。この土地には知り合いがいるわけではないので「妊娠したの？」と聞かれて説明しなければならない煩わしさもなく、最初から妊婦でいられる。まだ大きすぎてぶかぶかだが、新しいステップに踏み出したのだなと実感する。

着慣れないマタニティウェアで少し落ち着かないが、今日はこの姿で買い物に出かけて、久々にじっくり料理しようかなと考える。

「ここはお魚がたくさんあって、安くて美味しいんだよ」

煮魚が大好きだった遥人のことを思い出し、お腹を撫でる。

「お父さんと同じようにお魚好きになるかな」

早穂子は魚の骨取りが下手だが、あまり家庭料理を食べてこなかったはずの遥人は驚くほど綺麗に魚を食べる。遥人はよく早穂子の魚から骨を取って食べやすくしてくれた。

「大きくなったら、ママのお魚の骨取りしてね」

しょっちゅう話しかけてしまうのは、一人暮らしだからといって子供に寂しい思いをさせないよう、たくさん声を聞かせてやりたいから。そして認めたくないけれど、遥人にもう会えないことが、本当は苦しいから。

明るく話しかけているのになぜか目が水っぽくなり、早穂子は指先で目を拭うと大きく深呼吸した。

「さあ、買い物に行こうかな」

元気に掛け声をかけ、もうお店は開いているかしらと時計を見ると時刻は八時半で、まだ買い物には早い。早穂子は喋るのをやめ、そのままぼんやりとスマートフォンの時刻表示を眺めた。

その時刻は、つい十日前まで早穂子の日常だった堤電機のオフィスを思い出させた。身体に沁みついているせいで、この時間になると会社をさぼっているように錯覚してしまう。でも、もう自分はそこを去ったのだ。

手の中のスマートフォンは時を刻んでいく。今頃みんなはそろそろ出社し終えて職場が活気づいてくる頃だ。夜型の亮平はいつも遅めの出社で、一課はまだだらけている。二課はショートスリーパーの遥人の出社が早いのと時差がある海外拠点との連絡のせいで、今頃はもうフル回転で……。鮮明に浮かぶ職場の景色を二課まで辿った時、早穂子は胸の痛みに目を閉じた。

昨日、遥人は中国出張から帰国している。昨日は出社しただろうか、それとも今日だろうか。遅くとも今はもう早穂子の退職を知ったはずだ。

スマートフォンの中にもう遥人はいない。昨日の帰国と同時にメッセージアプリも電話番号も履歴も何もかも、遥人に繋がるものは削除した。けじめのつもりだった。

この十日間、今ならまだ間に合う、何食わぬ顔で戻れば元に戻れる、遥人にまた会えると何度も考え、衝動を堪えてきた。

しかし出社して早穂子の退職を知った今はもう、彼は別れだと理解したはずだ。もう戻れないのだ。知らぬ顔で戻れる猶予は過ぎてしまった。本当の別れは十日前のあの日ではなく、今だった。

「……ごめんね」

悲しんでごめんね。しばらく唇を引き結んでいた早穂子はお腹に謝った。口だけ空元気を出していても、お腹には嘘をつけないものだ。それでも目をしばたたいて顔を上げた。

「お店が開く時間まで、お鍋を探そうかな」

傍にあった段ボール箱から、キッチン用品と思《おぼ》しき箱を手あたり次第に開けてみる。何かしていれば気が紛れて、そのうち平気になるはずだ。

最初に開けた箱にはキッチン周りの掃除用品が入っていた。あとで所定の場所に収めることにして、次の箱を開ける。次は当たりで、やかんと片手鍋が出てきた。一人暮らしを始める時に母に持たされたものだ。

〝本当はね、君の部屋みたいなのが好きなんだよ〟

〝私の部屋?〟

〝家族の写真が飾ってあって、実家から押しつけられたみたいな、年季の入ったやかんや漬物ビンがあるような〟

遥人との会話を思い出した早穂子はそれを振り切るように次の箱のガムテープを剥がし始めた。先ほどの箱には目当ての煮魚に最適な平鍋は入っていなかったが、この辺りの箱のどれかにある気がする。

「あ、これこれ」

箱の底の方に目的の平鍋の持ち手があるのを見つけ、引っ張り出す。その手が止まった。

鍋の上に詰められた細々とした小物の中に、今は輪ゴム入れになっているあのヒヨコが——初めて遥人からレクチャーを受けた時に彼から貰ったヒヨコの缶が顔を覗かせていた。梱包《こんぽう》用の薄紙で大切に包まれたヒヨコは、紙の隙間からあの日と変わらずくりくりとした目で早穂子を見上げている。亮平に捨てられてしまい、あとでこっそりゴミ箱から救出したことを思い出し、早穂子は笑った。中身を食べ終えてもどうしても手放せなかったのは、ただ可愛いからというだけではなくて、遥人がくれたものだったから。

「あの頃は他人行儀だったなぁ」

最初の頃の二人のぎこちなさを思い出し、また笑う。笑っているはずなのに視界の中でヒヨコが滲み、揺れて見えなくなっていく。

ヒヨコの上にぽたりと一滴、涙が落ちた。慌ててそれを手で拭う。

「……泣いたら駄目」

マタニティ服の胸元を握り締め、念じるように呟いた。お腹の子供も悲しむから。

「泣いたら駄目……」

弱くなるから。会いたくなるから。前を向くと決めたから。だから、思い出しては駄目。

なのに、強くありたいと願っても、遥人との思い出がぽたぽたと音を立てて降り続ける。

些細な会話も笑顔も肌の温もりも。彼と過ごしたのはわずかな間だったのに、ただありふれた日常を共にしただけだったのに、どうしてこんなに思い出が増えてしまったのだろう。

会いたいというその一言だけは口にするまいと胸元を握り締めて歯を食い縛る。

その時、玄関のブザーが鳴った。もうすぐ九時になるので、宅配便でも来たのだろう。由希に頼んでおいた会社の私物がそろそろ届くはずなので、たぶんそれだ。

急いで涙を拭い、段ボール箱に手をついてゆっくりと立ち上がる。妊婦なのだから、慌ててはいけない。

「はーい」

できるだけ明るく声を張り上げた。環境も間取りもとても良い物件だが一つだけ欠点があり、来訪者を画面で確認できる仕様ではなくシンプルなブザーだけなのだ。のどかな田舎の古く小さな家なので仕方がないのだが、母子二人の世帯ということを考えると心細い。業者に依頼して画面付きのものに替えることにしていた。

「今出ます」

頬に涙が残っていないか確かめて、急いで玄関に出る。

「ごめんなさい、時間がかかっ……」

引き戸の玄関ドアを開けた早穂子の声はそこで途切れた。

なぜ――。

自分の目を疑う。何も声を出せなかった。何が起きたのかもわからなかった。ただ目の前に立つ人を茫然と見つめる。

「早穂子」

そこに遥人が立っていた。白昼夢を見ているのかと茫然としていた早穂子は、自分の名を呼ぶ彼の声でまた息をのんだ。

彼の姿に目を見張る。汗一つかかず、いつも涼しげに微笑んでいた彼が、今はひどくくたびれて見えた。普段はお行儀よく素直なさらさらの髪は乱れ、スーツもまるで長い旅から帰ってきたばかりのように着崩れている。そして今の彼は思い詰めたような目をしていた。

「早穂子……」

遥人の視線が早穂子の無事を確かめるかのように顔から下へ、全身を辿ってからまた顔に戻る。彼はまるで今にも泣き出しそうな表情で再び早穂子の名前を呼んだ。

遥人の視線を辿って自身を見下ろした早穂子ははっとした。マタニティ服を着ているのだ。

妊娠したことを知られてはならないのに。そのために彼の前から姿を消したのに。

慌てて玄関の引き戸を閉めようとしたが、一瞬早く遥人がドアを掴んで止めた。

「待ってくれ」

「帰って……！」

早穂子は悲鳴を上げ、開いたドアを放置して家の奥に逃げ込んだ。突然のことで、他にどうしていいのかわからなかったのだ。彼がこの服をマタニティ服だと見て取ったかどうかわからないが、できれば気づいていないことを願う。

「早穂子、待ってくれ！　走らないで……頼むから、走らないでくれ」

走って逃げたくても、小さな家はほんの数歩で行き止まりになる。玄関から入ったリビングの段ボール箱に阻まれ、早穂子はすぐに逃げ場を失った。床に座り込み、マタニティ服を隠そうと両手で我が身を抱いて叫んだ。

「帰って！　お願い、帰って……」

「これ以上近づかないから、お願いだから落ち着いてくれ……身体に障るから、お願いだ、僕が悪かったんだ」

遥人は部屋の入口で立ち止まり、必死で懇願してくる。

〝身体に障るから〟

その言葉で彼がすでに妊娠を知っていることを悟り、早穂子はいよいよ動転してしまった。

この状況からしてもそれは明白だ。中国出張から昨日戻ったばかりなのに、こんなに朝早くこの場所に彼が来たということは、そういうこと――責任を感じて駆けつけたのだ。

それだけは避けたかったのに。

彼の顔を見ることができて嬉しいと思ってしまう弱い心を振り捨てて叫んだ。

「責任は取ってくれなくていいの！　責任なんか取ってもらいたくないの！」

「そうじゃない。僕は責任のためだけに来たんじゃない」

近づこうとする遥人に向かって必死に首を横に振る。

「早穂子、許してくれ……いや、僕を許さなくていいから、頼むから君の傍にいさせてくれ」

「い、要らない……要らない」

責任を取って傍にいるなんて、私が耐えられない。そう強く思うのに、彼の傍にいたいと自分自身が一番強く願っていることが、早穂子にとって何より悔しかった。

「帰って……こうなることが怖かったから、だからここまで来たのに……」

早穂子の目から涙が溢れた。こんな言葉を投げつけたくなかった。だからここまで逃げてきたのだ。本当はまだ強くなんかない。それがばれてしまう前に、お願いだから帰ってほしい。傍にいてと叫んでしまう前に。

「泣かないで……頼む、泣かせるために来たんじゃない」

その時、遥人がその場に膝をついた。

「お願いだ、僕を許さなくていいから、君の傍にいさせてくれ。愛してるんだ」

〝愛してるんだ〟――早穂子の頭が一瞬真っ白になった。しかし必死に踏ん張り、首を横に振った。そんな言葉に騙されて生きていきたくない。真実から目を逸らして、彼を苦しめながらまがい物の愛にしがみついて生きていきたくない。

「要らない……責任を取ろうとしないで。嘘なんかやめて、だったら一人でいる方がいい」

「嘘じゃない。僕は――」

「私は美里さんの代わりにはなれないの！」

早穂子が思わず口にしてしまった名前が部屋の空気を震わせた。小さな部屋に沈黙が落ち、窓から吹き込む風にそよぐカーテンのかすかな音だけが響く。

やがて遥人が絞り出すような声で答えた。

「……都築家のことで早穂子に不愉快な思いをさせて悪かった。少しだけ、美里について説明させてほしい」

きっと早穂子にとっては辛い事実が明かされるのだろう。できるなら耳を塞いでいたかったが、遥人が明かしたのは早穂子にとって意外な事実だった。

「僕と美里はたしかに婚約していたが、清い関係だった。僕にとって美里は妹のような存在だったんだ」

遥人は床についた膝を握り締め、苦痛に顔を歪めて白状した。

「僕は彼女を女性として愛することができなかった。僕が犯した最初の罪だ」

早穂子は涙で濡れた目を見開いた。

〝心に決めた人〟ではなかったの……？

なぜ美里は遥人がいながら亮平に騙されたのか。なぜ都築家が遥人を責め、責任を背負わせたのか。すべてはここにあったのだ。

遥人の立場でこれを口にするのは美里への侮辱になる。美里が亡くなってしまった今はなおさら、それは自分の内に秘めておかねばならないこととして遥人を苦しめてきただろう。今こうして明かしたのも苦渋の思いのはずだが、早穂子に真実を伝えるために彼が決死の思いでいることが感じられた。

しかし、だからといって早穂子を愛しているという言葉の証明にはならない。そこにあるのは、美里との関係は実体のないものだったという事実だけだ。

床に跪《ひざまず》いた彼は悔恨に顔を歪め、ひどく疲れて見えた。

「だけど、僕は一番大きな罪を犯してしまった。早穂子、君に対してだ。僕は罪もない君に近づいて、君を、自分の欲望で……」

そこで遥人は苦しそうに言葉を止めた。

「その先は言わないで」

早穂子は首を横に振り、お腹に手を当てた。それだけで昂った神経が収まり、代わりに穏やかな温もりが湧いてくる。たとえどんな憎しみからでも、清らかな命や愛は生まれるもの。お腹の命はそれを早穂子に教えてくれた。

「私のことはいいの。妊娠のことも申し訳ないなんて思ってほしくない。あなたと出会ったこと、後悔してないの。私は幸せに、顔を上げて生きていける」

美里を愛せなかった責任のために都築家の支配を受けた彼が、さらに今度は早穂子とお腹の子への責任を背負おうとしている。早穂子にはそんなむごいことはできなかった。だから、今はもう〝愛してる〟という言葉は言わない。遥人の罪悪感を強くするだけだ。

「だから、私から自由になって。復讐や責任から自由になってほしいの。私が望むのはそれだけなのよ」

しかし、早穂子が言葉を重ねれば重ねるほど、遥人は泣き出しそうな表情になっていく。

「許してくれとは言えない。信じてくれとも言えない。だけど、僕の傍にいてくれ。お願いだ。本当に君を愛してるんだ」

遥人の目から涙が落ちた。知的で冷静でいつも穏やかで――そんな彼が泣く姿は、早穂子にとって初めて見る光景だった。長い間一人で耐えてきた孤独な彼を抱き締めたくなるのを堪える。

「美里を愛せなかったために報復を命じられた僕には、ターゲットである君を愛することは大罪だった。でも、僕は今まで誰にも心を動かされたことがなかったから、やり遂げる自信があったんだ。君と出会うまでは」

早穂子にも都築家にも懺悔《ざんげ》するように、遥人は床に手をついた。その床にぽたぽたと雫が落ちる。

「でも君と出会って、惹かれるまいと思っても、君を愛さずにいられなかった。どうしようもなかったんだ」

彼は孤独な人だった。これまで誰も涙を拭ってくれる人はいなかっただろう。だから彼は感情を捨てて生きてきた。最初に出会った日の彼の冷ややかな目を思い出し、早穂子は愛おしさで痛む胸を握り締めた。

「でも、許されないとわかってるけど、僕は復讐を後悔していない。なぜなら、早穂子に出会えたから。君を苦しめたのに、不謹慎だとわかってる。でも、誰を裏切ることになっても、何を捨てても、僕は君を諦められない。どんなに無様でも」

彼の言葉通り、今の遥人は何もかも捨てて、無様に跪いて早穂子に愛を乞うていた。

「僕を愛してくれなくていい、だけど見捨てないでくれ。頼むから僕を置き去りにして行かないで」

早穂子はふらふらと立ち上がった。もう彼を信じていたが、それは結局どうでもいいことだった。あの夜にわかっていたことだ。自分は彼を愛している。それだけでいいのだ。一歩、一歩と踏み出す先の遥人が温かな涙で滲んでいく。

早穂子が立ち上がったことに気づかず、遥人は床に両手をついたまま必死に愛を告げている。

「今まで誰も愛したことがなかった。君でなければ、僕の人生に二度と愛は入ってこない。お願いだ。僕の傍にいて」

早穂子は俯いて跪く遥人のやわらかな髪にそっと手を伸ばし、胸に引き寄せて抱き締めた。

「早穂子……」

驚いて喋るのをやめて遥人が顔を上げる。その頬を両手で包み、早穂子はありったけの愛を込めて笑いかけた。

「あの夜に言ったじゃない。愛してるって。私の全部をあげるって」

エピローグ

朝の光が差し込むリビングにコーヒーの香りが漂ってくる。ソファで膝にのせたタブレットを熱心に見ていた早穂子は顔を上げ、カップを二つ手にしてリビングに入ってきた遥人に微笑みかけた。

「ミルク多めにしておいたよ」

「ありがとうございます」

カップを受け取った早穂子は、遥人が隣に腰かけるのを待ってから一口飲み「美味しい」と口元をほころばせた。

退職し姿を消した早穂子を遥人が追いかけ、結ばれてから三年。あのあと遥人と挙式した早穂子は翌年、無事に男の子を出産した。今は遥人の海外転職に伴い、アメリカのシリコンバレーの中心都市サンノゼで暮らしている。

「蒼介《そうすけ》は泣いてなかった?」

「ご機嫌だったよ」

「よかった……。この間まで大泣きしてたから」

「それを見て早穂子も泣いてたけどね」

遥人がからかう。

今日は遥人の仕事が休みなので、早穂子の代わりに子供をナーサリーと呼ばれる幼稚園に送っていった。小学校入学までに英語での集団生活に馴染んでおくために先月から通わせている。

「手を振ってる僕に振り向きもせずお友達のところに駆けていったよ。薄情な息子だ」

「逞しいって言うのよ」

コーヒーのカップを両手で包んで早穂子が笑う。顔立ちが遥人に瓜二つの息子は、都築社長曰く性格も幼少期の遥人にそっくりらしい。あまりに早穂子が息子を可愛がるので、遥人はたまに妬ける時がある。

「何を見てたの？」

「あ、これね、すごいの！」

早穂子の膝のタブレットを遥人が視線で指すと、早穂子は興奮気味に答えた。

「これ見てください。堤電機と都築エレクトロニクスのニュースです」

早穂子の肩に遥人が顔を寄せ、タブレットを覗き込む。

「次々と新型ディスプレイが発表されてます。提携から三年も経ってないのに、すごくないですか？」

「うん、順調そうだね」

遥人も笑顔で頷いた。微笑んだのはニュースを見たからではなく、嬉しそうな早穂子が可愛らしいからだ。実のところ、堤電機と都築エレクトロニクスの二社による提携事業の状況は、都築社長と亮平から折々届くメールで知っている。

現在、遥人はアメリカのゼネラルサイエンス社に勤務しているが、あのあと昨年までは引き続き堤電機にいた。都築社長に誓った二社の提携を実現するためだ。スパイ行為から提携交渉へ任務を変えた遥人の願いが叶い、堤電機と都築エレクトロニクスの水面下の攻防は、共闘という明るい未来に向かう形で実を結んだ。本来なら手にするはずだった独占勝利を手放した都築社長の英断もあったが、亮平の懺悔も無意味ではなかったように思う。

亮平と二人揃って堤電機の社長の前で請願した時のことを思い出し、遥人はつい噴き出してしまった。遥人が都築エレクトロニクスの工作員だと〝自首〟した時の堤電機の社長の呆気に取られた顔は、不謹慎ながら何度思い出しても笑ってしまう。そのあとの、亮平の派手な土下座も。対抗心が強いうえ目立ちたがりの亮平は、あんな場面でも遥人より派手なパフォーマンスをしなければ気が済まなかったらしい。

「どうして笑ってるの？」

笑いを抑えられない遥人を見上げ、早穂子が不思議そうに聞いてくる。

「……いや」

〝新山〟の名前を出したくなくて、遥人は顔を引き締めてごまかした。

情けないので早穂子には知られたくないが、何年経っても遥人の中で亮平に対する嫉妬は健在だ。物事に執着するタイプではないと思っていたが、早穂子に関してはしつこくなる自分に呆れてしまう。でも、そんな人間臭い自分も悪くない。

遥人の〝自首〟に堤電機の社長は頭を抱えていたものの、衝撃が大きすぎたせいか、それとも亮平の所業もあってスパイ行為はお互い様だからか、遥人を責めなかった。

『芹沢君を僕の補佐役にと人事に依頼していたんだが……いやはや』

むしろ遥人が敵方である都築エレクトロニクスの社長の腹心であることを残念がってくれた。遥人と亮平の請願はきっかけに過ぎず、堤電機が提携に大転換したのは経営上の理由があったからだが、一介の社員の請願に向き合ってくれた人間味ある堤電機の社長に感謝している。

「結果的に、これがベストだと思うよ。堤にしろ都築にしろ、単独でこの技術を打ち出していたら、ここまで完成度の高いディスプレイは生まれていなかっただろうね」

真面目な顔に戻り、遥人はこの事業に携わったすべての人間に敬意をもって振り返った。二社の提携の陰にはひっそりと散った美里の存在もある。天国の美里は安堵してくれただろうか。心の中で美里にそっと語り掛ける。早穂子には明かすことのない、遥人の胸の内に秘めた対話だ。

「そうですね」

早穂子も隣で静かに頷いた。その表情と声音から、彼女も美里に思いを馳せてくれていることを感じ、遥人は感謝を込めて華奢な肩を抱き寄せた。早穂子の優しさにどれだけ遥人が救われたか、早穂子は知らないだろう。

「あ、そうだ。この間、美鈴さんがベビー服を送ってくださったそうなの。蒼介の二歳の誕生日を祝って。もうすぐ届くはず」

唐突に美鈴の話題が飛び出したのは、やはり早穂子も美里のことを考えていたせいに違いない。

美鈴は昨年に都築エレクトロニクスの社員と結婚した。これで次期社長が内定したことになる。我儘な娘に手を焼いていた社長も、とりあえず肩の荷が下りたと安堵していた。ただ、会社を任せるに娘婿はまだ頼りないそうで『いい補佐役が見つかるまでは当分引退はできそうにない』と苦笑交じりにぼやいていた。

都築社長はこうも言った。

『いつか……遠い未来でいい。遥人君が納得のいくキャリアを積めた時、都築に帰ってきてくれたら嬉しい』

（いつか……帰ります）

都築の新社長を支えていけたら。

心の中で返事してから、遥人は早穂子に渋い顔を向けた。

「美鈴の趣味は派手だからなぁ……。どんな服が届くんだろう」

「何失礼なこと言ってるんですか」

遥人の言葉に早穂子が憤慨している。今では早穂子は美鈴のことが大好きらしい。

「ああ見えて、美鈴さんはすごくしっかりしてるの。悪ぶってるけど、すごく優しいんですよ」

三年前、早穂子を都築社長に引き合わせてくれたのは美鈴だ。その際、早穂子がつわりで体調がよくないことを察し、秘書づてに社長に伝えてくれたのもどうやら美鈴らしい。

「あ、下にいっぱい画像がありますよ……ここに都築社長が写ってます！　お元気そう」

ニュース記事をスクロールしていた早穂子が嬉しそうに声を上げた。

「どれどれ」

都築社長が元気なのは知っているが、早穂子に付き合い遥人も画面を覗き込む。理由など何でもいいから、こうして早穂子にくっついている時間が遥人には至福の癒しなのだ。

「わー懐かしい！　こっちの画像には戦略推進室長も写っ……」

早穂子の声が途中で止まり、それから彼女が慌てて画面をスクロールした。おそらく、室長の隣にいる新山亮平に気づいたからだろう。

「どうして飛ばすの、見えないよ。何が懐かしいって？」

遥人が横から手を出して画面を上にスクロールすると、早穂子も負けじと抵抗する。早穂子を苛めているのか自虐なのか、亮平の画像に戻そうとする自分も滑稽だ。

すると早穂子は観念したらしく画面のスクロールを諦め、両手で鼻を隠した。

「……何やってるの?」

「だって、鼻がひくひくしてるって」

「覚えてたんだ」

思わず笑ってしまった。遥人は早穂子の膝からタブレットを退け、彼女を膝の上に抱え上げた。

「あの時も言ったけど嘘だよ」

早穂子をからかったあの会話は、二人が最後に抱き合った夜のことだった。あの時、早穂子は去ることを決めていて、遥人に最後に愛を告げに来てくれた。

「手を退けて」

「やだ」

「キスさせて」

不意に真剣に遥人が囁くと、早穂子がおずおずと手を外した。その手を握り、甲に、指に、口づける。それから頬にも、額にも。

「好きだよ」

遥人が囁いて見つめると、早穂子は恥ずかしそうに目を伏せた。その顎を引き寄せ、そっと唇を重ねる。

「ん……」

優しく体温を重ねるようなキスが次第に深くなる。二人の横で、タブレットがソファから床のラグに滑り落ちる音が聞こえた。

「いい……？」

唇を離した遥人がそっと尋ねる。早穂子はかすかに首を横に振ったが、赤く染まった頬は逆の返事を伝えている。

「でも、まだコーヒー飲んでない」

「あとでもう一回淹れる」

「お昼ごはん考えないと」

「僕は早穂子が欲しい」

早穂子の頬がいよいよ赤くなる。結婚しても、いつまでも恥ずかしがりなのだ。

「ここじゃ駄目……」

「どうして？」

「明るいから」

それは、服を脱いで裸で抱かれたいということ。

キスしながら続く攻防はどちらが勝ったのか負けたのか、早穂子の恥ずかしそうな甘いお願いで決着がついた。遥人が早穂子を抱き上げ、もう一度キスして寝室に連れていく。

シーツの上に早穂子を下ろした遥人は荒い手つきでシャツのボタンを外して脱ぎ捨てた。それでも早穂子に触れる手は優しい。大切に、一枚また一枚と服を脱がせてはやわらかな肌に口づける。夜ごと見ている肌なのに、脱がせるたび、触れるたび、どうしてこんなに胸が震えるのだろう。

カーテンを閉めた薄暗い寝室で、一糸纏わぬ彼女をシーツに横たえる。

「早穂子」

覆いかぶさるようにして早穂子の両脇に手をついた遥人は、息をするのも忘れてその美しい身体を見つめた。

亮平への嫉妬も、そろそろ二人目が欲しいねなんて言葉を口にしたとしても、出会った頃の復讐のように、きっと口実でしかない。ここにあるのはただ、愛だけだ。

「好きだよ」

溺れる前にそっと囁く。

どれだけ言えば伝えられるのだろう。どうすれば君をもっと幸せにできるのだろう。もどかしく、ひたすらにそれを願い続ける。

「君と出会って知ったんだ」

これが愛なのだと。

書き下ろし番外編

その猫が初めて姿を見せたのはクリスマスも近い真冬の頃だった。休日に親子三人で出かけて自宅アパートメントまで帰ってきた時のことだ。遥人が先に車を降りてチャイルドシートを外していると、待ちきれずにそわそわと外を眺めていた蒼介が声を上げた。

「あ、猫がいるよ！」

「猫？」

蒼介を車から降ろしてやってから辺りを見回したが、駐車スペースにもその向こうに広がる庭園にもそれらしき姿は見えない。

「ほらあそこだよ、真っ黒ニャンコ」

蒼介の指さすあたりに目を凝らすと、葉の落ちた低木の根元に隠れるようにして黒猫がうずくまっているのが見えた。夕闇の垂れこめた暗がりにその炭のように黒く小さな姿はすっかり溶け込んでいて、金色に光る目でようやく存在がわかったという感じだ。猫は用心深くこちらを窺っている。

「あら……黒猫ちゃん」

遥人の手に掴まりゆっくりと車を降りた早穂子も猫を見つけ、優しい目で微笑みかけた。

アメリカで暮らし始めて二度目の冬。早穂子は二人目の赤ちゃんを身ごもっていて、最近はふくらみ始めたお腹が重そうだ。遥人も蒼介を外に遊びに連れ出したり家事をこなすなどできる限り早穂子を休ませようとしているが、お腹で新しい命を育てるという大仕事だけは代わってやれない。男の非力さを実感するばかりだが、早穂子への感謝と愛おしさもいっそう増すのだった。

「わーい、ニャンコだニャンコ！」

ナーサリーで仲良くしている友達の家が猫を飼っているのを羨ましがっていた蒼介ははしゃぎ、勢いよくその黒猫に駆け寄ろうとした。ところが、それまでじっとしていた黒猫は途端に背中の毛を逆立て、怖い顔で「シャーッ」と威嚇の声を上げた。驚いた蒼介は飛び上がって逃げ戻り、早穂子のスカートに掴まって半べそをかいている。

「あの猫、怖い」

「猫ちゃんはびっくりしただけなのよ」

しょげる蒼介を早穂子が慰めた。蒼介が怖がるのは無理もなく、確かに黒猫の神秘的な風貌はペットとして一般的にもてはやされているわかりやすい愛くるしさとは一味違う。ましてや子猫でもない大人の迫力ある猫なのだからなおさらだ。

ただ、黒猫は子供相手にやみくもに威嚇するわけではなく、声を発したのは一度きりでまた元の姿勢でうずくまった。

「僕のこと嫌いなのかな」

「違うよ。猫ちゃんはああやって一生懸命に自分の身を守って生きてるの」

「あの猫にママはいないの？」

やり取りの間に、慰められていた蒼介より早穂子の方が悲しそうな表情になっていく。

「そうね……」

「こんな時間にお外にいるし……飼い主さんいないのかしら」

その猫は痩せていて、首輪などはない。人間を見る視線は警戒心に満ち、額には白い傷跡が走っている。良い環境でぬくぬくと暮らしているようには見えなかった。

しかしその猫に住処《すみか》があるのかを確かめる術はないし、いつまでもこうしているわけにもいかない。西海岸とはいえ冬はそれなりに冷え込むので、妊婦である早穂子の体調も気になる。

「あとで僕が様子を見にくるよ」

早穂子の悲しそうな顔に弱い遥人はついそんなことを請け負ってしまった。しかし、実は先ほどの黒猫の威嚇で飛び上がったのは蒼介だけではない。これまで猫と関わる機会が一切なかった遥人にとって、猫は未知の生命体だ。しかもいかつい風貌ときている。様子を見に戻ってまだそこに猫がいたとしても、何か役立つ行動ができるのかは甚《はなは》だ怪しかった。

そうとは知らない早穂子は遥人の言葉に少しほっとしたようで、すがるような目で見上げてきた。

「ほんと?」

「うん」

芯の強い早穂子は必要以上に甘えたりしないタイプだから、それだけに時折こうして頼りなげな表情を見せられると遥人は頑張ってしまうのだ。

「黒猫ちゃん、またね」

心配そうな早穂子を促してその場を離れ、自宅に入る。そのあと遥人は約束通り外に出て恐る恐る駐車スペースに戻ってみたが、黒猫の姿はもうそこになかった。

「今見てきたけど、もういなかったよ」

そう報告すると、早穂子は心配そうな表情をいくらか緩めた。

「どこか帰る場所があるといいな……」

「そうだね」

丹念に探したかと問われたらそうではないが、とりあえずあの黒猫と一対一で対峙する事態には至らなかった。早穂子とは違う理由で遥人は胸を撫で下ろしたのだった。

ところがその数日後、黒猫はまた現れた。今度は昼間だったため猫の様子がよく見えたのだが、黒猫は怪我をしているのか後ろ足を引き摺《ず》っていて、前回よりも衰弱していた。そんな身体でも力を振り絞り、近づく人間に歯を向いて威嚇しようとする。

「どうしよう……やっぱり飼い主のいない猫なのよ。このままだと死んじゃう」

早穂子は不憫でならないらしく涙ぐんでいる。まだ住み慣れていない異国の地であるうえ、動物愛護のルールも法律も日本とは異なる。こういう時どうすればいいのかまったくわからず、ネットで近隣の動物保護団体を見つけ出して連絡した。

到着した保護団体のスタッフがまず最初に問いかけたのは、この猫を家族として迎える意思があるかどうかだった。

当然予想できた質問だが、ここで遥人はぐっと返答に詰まってしまった。

結ばれる前、早穂子から猫にまつわる子供時代の悲しいエピソードを聞いたことがある。その時、子猫を救えなかったことをずっと悔やんでいるという早穂子に、遥人はいつかその子の代わりに救える命があると答えた。その返答は今でも変わらないし、早穂子と家庭を持った今、彼女が望むなら叶えてやりたいと強く思う。

しかし早穂子は出産を控えている。新生児は抵抗力がなく、できるだけ危険を回避して慎重にケアしなければならない。それにもし家族に迎えたとしても、いつか遥人がアメリカでの仕事を終えて一家が日本に居を移す時、動物の移送には検疫の問題が立ちはだかる。何か月も隔離され検疫のチェックを受ける間、猫は家族と離れ離れになるのだ。実際問題、動物を家族に迎えるのは帰国してからだねと、早穂子とそんな話をしたこともあった。

（そういう問題もあるが……）

遥人は目の前の黒猫を見下ろした。

保護団体のスタッフも加わり何人もの人間に囲まれた黒猫は小さな体で精一杯に威嚇している。口を大きく開けると前歯が一本折れているのが見えた。額には傷跡。凶暴だったらどうする？　蒼介も怖がっているし、出産など諸般の問題もある。早穂子も二の足を踏むに違いない。

　ところが予想を鮮やかに裏切り、早穂子は潤んだ目で遥人を見上げてきっぱりと言った。

「この子を家族にしたいです」

　さすがに声に出して〝えっ？〟とは言わなかったが、遥人が躊躇していることは表情に出てしまっていただろう。命を預かるということの責任の重さを理解しているからこそでもあるが、この黒猫の剣幕に怖気づいていることは否めない。

（いや……だって）

　以前、ネットで猫画像を見ていた時に早穂子が救えなかった子に似ていると言っていたのはキジトラのむくむくの愛くるしい子猫だった。

「ウウウ……シャーッ」

　目の前の怒りまくっている黒猫は、早穂子がいつか猫を迎える未来として遥人がイメージしていた図とは若干……いやかなり違っている。家に馴染めなかったら？　赤ちゃんに危険な細菌などはないのか？　突然降ってわいた事態だけに予備知識がなく、様々な疑問と懸念が浮かんでばかりだ。

　しかし早穂子の意志は固かった。

「きっと今まで誰からも愛情を受けたことがない子です。一人で必死で生きてきたはず。温かで安心できる場所で、私の手で大切にしてあげたいんです」

早穂子の表情に自分たちの過去を想った遥人は不意に胸を打たれてしまった。明石の小さな家で、早穂子は膝をついて泣いた遥人を孤独な人生ごと抱き締めてくれた。

(ああ……この表情)

「この猫にはお家がないの?」

胸を詰まらせ何も言えずにいる遥人の隣で、蒼介が尋ねる。

「そうよ。帰るお家も、お腹いっぱい食べることも、安心して眠れるあったかいお布団もなくて、家族もいないの」

「クリスマスでも独りぼっちなの?」

「そうよ」

それを聞いてしばらくじっと猫を見つめていた蒼介が厳かな口調で決意を述べた。

「僕のお布団、あげる。ご飯もあげる。……ママも貸してあげる」

驚いたことに、黒猫の迫力に怯えて泣いた蒼介までがそんなことを言う。

それまで黙って家族三人の様子を見守っていた保護団体のスタッフがここで口を開いた。こちらは日本語で会話しているので内容は理解できなかったはずだが、空気でそれとなくわかるのだろう。

「お父さんは無理そうだね。うちで保護して里親を探す道もありますが?」

(いやいやいやいや)

まだ何も言っていないのに決めつけられるのは心外だ。遥人はその男性スタッフに憤然と向き直った。年齢は遥人と同じぐらいだろうか。どことなく新山亮平に似たタイプの顔立ちだ。それが癪にさわってしまう自分が大人げないことは自覚している。

「反対しているのではありません。妻が出産予定なので、動物を迎える前に考えておくべきことがあるかと」

　すると男性スタッフは肩をすくめた。

「それは言うまでもないことです。ただし、そもそも駆虫や怪我の治療は人間のためではなく猫のために行うんだけどね」

　言葉に棘があるようにも感じられるが、それでも男性スタッフの言葉を正しく解釈しようと遥人が頭の中で反復していると、蒼介が悲しそうに遥人の服の裾を引っ張った。

「パパ……反対しないで」

「反対してないよ！」

　立場悪し。遥人は慌てて否定した。反対ではなく、現実の問題への対応と段取りを冷静に考える役も必要だと思うのだ。

　そんな遥人をよそに、男性スタッフはやけに優しく早穂子に微笑みかけた。

「ベビーはいつ生まれるの？」

「三月の予定です」

男性スタッフが大仰な身振りで祝福すると、早穂子ははにかんだ顔で笑った。早穂子への態度と遥人への態度にかなり差があるのはもう捨て置くことにする。

しかし、いざ黒猫を保護する段になると彼を見直すしかなかった。威嚇する黒猫を宥め、鋭い牙も爪も恐れず怪我の程度を確認する。彼の手には動物への労りが溢れていた。

ずっと昔、遥人が両親を失い一人でいた頃は周囲の人間の醜さを思い知ることが多々あった。虐げられる存在を守る彼らも、人の醜さを嫌というほど見てきたことだろう。彼の懐疑的な態度は動物たちを守る立場ゆえなのだ。

病院で診察してもらった結果、黒猫の年齢は人間で言うとおそらく三十歳程度だという。幸いなことに目立った重病はなかったが栄養状態が悪く、額の傷跡と折れた歯が環境の厳しさを物語っている。後ろ足は脱臼しており、麻酔をかけたうえで折れた歯の抜歯とともに処置を受けた。

黒猫はそれらの治療とお腹の駆虫薬の服用が終わるまでの一週間は保護団体のシェルターで過ごし、その間にこちらは猫を迎える準備を整えることになった。

「毎日シェルターに会いに行きますね」

麻酔が切れてもまだ眠そうにしている黒猫の背中をそっと撫でながら早穂子が言った。

「家に来た時、できるだけ不安な思いをさせないように」

「そうだね。そうしてやってください」

男性スタッフもほっとした様子だった。

「名前はどうする？」

遥人が何気なく尋ねると、早穂子は目を輝かせて「もう決めてるんです」と答えた。

「あの、官兵衛《かんべえ》はどうですか？」

「か……カンベエ？」

てっきりレオとかソラとかいうような巷で人気の名前を提案されると思っていた遥人は一瞬ぽかんとして聞き返したが、アメリカに来たばかりの頃に早穂子が日本語を恋しがって時代物のテレビドラマを熱心に観ていたことを思い出した。官兵衛はそのドラマの主役だった戦国武将だ。

「黒田《くろだ》官兵衛？」

遥人が尋ねると、早穂子は少し恥ずかしかったのか、頬を赤くして頷いた。

「だって黒いから」

意外と単純な早穂子のネーミングセンスについ笑ってしまう。

「額の傷が刀傷みたいだしね」

確かにこいつの顔は〝レオ〟ではないなと考えながら黒猫に視線を落とすと、じろりと睨まれた。

「官兵衛は明石や姫路と縁が深いの」

明石は二人にとって思い出の場所だ。早穂子もそれを意味して遥人にそう言ったのだろう。遥人を見上げる早穂子の目は甘く優しい。結婚して数年が過ぎ子供も生まれて忙しい日常を送る中では以前のように二人きりの時間を持つことは難しいが、二人はこうしてささやかな瞬間に恋人に戻る。

再会し思いを確かめあった海辺の小さな家。ぴったりと抱き合って眠った甘く幸せな夜、二人を包んでいた遠い波の音――。

「カンベエって何だい？」

しかし、甘ったるい回想は男性スタッフの質問であえなく破られた。

日本のサムライだと説明すると蒼介も大喜びで賛成し、黒猫の名前は官兵衛で決定となった。

疲れきっていたのだろう。黒猫改め官兵衛は自分にそんなおかしな名前をつけられたことも知らずにうとうとと眠り始めている。

「よろしくね。待ってるからね」

こうして、思いがけないきっかけで遥人と早穂子のもとに黒くて額に傷のあるいかつい顔の新しい家族がやってくることになったのだった。

クリスマスを家族と過ごせるようにという保護団体の計らいで、官兵衛はイブに遥人たちの家にやってきた。シェルターでの官兵衛はひたすら人間を遠ざけ、威嚇し、ケージを開けようとすると暴れるので怖がるスタッフが多かったらしい。計らいというより、追い出されたと言った方が近い。

そういうわけで早穂子も遥人も相当な修羅場になることを覚悟して官兵衛を迎えたのだが、家に来ると官兵衛は拍子抜けするほど落ち着いていた。保護団体のスタッフも驚く変化だったが、官兵衛は本能でここは自分を終生受け入れてくれる場所だと、安心していい場所だと理解したのかもしれない。

そしてもう一つ感心したのは、これまで屋外で自由に生活してきたのに、人間がこしらえた猫トイレをちゃんと〝ここが俺が用を足す場所〟だとわかっていることだった。うっかり粗相をしたことは一度もない。

ただし〝うっかり〟という表現には意味がある。早穂子が産婦人科の検診などで外出すると不安になるのか、官兵衛は粗相をする。決まって遥人の部屋でやらかしてくれるのは、おそらく八つ当たり的な腹いせだろう。早穂子に懐いた官兵衛は遥人をライバルだと認識しているらしい。そんなところも早穂子は愛おしいようで、目尻を下げてばかりいる。

最初のうちは自分がそれまで守ってきた縄張りが気になるのか、夜な夜な家中を徘徊しては大声で夜鳴きしていたが、早穂子が起き出して宥めてやると官兵衛は鳴くのをやめておとなしくなる。それから早穂子のベッドにやってきて、寄り添うようにして眠るのだった。早穂子と遥人は一緒に寝ているわけだが、官兵衛は意図しているのか、必ず早穂子と遥人の間に割って入ってくる。二人とも大好きだからだと解釈するほど遥人もおめでたくはない。

家に来た当初の官兵衛が心を許していたのは早穂子だけで、遥人に向かっては始終〝シャー！〟を連発していた。やはり人獣の区別はあってもオス同士だからなのか、それとも最初に官兵衛の仲間入りに躊躇した遥人の内心がばれていたのかは不明だ。面倒臭くなったのか最近は〝シャー！〟を控えてくれるようになったが、親睦を図ろうと遥人が官兵衛を撫でてやると、嫌味ったらしくプイと立ち上がって二、三歩離れたところに移動する。それだけでなく撫でられたところを舐めて掃除し始めるのだ。

「お前……今のは露骨すぎないか？」

「………」

明らかに聞こえているはずなのに、遥人が絡んでも完全無視だ。

こんな調子だが、夜中に寝ていると背中や腰を踏んづけられる感触がして、そのあと胸のあたりにもにゅっと温かくてやわらかなものが強引に割り込んでくるのはいじらしく愛おしいものだった。寄る辺のない小さな魂が愛のある安住の地を見つけたのだ。そして必ず早穂子ではなく遥人を踏んづけて割り込んでくるのは、遥人への嫌がらせだけではなく、早穂子のお腹に大切な命が宿っていることを本能的に知っているからではないかと思う。

「官兵衛は世界一賢い子ね」

そう言って早穂子が撫でてやると官兵衛は早穂子の手に顔を摺り寄せ、優しい仕草でぺろぺろ舐める。独りぼっちで生きてきてどこで教わったわけでもないはずなのに、いかつい顔に似合わず愛情の伝え方は驚くほど繊細だ。

官兵衛は蒼介のいい相棒にもなってくれた。折しも早穂子の出産が近づくにつれ、蒼介は泣きわめいたり癇癪を起こすことが増えていた。兄弟ができることを楽しみにしていても、これまで小さな世界のすべてだった母親を譲らなければならないというのは、やはり子供にとって不安なことだ。早穂子や遥人がいくら宥めたり抱っこしたりしても、一度火が付くとなかなか収まらない。

そんな時、官兵衛は泣きわめく蒼介の隣にそっと座り、黙って蒼介の目を見つめる。するとどういうわけか蒼介は嘘のように泣くのをやめて落ち着くのだった。言葉を越えて彼らがどんなやり取りをしたのか大人にはわからないが、本当に不思議だ。

とはいえ、官兵衛も立派な行いばかりではない。一度は脱走騒ぎを起こしたこともある。窓につけていたゲートを破壊して抜け出したのだが、彼としてはどうしても元いた世界の縄張りを確認しなければ気が済まなかったのだろう。

当然ながら早穂子は死ぬほど心配し、知らせを受けた遥人も急遽仕事を切り上げて自宅に急行し官兵衛を探し回ったのだが、官兵衛は半日後に自ら帰ってきた。悪いことをしたという自覚はあるらしく、この時ばかりは小さくなっていた。

「早穂子に心配かけちゃ駄目だろ」

こんな小言を言っていても、もうすっかりこの家を自分の帰る場所だと思ってくれているのだとわかって嬉しかった。

官兵衛が家族になったと実感した出来事がもう一つある。早穂子は臨月に入ったあたりからお腹が張ることが増えていたが、ある時強い痛みと出血があったため、慌てて病院に連れていったことがあった。もしかするともう出産かもしれないので早穂子を病院に預けたあとナーサリーに蒼介も迎えに行き、全員病院で待機した。

幸いなことに痛みはすぐに治まり出血も異常によるものではなかったが、早穂子は一泊だけ病院で様子を見ることになった。遥人が蒼介とともに帰宅したのは深夜だ。すると家に入ると明かりを点ける間もなく、暗がりの中でむくむくの物体が突進してきて遥人にむしゃぶりついてきた。

「うおっ!?」

「フギャーッ」

それは怒りまくり、拗ねまくった官兵衛だった。

普段なら言葉が通じなくても一応きちんと官兵衛に行先と帰宅時間を説明してから出ていたのだが、この時は慌てていたのでそれをしなかった。でもご飯も水も出してあるし、そもそも大体は寝てばかりいるのだから留守番など平気だろうと思ったのだ。

しかし、官兵衛にとってはそうではなかったらしい。早穂子はいないし、暗くなっても誰も帰ってこない。不安で寂しくてたまらなかったのだろう。椅子にかけてあった早穂子のカーディガンが床に落ちてくしゃくしゃになっているのは、官兵衛がそれにすがって寂しさに耐えていたことを窺わせた。好物のご飯を出しておいたのに、わずかに舐めた痕跡があるだけでほとんど食べていない。

「お前、食いしん坊なのに……」

早穂子が大事に至らなかった安堵で遥人も気が緩んだのだろうか。遥人に体当たりしては床に転がり、起き上がってはまた体当たりして小さな全身で遥人に抗議と悲しみを訴える官兵衛に、不覚にも目頭が熱くなってしまった。一人打ち捨てられる寂しさは遥人も知っている。そして官兵衛は怒っていても噛んだり爪を立てたりしなかった。遥人を家族だと思っているからだ。

「ごめんな、寂しかったんだな……」

遥人が抱っこさせてもらえたのはこの時が初めてだった。ぎこちない手つきながら黒い毛むくじゃらの身体をそっと抱き締めると、官兵衛はスンスンと鼻鳴きしながら遥人の胸に顔を摺り寄せてきた。普段は冷たいくせに、いつのまにか自分にもちゃんと懐いてくれていたことに胸が詰まる。その夜、早穂子がいないベッドで遥人と官兵衛は身を寄せ合って眠ったのだった。

早穂子はそのあと無事に退院し、今は自宅で出産の時を楽しみに待っている。

「片付けは僕がするから休んで」

早穂子がリビングルームを片付けようとしているのに気づき、遥人は仕事の手を止め声をかけた。アメリカの企業は就業形態に融通が利くので、早穂子をサポートするためしばらくは自宅で仕事ができるよう調整している。

「ううん。遥人さんお仕事あるから」

「もう終わったよ」

遥人がパソコンを閉じてみせると、早穂子は「嘘ばっかり」と笑った。

広々とした住居は、住み始めた頃に比べるとかなり生活感が増している。蒼介のおもちゃに今は官兵衛の猫トイレやケア用品、さらには第二子誕生を控えてベビー用品も増えた。片付けてもすぐ散らかると早穂子はよく嘆いているが、逆にそれは家族が暮らす温もりでもある。

「これどうする？　官兵衛は完全無視だったけど」

魚の形のぬいぐるみをつまみあげて遥人は尋ねた。外育ちで〝本物を知る男〟の官兵衛はまがいものには見向きもしないので、すでに討ち死にした猫用おもちゃがたくさんある。

「それ可愛いのになぁ……遊んでるところが見たかったのに」

早穂子はまだ諦められないようだ。

「アメリカの猫だから魚には興味ないのかしら。チキンならいけるかな」

「そういうことではないと思う」

早穂子の言葉に遥人は笑いながら官兵衛ご愛用の猫ハウス――といってもただの段ボールの空箱だが――の破れているところをガムテープで補強した。何度も修繕しているのでひどい見た目だが、官兵衛が気に入っていて他の箱では駄目なのだ。

「蒼介はいい子でお昼寝してるかな。様子を見てきますね」

「うん。早穂子も休んでて。あとで飲み物を持っていくよ」

官兵衛の姿も見えないのは、きっと蒼介の昼寝のお供をしているのだろう。ちなみに官兵衛が遥人に甘えたあの夜は何かの間違いだったらしく、翌日からはまた元の塩対応に戻っている。

掃除を終えた遥人はカフェインレスのハーブティーのカップを二つ持って子供部屋に向かった。そっと部屋に入ってみると、早穂子はベッドに腰かけ、眠る蒼介を眺めていた。

すやすやと眠る蒼介の手には赤やピンクのインクがところどころについている。お腹の赤ちゃんが女の子だと知って、妹を喜ばせるんだと張り切った蒼介はベッドの上に吊るすモビールを製作中なのだ。時にいじけて泣いても、お兄ちゃんとしてしっかり成長していく姿がいじらしかった。

「……可愛い」

早穂子が遥人を見上げて微笑んだ。

「うん。すごく可愛い」

遥人も頷き、起こさないようにそっと蒼介の頭を撫でた。

眠る蒼介の足元には官兵衛が丸くなっている。寝相の悪い蒼介にいつも散々蹴られているはずだが、官兵衛も負けていないのでお互い様といった感じだ。今は蒼介の足を枕にして気持ちよさそうにいびきをかいている。家猫になってしばらくが過ぎ、痩せていた身体はすっかり福々しくなった。

「早穂子も横になって休んで」

ハーブティーをすっかり飲んでしまうと、遥人は彼女の手からカップを取って横になるよう促した。臨月に入ってからはいつも眠いらしく、先ほども欠伸を噛み殺していた。

「遥人さんもここにいて……一緒に寝て」

眠たいせいか、早穂子が素直に甘えてくる。こんな可愛い誘いに抗えるはずがない。ベッドの残りスペースはかなり狭いが、遥人も早穂子の隣に寝転んだ。

「僕はいいから、早穂子がくるまって」

「ううん……一緒に」

ブランケットで優しく包んでやると、早穂子が遥人の胸に顔を摺り寄せてくる。

「おやすみ」

三人と一匹の、ちょっと窮屈な寝床の中。やわらかな寝息に耳を傾けていた遥人はそっと目を閉じた。かけがえのない、愛おしい世界に包まれていた。

季節はもうすぐ春。外は晴天で暖かく、開け放した窓辺では淡い色のカーテンがそよ風に揺れている。二人の間にもにゅ、とやわらかなものが割り込むのを感じ、遥人は目を閉じたまま微笑んだ。

チュールキス文庫 more をお買い上げいただきありがとうございます。
先生方へのファンレター、ご感想は
チュールキス文庫編集部へお送りください。

〒102-0073　東京都千代田区九段北3-2-5　5F
株式会社Jパブリッシング　チュールキス文庫編集部
「白石さよ先生」係　／　「三廼先生」係

✦チュールキス文庫HP✦ http://www.j-publishing.co.jp/tullkiss/

愛が何かもわからずに

2024年10月30日　初版発行

著　者　白石さよ

発行人　藤居幸嗣

発行所　株式会社Jパブリッシング
〒102-0073　東京都千代田区九段北3-2-5　5F
TEL　03-3288-7907
FAX　03-3288-7880

印刷所　中央精版印刷株式会社

定価はカバーに表示してあります。
万一、乱丁・落丁本がございましたら小社までお送り下さい。

ISBN978-4-86669-713-0　Printed in JAPAN